了不起的语文书

故乡与亲友

叶开 主编

天地出版社 | TIANDI PRESS

图书在版编目（CIP）数据

了不起的语文书.故乡与亲友/叶开主编.—成都：天地出版社，2021.11
ISBN 978-7-5455-6314-6

Ⅰ.①了… Ⅱ.①叶… Ⅲ.①散文集—中国—现代②散文集—中国—当代 Ⅳ.①I11

中国版本图书馆CIP数据核字（2021）第046389号

LIAOBUQI DE YUWENSHU：GUXIANG YU QINYOU
了不起的语文书：故乡与亲友

出品人	陈小雨　杨　政
主　编	叶　开
责任编辑	王继娟
封面设计	今亮後聲 HOPESOUND·小九　张张玉 2580590616@qq.com
责任印制	董建臣

出版发行	天地出版社 （成都市槐树街2号　邮政编码：610014） （北京市方庄芳群园3区3号　邮政编码：100078）
网　址	http://www.tiandiph.com
电子邮箱	tianditg@163.com
经　销	新华文轩出版传媒股份有限公司

印　刷	天津融正印刷有限公司
版　次	2021年11月第1版
印　次	2021年11月第1次印刷
开　本	710mm×1000mm　1/16
印　张	14.75
字　数	230千字
定　价	29.80元
书　号	ISBN 978-7-5455-6314-6

版权所有◆违者必究

咨询电话：（028）87734639（总编室）
购书热线：（010）67693207（营销中心）

如有印装错误，请与本社联系调换

序

说不尽的故乡，念不完的亲友

散文是什么？

一说到散文，很多人会想到抒情和游记。

在中小学语文教材里，散文主要是抒情性作品，形成了一种无法摆脱的套路。

一写春天就"春暖花开"，一到夏天就"热浪滚滚"，来到秋天则"金秋十月"，冬天必须"白雪皑皑"。词与词的匹配都是固定的，一颗螺丝一个孔不能变动。

这样训练的结果，让学生们对词语搭配形成固定甚至懒惰的习惯。而不是学会停顿一下，思考一下，用更丰富的思维、更生动的细节来表现。这也意味着思维训练不够，逻辑拓展不足。

写夏天热，不是非得"汗流浃背""满头大汗"，还可以是"大黄狗趴在树荫下，伸着舌头，无精打采地喘着气"，也可以是"树上的蝉，都叫不动了"。

冬天也不必动辄"白雪皑皑""千里冰封"，其实可以换一个比喻，如："一夜大雪，像一床床白被子，盖在无数房顶上。"

这是写季节，如果写人呢？

一个人很高兴，语文教材里有现成的好词好句："欢呼雀跃""连蹦带跳""兴高采烈"。但这些词都是概括描述，是贴到哪里哪里亮的狗皮膏药。也因此用到哪里都没特点，让文章流于平庸，不能脱颖而出。改一个思路，可以用"他激动得脸都涨红了"。结合具体的情景，表现不同的人物性格，可以用更生动的细节来呈现。如写足球运动员射门成功，可以这么写："他兴奋得一连做了几个后空翻。"一个倔强的女同学终于考出好成绩了，"她默默地看着卷子，咬着嘴唇，不说话，泪水在眼眶里打转"。

这些都是我临时想出来的，还不够好。在这本书里，你们可以看到更多好例子。

写风景的好散文很多，不专门写风景但写景物、人物出色的散文也很多。

在抒情散文、游记散文之外，我实际更看重回忆故乡、写人写事的散文。也更看重回望历史、写故国情怀的历史散文。

《了不起的语文书：故乡与亲友》这本书，主要选入的是写故乡、忆亲友的散文，都是情感真挚、细节动人的好文章。

例如，王璞的散文《孙桂琴》，写自己少女时代和小伙伴孙桂琴的关系：

"我俩沿着铁道一直往南走往南走，阳光仿佛一寸寸地温暖起来。有一天，我们挖着挖着野菜抬起头来，发现四周围一片翠绿，而头顶是宝石般的一片天蓝。"

一个打动人心的情景不是单独出现的，而要结合不同的人物性格、不同的时代背景，在事件发生时以细节展现出来。

我一直反对滥用俗语和成语，提倡真实、准确、自然地表达。提倡深阅读，提倡开阔眼界，打破固定思维。

这本书中的文章都是我精挑细选的，对小学生、中学生、大学生都有很高的实用价值，完整地阅读可以扩宽阅读视野，拓展思维能力。今后大家无论从事哪方面工作，都应该训练自己的语言表达能力，结合具体工作，提高应用文写作能力。

曾留学剑桥大学的濮实博士写过一篇文章，题为《语言表达能力和写作能力决定一个人的发展和未来》。这个说法还可以进一步定义，我归纳为这样一句话："写作能力是人生的通用能力。"

写作能力可以跨行业，跨职业，跨文科、理科、工科而运用，就像一罐盐，什么菜，都需要。

写作能力是人生中的盐。拥有良好的写作能力，无论你从事什么职业，都能给你提供更多脱颖而出的可能，从而更有机会打破自己的职业天花板，成就更好的自己。

母语教育的目标，不是把每一个人都培养成作家。但在21世纪、在信息社会，每一位受到过良好教育的人，都应培养更好的写作能力和语言表达能力，以适应新时代的新表达要求。

一个成功的案例。在城市房产初级开发阶段，一家公司开发的房产滞销，找到一家小型广告公司求宣传。这家只有几个员工的广告公司，老板曾是校园诗人。他苦思冥想后，忽然间灵机一动，想出一句名言："人，诗意地栖息。"这个广告一炮打响，房产热卖。这个奇妙的广告创意源自德国大哲学家海德格尔。

商品房形成风气之前，人们还没有想到房子不仅要遮风避雨，还应住得诗意、优雅、幸福。内循环时期，经济停滞，住房开发落后，人们只要能拥有一个独立的空间，就已经乐得要打滚了。谁能想到后来能住上高档大房子——配备了优质的淋浴设备、厨房设施。从居者有其屋，到居者乐其室，这是一个质的飞跃。

这是写作能力突破人生天花板的真实案例。

有效的深阅读、激发型写作能力、良好的创造思维和表达能力，不仅能运用在房产公司的销售广告上，还能运用到其他需要交流、沟通的正规场合和私人场合里。写作能力和语言表达能力，是现代社会中一个人生存发展最基本的能力。一个拥有良好语言表达能力的人，会在人际交往、信息沟通等方面占有优势。

写作能力和表达能力，是现代人的基础能力和核心能力。现在无人不用的微博、微信，让写作能力高下立判。

有才华的人，在短小的微博体里，照样能写出令人印象深刻的内容。同样是微博，为什么别人成了受人关注的热门博主呢？因为他观察社会、思考世界的同时，能够用准确、生动、有趣的语言，表达自己的独特观点。普通网民，缺乏语言表达能力，只会发些"呵呵""挺""赞"，或一些"emoji（表情符号）"。这样的普通网民，就只能身处芸芸，泯然于众，无法脱颖而出。语言没有说服力，没有感染力，也成不了明星博主。那些微信公众号文章，基本也是这样，语言能力高的人才能写出让人转发的好文章，从而获得更多的关注。

相对开放的互联网世界，形成了一个特殊的语意表达场。思想活跃的人，因互联网相对自由，想象力插上了翅膀，用看来不太规范的语言、生动活泼的新词新意，拓展了现代汉语的表达空间。

同样的忆亲友，循规蹈矩，按照时间顺序记录鲜明事迹，是一种方法；切入自己，带出亲友，融入真情实感，打动人心，又是一种方法。例如周作人先生的《北大感旧录》，文中北大老教授群像，各有个性，各有特点。这是代入自己情感的作品，不完全是"客观记录"。因此显得更有温度，更加有亲和力。

散文有作法，怀故乡，念亲友，更要有深情、有生命、有眼界，并以拓展性思维，看到表面之下的问题，而不能墨守成规，人云亦云。

2014年3月16日初稿于上海

2020年6月9日修改于多伦多

2020年10月19日三改于多伦多

2020年12月14日再改于多伦多

2020年12月26日再改于多伦多

目录

第一编
梦回故乡

呼兰河集会
萧红 005

我老家
蒋廷黻 024

少年游
——郁达夫自传之二
郁达夫 031

登　高
胡也频 038

说扬州
朱自清 051

旧　宅
穆时英 057

第二编
思萦亲友

世上没有不好的东西
夏丏尊 078

丏尊先生故后追忆
王统照 083

谒见哈代的一个下午
徐志摩 092

泰戈尔在我家
陆小曼 100

完全诗意的信仰
——悼志摩
林徽因 106

回忆鲁迅先生
萧红 116

第三编
记忆故人

好 声
严锋 151

零消费主义者凯瑟琳
张辛欣 166

孙桂琴
王璞 181

北大感旧录
周作人 192

后记 冬去春来夏至的心灵简史 225

第一编 梦回故乡

选择六篇与故乡有关的文章，于编者是有极深情感所系的。

第一篇是天才女作家萧红的长篇自传体散文化小说《呼兰河传》第二章，《呼兰河集会》题目为编者所加。

萧红为追求自己的人生幸福，离开松花江畔的故乡，漂泊在中国大江南北。她命运多舛、生活艰辛，虽然身处异乡，但内心始终铭记故乡。1940年，萧红寓居香港，虽贫病交加，但她以深挚情感、生动笔墨，创作出了中国现代文学史上独一无二的《呼兰河传》，该作品1941年由桂林河山出版社出版。不久，日寇入侵香港。1942年1月22日萧红因生病没得到及时救治，溘然离世，年仅三十一岁。

萧红在人生的最后岁月，想到了故乡的河山草木、风土人情、人与事，她用极其细腻的情感、直透灵魂的力量，写出《呼兰河传》。在选编这篇杰出作品时，我深为打动。

萧红不控诉什么，也不怒斥什么。她的态度、她的情感，全都寓于笔下的美好世界——青年知识精英流浪异乡，从来没忘记松花江畔美丽的家乡。萧红的一生漂泊不定、生活凄苦、爱情悲怆，寓居香港的短暂岁月中，她一定有复杂的思想与情感需要诉诸笔端。她记挂着永远失去的故乡，恐怕只有在纸上还乡，才能慰藉自己的内心吧。

故乡就是这样一个地方，你在成长中不觉得它有什么特别，但当你远离它之后，随着岁月流逝，就会越发梦萦魂牵。

著名历史学家、外交家蒋廷黻先生写的这篇《我老家》，也有梦萦魂牵的深切感受。

年轻的作家胡也频写《登高》时，浓重的思念之情流露无遗。

穆时英在《旧宅》一文里对老屋的记忆，交织着甜蜜和痛楚。再访已经失去的旧宅，情感复杂而难以言表——童年时期老屋是甜蜜快乐的象征，父亲遭到欺骗家道中落后，家里不得不卖掉旧宅，搬离时感到了难言之痛。

也有快乐的记忆。朱自清写《说扬州》，情感是淡淡中带着欣悦的。

在《少年游》里，郁达夫写到少年时期的小冒险，则是经历了一番人事风云、时代变迁之后的感受：怀念和惆怅杂糅在一起，痛感时代变迁，物是人非。他不由得惊叹："我的记忆，我的青春！"

有故乡可以怀念并写成文章，是惆怅中的幸福。

我们这一代人的故乡已经遭到异化，不再是故乡了。我的故乡在广东雷州半岛，中国大陆最南端，热带与亚热带混杂，记忆中摇曳着五棵枝叶茂盛的番石榴树。我的少年时代，就在树枝上倒挂着，如丝瓜一样长大。我也写过童年时代，那时候物质贫乏，小猴孩成群结队东游西逛，上树掏鸟蛋，下河摸鱼虾，穷并快乐着。

每个人对故乡的回忆，都可能被美化。这种记忆跟你的奔跑有关，跟你的登高有关……

你的身体在成长中，你的身体记忆也在成长中。

选择这六篇与故乡有关的现代散文，与我对故乡的思念有关。我们也可以在这些优秀作品中体味、学习，看优秀作家是怎么写自己少年时代生活的。

像我一样，因为考上大学而离开故乡的朋友，在四十多年来的巨变中，无不感受到精神到心灵的巨大震撼。喜的方面：经济改革，贸易门开，四十多年来经济有突飞猛进的增长，物质调动能力很成功。从饥饿到温饱再到富裕不过四十多年，而且"居者有其屋"的目标也基本实现了。但在经济高速发展的同时，也付出了自然环境遭受重创的代价。水污染、灰霾天气等环境恶化带来的问题，已成为我们每一个人都逃不过的现实。记忆中山清水秀的故乡，已不复旧貌。经济狂飙与环境恶化并行，并不是我们渴望的。

学者冉云飞写过一篇文章《每个人的故乡都在沦陷》，或许，我们在获得物质的同时，也失去了内心的故乡。

这里谈到的故乡，既包括山水土地村落，还包括我们所依赖所思考的核心价值。什么样的世界才是我们期望的？什么样的人生才称得上幸福？在思考一个国家、一个社会的变化时，我们或许应该放慢脚步，去反思、衡量我们获得的和失去的。

因为列强兵炮临门，因为痛感本土的落后，清末知识分子对学习西方科学技术和政治制度，一直有强烈的愿望。在很长一个时期，代表民主制度（Democracy）的"德先生"和代表科学精神（Science）的"赛先生"曾是知识界两个热得发烫的流行词。

简单回顾一下清末以来的"现代化焦虑"，我们会发现，从那时候开始中国人就处于"失故乡"的强烈焦虑中。这种"失故乡"，在过去是一种文化认同感的错位，如鲁迅在《故乡》里以少年闰土和中年闰土的绝大反差所讲述的衰颓乡村世界。而在我们正生活于其中的当代，失故乡不仅是文化的错位，还是故乡剧变和精神失落复杂地发生着化学反应。

有故乡的人是幸福的，因为他们至少拥有可思念的对象。

呼兰河集会①

萧红

作者简介

萧红（1911—1942），原名张廼莹，现代杰出小说家、散文家，1911年出生于黑龙江省呼兰县（今哈尔滨市呼兰区）。幼年丧母，后为摆脱家庭离开故乡。萧红一生命运坎坷，经历传奇，她在人生最艰难时遇见作家萧军，受其影响开始了文学创作，他们的爱情故事也是现代文学史上传奇之一。东北沦陷后，萧红与萧军入关，辗转于青岛、上海等地。后来得到鲁迅作序推荐，萧红发表了长篇小说《生死场》，获得广泛关注。1936年，萧红东渡日本，写了散文《孤独的生活》、长篇组诗《砂粒》等作品。与此同时，她与萧军的关系开始恶化，最终破裂，两人各奔东西。爱情失败，对萧红是沉重的打击。1940年，萧红与作家端木蕻良同抵香港，在香港发表了中篇小说《马伯乐》，出版了长篇小说《呼兰河传》。1942年1月22日，萧红因患病没得到及时救治去世，年仅三十一岁。

一　跳大神

呼兰河除了这些卑琐平凡的实际生活之外，在精神上，也还有不少的盛举，如跳大神；

唱秧歌；

---

① 本文选自萧红长篇自传体小说《呼兰河传》第二章一、二、三小节，题目皆为编者所加。

放河灯；

野台子戏；

四月十八娘娘庙大会……

先说大神。大神是会治病的，她穿着奇怪的衣裳，那衣裳平常的人不穿；红的，是一张裙子，那裙子一围在她的腰上，她的人就变样了。开初，她并不打鼓，只是一围起那红花裙子就哆嗦。从头到脚，无处不哆嗦，哆嗦了一阵之后，又开始打颤。她闭着眼睛，嘴里边叽咕的。每一打颤，就装出来要倒的样子。把四边的人都吓得一跳，可是她又坐住了。

大神坐的是凳子，她的对面摆着一块牌位，牌位上贴着红纸，写着黑字。那牌位越旧越好，好显得她一年之中跳神的次数不少，越跳多了就越好，她的信用就远近皆知。她的生意就会兴隆起来。那牌前，点着香，香烟慢慢地旋着。

那女大神多半在香点了一半的时候神就下来了。那神一下来，可就威风不同，好像有万马千军让她领导似的，她全身是劲，她站起来乱跳。

大神的旁边，还有一个二神，当二神的都是男人。他并不昏乱，他是清晰如常的，他赶快把一张圆鼓交到大神的手里。大神拿了这鼓，站起来就乱跳，先诉说那附在她身上的神灵的下山的经历，是乘着云，是随着风，或者是驾雾而来，说得非常之雄壮。二神站在一边，大神问他什么，他回答什么。好的二神是对答如流的，坏的二神，一不加小心说冲着了大神的一字，大神就要闹起来的。大神一闹起来的时候，她也没有别的办法，只是打着鼓，乱骂一阵，说这病人，不出今夜就必得死的，死了之后，还会游魂不散，家族、亲戚、乡里都要招灾的。这时吓得那请神的人家赶快烧香点酒，烧香点酒之后，若再不行，就得赶快送上红布来，把红布挂在牌位上，若再不行，就得杀鸡，若闹到了杀鸡这个阶段，就多半不能再闹了。因为再闹就没有什么想头了。

这鸡、这布，一律都归大神所有，跳过了神之后，她把鸡拿回家去自己煮上吃了。把红布用蓝靛染了之后，做起裤子穿了。

有的大神，一上手就百般的下不来神。请神的人家就得赶快的杀鸡来，若一杀慢了，等一会跳到半道就要骂的，谁家请神都是为了治病，请大神骂，是非常不吉利的。

所以对大神是非常尊敬的，又非常怕。

跳大神，大半是天黑跳起，只要一打起鼓来，就男女老幼，都往这跳神的人家跑，若是夏天，就屋里屋外都挤满了人。还有些女人，拉着孩子，抱着孩子，哭天叫地地从墙头上跳过来，跳过来看跳神的。

跳到半夜时分，要送神归山了，那时候，那鼓打得分外地响，大神也唱得分外地好听；邻居左右，十家二十家的人家都听得到，使人听了起着一种悲凉的情绪，二神嘴里唱：

"大仙家回山了，要慢慢地走，要慢慢地行。"

大神说：

"我的二仙家，青龙山，白虎山……夜行三千里，乘着风儿不算难……"

这唱着的词调，混合着鼓声，从几十丈远的地方传来，实在是冷森森的，越听就越悲凉。听了这种鼓声，往往终夜而不能眠的人也有。

请神的人家为了治病，可不知那家的病人好了没有？却使邻居街坊感慨兴叹，终夜而不能已的也常常有。

满天星光，满屋月亮，人生何如，为什么这么悲凉。

过了十天半月的，又是跳神的鼓，咚咚地响。于是人们又都着了慌，爬墙的爬墙，登门的登门，看看这一家的大神，显的是什么本领，穿的是什么衣裳。听听她唱的是什么腔调，看看她的衣裳漂亮不漂亮。

跳到了夜静时分，又是送神回山。送神回山的鼓，个个都打得漂亮。

若赶上一个下雨的夜，就特别凄凉，寡妇可以落泪，鳏夫就要起来彷徨。

那鼓声就好像故意招惹那般不幸的人，打得有急有慢，好像一个迷路的人在夜里诉说着他的迷惘，又好像不幸的老人在回想着他幸福的短短的幼年。又好像慈爱的母亲送着她的儿子远行。又好像是生离死别，万分地难舍。

人生为了什么，才有这样凄凉的夜。

似乎下回再有打鼓的连听也不要听了。其实不然，鼓一响就又是上墙头的上墙头，侧着耳朵听的侧着耳朵在听，比西洋人赴音乐会更热心。

▲ 分析

"跳大神"是东北流行的一种萨满舞,通常被认为能治病和占卜。"跳大神"需要主跳的"一神"和配合的"二神"一起完成。"一神"在急速旋转之后,大仙或鬼神"附体",会说一些奇怪的话,"二神"则对那些凡夫俗子们听不懂的话加以解释。

"跳大神"这一节,最生动处是对大神"哆嗦"的描写。写文章,细节表现非常重要,而运用生动的语言来表现细节,则让人过目不忘。"大神"与"二神"的对话,推进了这个"跳大神"节目的荒谬性。实际上,有些"大神"的目的,不过是把鸡拿回家炖了吃,把红布拿回家用蓝靛染了做裤子穿。

在观察某些节目时,我们也可以学着这样用细节来表现。

二 放河灯

七月十五盂兰会,呼兰河上放河灯了。

河灯有白菜灯、西瓜灯,还有莲花灯。和尚、道士吹着笙、管、笛、箫,穿着拼金大红缎子的褊衫。在河沿上打起场子来在做道场。那乐器的声音离开河沿二里路就听到了。

一到了黄昏,天还没有完全黑下来,奔着去看河灯的人就络绎不绝了。小街大巷,哪怕终年不出门的人,也要随着人群奔到河沿去。先到了河沿的就蹲在那里。沿着河岸蹲满了人,可是从大街小巷往外出发的人仍是不绝,瞎子、瘸子都来看河灯(这里说错了,唯独瞎子是不来看河灯的),把街道跑得冒了烟了。

姑娘、媳妇,三个一群,两个一伙,一出了大门,不用问,到哪里去。就都是看河灯去。

黄昏时候的七月,火烧云刚刚落下去,街道上发着显微的白光,喊喊喳喳,把往日的寂静都冲散了，个个街道都活了起来，好像这城里发生了大火，人们都赶去救火的样子。非常忙迫，踢踢踏踏地向前跑。

先跑到了河沿的就蹲在那里，后跑到的，也就挤上去蹲在那里。

大家一齐等候着，等候着月亮高起来，河灯就要从水上放下来了。

七月十五日是个鬼节，死了的冤魂怨鬼，不得脱生，缠绵在地狱里边是非常苦的，想脱生，又找不着路。这一天若是每个鬼托着一个河灯，就可得以脱生。大概从阴间到阳间的这一条路，非常之黑，若没有灯是看不见路的。所以放河灯这件事情是件善举。可见活着的正人君子们，对着那些已死的冤魂怨鬼还没有忘记。

但是这其间也有一个矛盾，就是七月十五这夜生的孩子，怕是都不大好，多半都是野鬼托着个莲花灯投生而来的。这个孩子长大了将不被父母所喜欢，长到结婚的年龄，男女两家必要先对过生日时辰，才能够结亲。若是女家生在七月十五，这女子就很难出嫁，必须改了生日，欺骗男家。若是男家七月十五的生日，也不大好，不过若是财产丰富的，也就没有多大关系，嫁是可以嫁过去的，虽然就是一个恶鬼，有了钱大概怕也不怎样恶了。但在女子这方面可就万万不可，绝对的不可以；若是有钱的寡妇的独养女，又当别论，因为娶了这姑娘可以有一份财产在那里晃来晃去，就是娶了而带不过财产来，先说那一份妆奁也是少不了的。假说女子就是一个恶鬼的化身，但那也不要紧。

平常的人说："有钱能使鬼推磨。"似乎人们相信鬼是假的，有点不十分真。

但是当河灯一放下来的时候，和尚为着庆祝鬼们更生，打着鼓，叮当地响；念着经，好像紧急符咒似的，表示着，这一工夫可是千金一刻，且莫匆匆地让过，诸位男鬼女鬼，赶快托着灯去投生吧。

念完了经，就吹笙管笛箫，那声音实在好听，远近皆闻。

同时那河灯从上流拥拥挤挤，往下浮来了。浮得很慢，又镇静、又稳当，绝对的看不出来水里边会有鬼们来捉了它们去。

这灯一下来的时候，金呼呼的，亮通通的，又加上有千万人的观众，这举动实在是不小的。河灯之多，有数不过来的数目，大概是几千百只。两岸上的孩子们，拍手叫绝，跳脚欢迎。大人则都看出了神了，一声不响，陶醉在灯光河色之中。灯光照得河水幽幽地发亮。水上跳跃着天空的月亮。真是人生何世，会有这样好的景况。

一直闹到月亮来到了中天，大昴星，二昴星，三昴星都出齐了的时候，才算渐渐地从繁华的景况，走向了冷静的路去。

河灯从几里路长的上流，流了很久很久才流过来了。再流了很久很久才流过去了。在这过程中，有的流到半路就灭了。有的被冲到了岸边，在岸边生了野草的地方就被挂住了。还有每当河灯一流到了下流，就有些孩子拿着竿子去抓它，有些渔船也顺手取了一两只。到后来河灯越来越稀疏了。

到往下流去，就显出荒凉孤寂的样子来了。因为越流越少了。

流到极远处去的，似乎那里的河水也发了黑。而且是流着流着地就少了一个。

河灯从上流过来的时候，虽然路上也有许多落伍的，也有许多淹灭了的，但始终没有觉得河灯是被鬼们托着走了的感觉。

可是当这河灯，从上流的远处流来，人们是满心欢喜的，等流过了自己，也还没有什么，唯独到了最后，那河灯流到了极远的下流去的时候，使看河灯的人们，内心里无由地来了空虚。

"那河灯，到底是要漂到哪里去呢？"

多半的人们，看到了这样的景况，就抬起身来离开了河沿回家去了。

于是不但河里冷落，岸上也冷落了起来。

这时再往远处的下流看去，看着，看着，那灯就灭了一个。再看着看着，又灭了一个，还有两个一块灭的。于是就真像被鬼一个一个地托着走了。

打过了三更，河沿上一个人也没有了，河里边一个灯也没有了。

河水是寂静如常的，小风把河水皱着极细的波浪。月光在河水上边并不像在海水上边闪着一片一片的金光，而是月亮落到河底里去了。似乎那渔船上的人，伸手可以把月亮拿到船上来似的。

河的南岸，尽是柳条丛，河的北岸就是呼兰河城。

那看河灯回去的人们，也许都睡着了。不过月亮还是在河上照着。

分析

农历七月十五是中元节，俗称鬼节，又称盂兰会，是佛教信奉者追念在天先祖的一个节日。同学们念字要看仔细，别把"盂兰"看作"孟兰"。我过去就犯了这样的错误。

这个节日，放河灯是一个传统，也最令人激动。河灯里点着蜡烛，顺流而下，象征着往生，男鬼女鬼们因此得以超度，再次投胎为人。这也是一种良好的愿望。但萧红在这里想到了一个"矛盾"，即这一天出生的孩子，就会被人嫌弃，因为是恶鬼投胎的。不过，"有钱能使鬼推磨"，男方女方，只要有钱，人们就不太计较是什么时候出生的。

萧红并没有特别描写僧人超度念经，或人们追荐先祖，她看到的是河边几千百只河灯顺河而下的壮观景象，以及孩子们追着河灯跑、看着河灯远去的热闹情景。其中的热闹，蕴含着深深的惆怅。

这一节，河灯顺流而下，人们在河边兴奋地观看，写得非常生动。细节描写是文章中重要的表现手段。

三　野台子戏

野台子戏也是在河边上唱的。也是秋天，比方这一年秋收好，就要唱一台子戏，感谢天地。若是夏天大旱，人们戴起柳条圈来求雨，在街上几十人，跑了几天，唱着，打着鼓。求雨的人不准穿鞋，龙王爷可怜他们在太阳下边把脚烫得很痛，就因此下了雨了。一下了雨，到秋天就得唱戏的，因为求雨的时候许下了愿。许愿就得还愿，若是还愿的戏就更非唱不可了。

一唱就是三天。

在河岸的沙滩上搭起了台子来。这台子是用杆子绑起来的，上边搭上了席棚，下了一点小雨也不要紧，太阳则完全可以遮住的。

戏台搭好了之后，两边就搭看台。看台还有楼座。坐在那楼座上是很好的，又风凉，又可以远眺。不过，楼座是不大容易坐得到的，除非当地的官、绅，别人是不大坐得到的。既不卖票，哪怕你就有钱，也没有办法。

只搭戏台，就搭三五天。

台子的架一竖起来，城里的人就说：

"戏台竖起架子来了。"

一上了棚，人就说：

"戏台上棚了。"

戏台搭完了就搭看台，看台是顺着戏台的左边搭一排，右边搭一排，所以是两排平行而相对的。一搭要搭出十几丈远去。

眼看台子就要搭好了，这时候，接亲戚的接亲戚，唤朋友的唤朋友。

比方嫁了的女儿，回来住娘家，临走（回婆家）的时候，做母亲的送到大门外，摆着手还说：

"秋天唱戏的时候，再接你来看戏。"

坐着女儿的车子远了，母亲含着眼泪还说：

"看戏的时候接你回来。"

所以一到了唱戏的时候，可并不是简单地看戏，而是接姑娘唤女婿，热闹得很。

东家的女儿长大了，西家的男孩子也该成亲了，说媒的这个时候，就走上门来。约定两家的父母在戏台底下，第一天或是第二天，彼此相看。也有只通知男家而不通知女家的，这叫作"偷看"，这样的看法，成与不成，没有关系，比较的自由，反正那家的姑娘也不知道。

所以看戏去的姑娘，个个都打扮得漂亮。都穿了新衣裳，擦了胭脂涂了粉，刘海剪得并排齐。头辫梳得一丝不乱，扎了红辫根，绿辫梢。也有扎了水红的，也有扎了蛋青的。走起路来像客人，吃起瓜子来，头不歪眼不斜的，温文尔雅，都变成了大家闺秀。有的着蛋青色布长衫，有的穿了藕荷色的，有的银灰的。有的还把衣服的边上压了条，有的蛋青色的衣裳压了黑条，有的水红洋纱的衣裳压了蓝条，脚上穿了蓝缎鞋，或是黑缎绣花鞋。

鞋上有的绣着蝴蝶，有的绣着蜻蜓，有的绣着莲花，绣着牡丹的，各样的都有。

手里边拿着花手巾。耳朵上戴了长钳子，土名叫作"带穗钳子"。这带穗钳子有两种，一种是金的、翠的；一种是铜的、琉璃的。有钱一点的戴金的，少微差一点的带琉璃的。反正都很好看，在耳朵上摇来晃去。黄忽忽，绿森森的。再加上满脸矜持的微笑，真不知这都是谁家的闺秀。

那些已嫁的妇女，也是照样地打扮起来，在戏台下边，东邻西舍的姊妹们相遇了，好互相的品评。

谁的模样俊，谁的鬓角黑。谁的手镯是福泰银楼的新花样，谁的压头簪又小巧又玲珑。谁的一双绛紫缎鞋，真是绣得漂亮。

老太太虽然不穿什么带颜色的衣裳，但也个个整齐，人人利落，手拿长烟袋，头上撇着大扁方。慈祥，温静。

戏还没有开台，呼兰河城就热闹不得了了，接姑娘的，唤女婿的，有一个很好的童谣：

拉大锯，扯大锯，老爷（外公）门口唱大戏。

接姑娘，唤女婿，小外孙也要去……

于是乎不但小外甥，三姨二姑也都聚在了一起。

每家如此，杀鸡买酒，笑语迎门，彼此谈着家常，说着趣事，每夜必到三更，灯油不知浪费了多少。

某村某村，婆婆虐待媳妇。哪家哪家的公公喝了酒就耍酒疯。又是谁家的姑娘出嫁了刚过一年就生了一对双生。又是谁的儿子十三岁就定了一家十八岁的姑娘做妻子。

烛火灯光之下，一谈谈个半夜，真是非常的温暖而亲切。

一家若有几个女儿，这几个女儿都出嫁了，亲姊妹，两三年不能相遇的也有。平常是一个住东，一个住西。不是隔水的就是离山，而且每人有一大群孩子，也各自有自己的家务，若想彼此过访，那是不可能的事情。

若是做母亲的同时把几个女儿都接来了，那她们的相遇，真仿佛已经隔了三十年了。相见之下，真是不知从何说起，羞羞惭惭，欲言又止，刚一开口又觉得不好意思，过了一刻工夫，耳脸都发起烧来，于是相对无语，心中又喜又悲。过了一袋烟的工夫，等那往上冲的血流落了下去，彼此都逃出了那种昏昏恍恍的境界，这才来找几句不相干的话来开头；或是：

"你多咱①来的？"

或是：

"孩子们都带来了？"

关于别离了几年的事情，连一个字也不敢提。

从表面上看来，她们并不是像姊妹，丝毫没有亲热的表现。面面相对的，不知道她们两个人是什么关系，似乎连认识也不认识，似乎从前她们两个并没有见过，而今天是第一次的相见，所以异常的冷落。

但是这只是外表，她们的心里，就早已沟通着了。甚至于在十天或半月之前，她们的心里就早已开始很远地牵动起来，那就是当着她们彼此都接到了母亲的信的时候。

那信上写着迎接她们姊妹回来看戏的。

从那时候起，她们就把要送给姐姐或妹妹的礼物规定好了。

一双黑大绒的云子卷，是亲手做的。或者就在她们的本城和本乡里，有一个出名

---

① 东北方言：何时。

的染缸房，那染缸房会染出来很好的麻花布来。于是送了两匹白布去，嘱咐他好好地加细地染着。一匹是白地染蓝花，一匹是蓝地染白花。蓝地的染的是刘海戏金蟾，白地的染的是蝴蝶闹莲花。

一匹送给大姐姐，一匹送给三妹妹。

现在这东西，就都带在箱子里边。等过了一天二日的，寻个夜深人静的时候，轻轻地从自己的箱底把这等东西取出来，摆在姐姐的面前，说：

"这麻花布被面，你带回去吧！"

只说了这么一句，看样子并不像是送礼物，并不像今人似的，送一点礼物很怕邻居左右看不见，是大嚷大吵着的，说这东西是从什么山上，或是什么海里得来的，哪怕是小河沟子的出品，也必要连那小河沟子的身份也提高，说河沟子是怎样地不凡，是怎样地与众不同，可不同别的河沟子。

这等乡下人，糊里糊涂的，要表现的，无法表现，什么也说不出来，只能把东西递过去就算了事。

至于那受了东西的，也是不会说什么，连声道谢也不说，就收下了。也有的稍微推辞了一下，也就收下了。

"留着你自己用吧！"

当然那送礼物的是加以拒绝。一拒绝，也就收下了。

每个回娘家看戏的姑娘，都零零碎碎的带来一大批东西。送父母的，送兄嫂的，送侄女的，送三亲六故的。带了东西最多的，是凡见了长辈或晚辈都多少有点东西拿得出来，那就是谁的人情最周到。

这一类的事情，等野台子唱完，拆了台子的时候，家家户户才慢慢的传诵。

每个从娘家回婆家的姑娘，也都带着很丰富的东西，这些都是人家送给她的礼品。东西丰富得很，不但有用的，也有吃的，母亲亲手装的咸肉，姐姐亲手晒的干鱼，哥哥上山打猎打了一只雁来腌上，至今还有一只雁大腿，这个也给看戏小姑娘带回去，带回去给公公去喝酒吧。

于是乌三八四的，离走的前一天晚上，真是忙了个不休，就要分散的姊妹们连说个话儿的工夫都没有了。大包小包一大堆。

再说在这看戏的时间，除了看亲戚，会朋友，还成了许多好事，那就是谁家的女儿和谁家公子订婚了，说是明年二月，或是三月就要娶亲。订婚酒，已经吃过了，眼前就要过"小礼"的，所谓"小礼"就是在法律上的订婚形式，一经过了这番手续，东家的女儿，终归就要成了西家的媳妇了。

也有男女两家都是外乡赶来看戏的，男家的公子也并不在，女家的小姐也并不在。只是两家的双亲有媒人从中沟通着，就把亲事给定了。也有的喝酒作乐的随便的把自己的女儿许给了人家。也有的男女两家的公子、小姐都还没有生出来，就给定下亲了。这叫作"指腹为亲"。这指腹为亲的，多半都是相当有点资财的人家才有这样的事。

两家都很有钱，一家是本地的烧锅掌柜的，一家是白旗屯的大窝堡，两家是一家种高粱，是一家开烧锅。开烧锅的需要高粱，种高粱的需要烧锅买他的高粱，烧锅非高粱不可，高粱非烧锅不行。恰巧又赶上这两家的妇人，都要将近生产，所以就"指腹为亲"了。

无管是谁家生了男孩子，谁家生了女孩子，只要是一男一女就规定他们是夫妇。假若两家都生了男孩，都就不能勉强规定了。两家都生了女孩也是不能够规定的。

但是这指腹为亲，好处不太多，坏处是很多的。半路上当中的一家穷了，不开烧锅了，或者没有窝堡了。其余的一家，就不愿意娶他家的姑娘，或是把女儿嫁给一家穷人。假若女家穷了，那还好办，若实在不娶，他也没有什么办法。若是男家穷了，男家就一定要娶，若一定不让娶，那姑娘的名誉就很坏，说她把谁家谁给"妨"穷了，又不嫁了。"妨"字在迷信上说就是因为她命硬，因为她某家某家穷了。以后她就不大容易找婆家，会给她起一个名叫作"望门妨"。无法，只得嫁过去，嫁过去之后，妯娌之间又要说她嫌贫爱富，百般地侮辱她。丈夫因此也不喜欢她了，公公婆婆也虐待她，她一个年轻的未出过家门的女子，受不住这许多攻击，回到娘家去，娘家也无甚办法，就是那当年指腹为亲的母亲说：

"这都是你的命（命运），你好好地耐着吧！"

年轻的女子，莫名其妙的，不知道自己为什么要有这样的命，于是往往演出悲剧来，跳井的跳井，上吊的上吊。

古语说，"女子上不了战场。"

其实不对的，这井多么深，平白地你问一个男子，问他这井敢跳不敢跳，怕他也不敢的。而一个年轻的女子竟敢了，上战场不一定死，也许回来闹个一官半职的。可是跳井就很难不死，一跳就多半跳死了。

那么节妇坊上为什么没写着赞美女子跳井跳得勇敢的赞词？那是修节妇坊的人故意给删去的。因为修节妇坊的，多半是男人。他家里也有一个女人。他怕是写上了，将来他打他女人的时候，他的女人也去跳井。女人也跳下井，留下来一大群孩子可怎么办？于是一律不写。只写，温文尔雅，孝顺公婆……

大戏还没有开台，就来了这许多事情。等大戏一开了台，那戏台下边，真是人山人海，拥挤不堪。搭戏台的人，也真是会搭，正选了一块平平坦坦的大沙滩，又光滑、又干净，使人就是倒在上边，也不会把衣裳沾一丝儿的土星。这沙滩有半里路长。

人们笑语连天，哪里是在看戏，闹得比锣鼓好像更响，那戏台上出来一个穿红的，进去一个穿绿的，只看见摇摇摆摆地走出走进，别的什么也不知道了，不用说唱得好不好，就连听也听不到。离着近的还看得见不挂胡子的戏子在张嘴，离得远的就连戏台那个穿红衣裳的究竟是一个坤角[①]，还是一个男角也都不大看得清楚。简直是还不如看木偶戏。

但是若有一个唱木偶戏的这时候来在台下，唱起来，问他们看不看，那他们一定不看的，哪怕就连戏台子的边也看不见了，哪怕是站在二里路之外，他们也不看那木偶戏的。因为在大戏台底下，哪怕就是睡了一觉回去，也总算是从大戏台子底下回来的，而不是从什么别的地方回来的。

---

① 女角。

一年没有什么别的好看，就这一场大戏还能够轻易地放过吗？所以无论看不看，戏台底下是不能不来。

所以一些乡下的人也都来了，赶着几套马的大车，赶着老牛车，赶着花轮子，赶着小车子，小车子上边驾着大骡子。总之家里有什么车就驾了什么车来。也有的似乎他们家里并不养马，也不养别的牲口，就只用了一匹小毛驴，拉着一个花轮子也就来了。

来了之后，这些车马，就一齐停在沙滩上，马匹在草包上吃着草，骡子到河里去喝水。车子上都搭席棚，好像小看台似的，排列在戏台的远处。那车子带来了他们的全家，从祖母到孙子媳，老少三辈，他们离着戏台二三十丈远，听是什么也听不见的，看也很难看到什么，也不过是五红大绿的，在戏台上跑着圈子，头上戴着奇怪的帽子，身上穿着奇怪的衣裳。谁知道那些人都是干什么的，有的看了三天大戏子台，而连一场的戏名字也都叫不出来。回到乡下去，他也跟着人家说长道短的，偶尔人家问了他说的是哪出戏，他竟瞪了眼睛，说不出来了。

至于一些孩子们在戏台底下，就更什么也不知道了，只记住一个大胡子，一个花脸的，谁知道那些都是在做什么，比比划划，刀枪棍棒的乱闹一阵。

反正戏台底下有些卖凉粉的，有些卖糖球的，随便吃去好了。什么年糕，油炸馒头，豆腐脑都有，这些东西吃了又不饱，吃了这样再去吃那样。卖西瓜的，卖香瓜的，戏台底下都有，招得苍蝇一大堆，嗡嗡地飞。

戏台下敲锣打鼓震天地响。

那唱戏的人，也似乎怕远处的人听不见，也在拼命地喊，喊破了喉咙也压不住台的。那在台下的早已忘记了是在看戏，都在那里说长道短，男男女女的谈起家常来。还有些个远亲，平常一年也看不到，今天在这里看到了，哪能不打招呼。所以三姨二婶子的，就在人多的地方大叫起来，假若是在看台的凉棚里坐着，忽然有一个老太太站了起来，大叫着说：

"他二舅母，你可多咱来的？"

于是那一方也就应声而起。原来坐在看台的楼座上的，离着戏台比较近，听唱是听得到的，所以那看台上比较安静。姑娘媳妇都吃着爪子，喝着茶。对这大嚷大叫的人，别人虽然讨厌，但也不敢去禁止，你若让她小一点声讲话，她会骂了出来：

"这野台子戏，也不是你家的，你愿听戏，你请一台子到你家里去唱……"

另外的一个也说：

"哟哟，我没见过，看起戏来，都六亲不认了，说个话儿也不让……"

这还是比较好的，还有更不客气的，一开口就说：

"小养汉老婆……你奶奶，一辈子家里外头靡①受过谁的大声小气，今天来到戏台底下受你的管教来啦，你娘的……"

被骂的人若是不搭言，过一回也就了事了，若一搭言，自然也没有好听的。于是两边就打了起来啦，西瓜皮之类就飞了过去。

这一来在戏台下看戏的，不料自己竟演起戏来，于是人们一窝蜂似的，都聚在这个真打真骂的活戏的方面来了。也有一些流氓混子之类，故意地叫着好，惹得全场的人哄哄大笑。假若打仗的还是个年轻的女子，那些讨厌的流氓们还会说着各样的俏皮话，使她火上加油越骂就越凶猛。

自然那老太太无理，她一开口就骂了人。但是一闹到后来，谁是谁非也就看不出来了。

幸而戏台上的戏子总算沉着，不为所动，还在那里阿拉阿拉地唱。过了一个时候，那打得热闹的也究竟平静了。

…………

也有的在戏台下边，不听父母之命，不听媒妁之言，自己就结了终生不解之缘。这多半是表哥表妹等等，稍有点出身来历的公子小姐的行为。他们一言为定，终生合好。间或也有被父母所阻拦，生出来许多波折。但那波折都是非常美丽的，使人一讲起来，真是比看《红楼梦》更有趣味。来年再唱大戏的时候，姊妹们一讲起这佳话来，

---

① 没。

真是增添了不少的回想……

赶着车进城来看戏的乡下人，他们就在河边沙滩上，扎了营了。夜里大戏散了，人们都回家了，只有这等连车带马的，他们就在沙滩上过夜。好像出征的军人似的，露天为营。有的住了一夜，第二夜就回去了。有的住了三夜，一直到大戏唱完，才赶着车子回乡。不用说这沙滩上是很雄壮的，夜里，他们每家燃了火，煮茶的煮茶，谈天的谈天，但终归是人数太少，也不过二三十辆车子。所燃起来的火，也不会火光冲天，所以多少有一些凄凉之感。夜深了，住在河边上，被河水吸着又特别的凉，人家睡起觉来都觉得冷森森的。尤其是车夫马倌之类，他们不能够睡觉，怕是有土匪来抢劫他们马匹，所以就坐以待旦。

于是在纸灯笼下边，三个两个的赌钱。赌到天色发白了，该牵着马到河边去饮水去了。在河上，遇到了捉蟹的蟹船。蟹船上的老头说：

"昨天的《打渔杀家》唱得不错，听说今天有《汾河湾》。"

那牵着牲口饮水的人，是一点大戏常识也没有的。他只听到牲口喝水的声音呵呵的，其他的则不知所答了。

♣ 分析

"野台子戏"是一年中聚会的盛典，萧红在这一节里充分地放开，详细地写从搭台子开始的呼兰人的种种生活情态。人们不仅仅是看戏，更多的是把这看戏的活动，运用成为盛大的交际场。一年未见的三姑六姨在这里碰头，惊喜！母亲春天嫁女，约好秋天接回娘家看戏，少不了一番叮咛。有人趁这个机会指腹为亲，有年轻男女因看戏接触而生情私奔的，还有在戏台下面争吵厮打起来的……热闹非凡，这是一种特殊的生活情态的描写。

从"看戏"这个核心出发，写之前之后的种种不同反应、变化，是这一节的主要表现形式。从写作技巧上说，紧扣着一个主题，再展开写，则不容易写散架，写乱麻。

导读
淡淡的人生中也有好戏

从写作技巧来看，萧红写记忆中的故乡，从印象最深刻的地方着手，这样写起来很生动，很自然。

写作体现一名作家对表现对象的理解，把这种理解分为不同的小主题，条理清晰、分门别类地加以叙事，这样读者在阅读时就可以很清晰地跟着作家的叙事走。

《呼兰河传》第二章写故乡的风土人情，主要从"跳大神""放河灯""野台子戏"等几个不同的侧面来体现。每一节一个主题，这样合起来，就形成了一个相对丰富的呼兰河生活图景。

一年四季都有热闹：春天四月十八"娘娘庙大会"（本书没有选入），夏天七月十五"放河灯"，秋天一年劳作结束之后的"野台子戏"，再加上带着娱乐、治病双重性质的"跳大神"，以及本文提到但没有展开的"唱秧歌"。这样一年四季都有不同的民间活动，这些活动与大人有关，与节庆有关，与民俗有关，与小孩子也有关。如此一来，就丰富而立体地呈现出东北小城呼兰河的生活情态、文化民俗。

另外要注意，萧红对呼兰河的情感是非常复杂的。她既从呼兰河出走，又时常在纸上还乡，通过写作回到自己的故乡——她实际上再也没有回过出走之后的故乡。因此，她随身携带着的故乡，是她讲述出来的故乡。她对故乡那些年复一年发生的事情、那些风土人情的原生味道、那些土地拱出来的气息，都有着深深的记忆；同时，又有着难以名状的情感。她不是犀利地批评，也不是悲切的思念，而是淡淡的，如同在高处看着后院的园子，那些作物、那些瓜果蔬菜，这么生，这么长，这么开花，这么结果。一切都是自然的，生是自然的，死也是自然的。

这种类乎超然的态度，是一种独特的文艺美学。

萧红有那个时代最为敏锐且独特的语感，她的语言比曾经的爱人萧军干净，她的语言中有东北口语、东北俗语，但都是经过精心选择的，不破坏语感。萧红的语言有一种独特的气息，生动、鲜活、准确、自然。

萧红对政治问题、对国家大事的态度比萧军淡，因此她不容易迷恋激昂的口号，不容易迷失在煽动性的思想观点中。在那个动荡不安的时代，萧红的人生一直很艰辛，但是她越活越纯粹，越活越自我。她的内心，形成了一个有水、有沙、有草的湿地生态，在这里，那些故乡的人物，栩栩如生。她不允许外在的人、喊口号的人破坏这种生态。

她小心地处理掉作品里那些猛烈的情节，将所有的情节起伏，都控制在自己的温和尺度中。如，姐妹仨出嫁后，几年未见面，现在要趁着这次看野台子戏的机会，了却一段思念，于是去染了布，"一匹送给大姐姐，一匹送给三妹妹"，更多的话也说不出来。哪怕是戏台下面的吵架，她也不去转述那些本土相亲的土话，而是通过自己叙述的方式，来控制语言的频率。双方各介绍一下，就进行了归结："于是两边就打了起来啦，西瓜皮之类就飞了过去。"

这是一种相当克制的叙事，温和中带着弹性。

同样写到东北故乡，萧军是革命性的《八月的乡村》，而萧红则是抒情性的《呼兰河传》。

萧军沉迷于社会问题，热烈探讨国家大事；而萧红总在思考女性的命运，思考人性的本质问题。也因此，萧红的作品能够更加持久地获得读者的认同。

我们写作类似题材，不妨像萧红这样，一开始就摆明要写的几项内容，然后分小节详细展开来写。这样，写作时思路清楚，读者阅读时也很明确。

如果是处在写作文的模式中，只有四十分钟，我们就要学会控制时间、内容和字数。这时，最好的方法，是花一两分钟想一想自己要写什么，花两三分钟做一个简明大纲，例如分四节，每节写什么，用几个字写明。然后花三十分钟写出来，留出五分钟检查错别字，修改不通顺的句子。这样会更加有效率。

思考

我们可以用这种方式写春游吗？可以"记一次有意义的活动"吗？

延伸阅读

萧红《呼兰河传》《生死场》。

我老家①

蒋廷黻

作者简介

蒋廷黻（1895—1965），湖南邵阳人，历史学家、外交家，台湾"中央研究院"院士。1912年赴美留学，1923年获哥伦比亚大学历史学博士学位。回国后曾任南开大学历史系主任，1929年调入清华大学任历史系主任，1935年任国民政府行政院政务处处长，1945年任中国常驻联合国代表，被誉为国民党官员中"最知外交的人"。1965年10月9日在纽约去世，享年七十岁。

我家门前有一条小路，人称小官道。小官道可以经过邵阳到楮塘铺（Chu-Tang-Pu）；楮塘铺是个镇，镇北三里通大官道。循大官道可至湘乡和湘潭，最后可抵长沙。据我估计：从邵阳到长沙大约有一百四十里。路上都铺着青石板。小官道宽约四尺。如果有两乘轿子在路上相遇，其中一乘必须要躲在路旁，静待其他一乘过去，然后再走，以免被挤落田间或水塘。大官道宽约八尺，轿子可以并排通过。

我家东、南、西三面都是水田。北面有两个水塘，塘水用于灌溉和养鱼。四周既不是平原也不是山谷。房西是一带丘陵，最高处不到二十五尺，房后是一座小山，高约五十尺，孤立在那里，南、北两方视线受阻，看不出去。这块地方实在太小，小得简直不能称为一块平地，同时西面的丘陵又太矮，无法形成一条山谷。

---

① 本文选自《蒋廷黻回忆录》第一章《我的先人和老家》，题目为编者所加，为节选。

房西约二百尺处是一条小河，宽约二十尺，雨后，上流的水流下来，水深可达十尺。过几天，水位下降，可以看见奇形怪状的石子。河上有一座木桥，是用六根松木架成的，下面是石头桥墩。有一次，我建议把木桥改成石桥，但是我的长辈们不赞成，他们说石桥建在大门前会破坏风水，带来恶运。

小河和木桥为我们族中兄弟们带来很多快乐。有时水浅，我们可以嬉水，并可寻找五光十色的小石子；有时我们可以用各种方法去捕鱼。我们捕到的都是小鱼，从来没有超过四寸长的。小河南岸有古树，树中间又生着矮小的灌木。我们在树荫下游戏。小鸟在灌木中筑巢。

这座房子住了我们五代。它本身是我太爷替他的两个儿子建造的。起初，房子的建造是左右耳房各一栋，中间是一栋宽敞的祖先堂。堂内设有祖先的供桌，每遇婚丧大典都在那儿举行。祖先堂是全家人的公产。我祖父和他的子女住南耳房，叔祖和他的子女住北耳房。虽然我在这栋房子里一直住到十二岁，后来我又回去过好几次，但我一直不知道它到底有多少间。那是一栋大而不规则的房子。

我太爷和我祖父在我出生前就已过世。我祖母自己住一套房间。我父亲和他的两兄弟也各住一套房间。我们可以说，那简直是一栋大公寓，每个成婚的人都会分到一小栋。只是，每栋都不是分开的。后来，当我这一代的人口增多时，我们的先人就再增建房屋，于是，我们也能分到一套房间。

从远处看，我家房子酷似两座并列的帐篷。每座帐篷有两条雕琢精美的屋檐。这两座帐篷由一条平行的屋脊串连到一起。那条平行屋脊的下面就是祖先堂。这座房子外表很有气势。前面的墙壁下面四尺是砖，上面是土坯。房子的结构非常坚固，家人不担心它会倒塌。砖墙上面勾着石灰的混合物，这种混合物在古老的中国等于现在的水泥。不但可以防风雨的侵蚀，而且可以使外表美观。

房子的门窗都是木制的，上面没有玻璃，窗子上面糊着窗纸，不仅可以防风雨，又可以掩蔽隐私。因为是纸，所以不坚固，要时常更换。屋中的地是干土铺的，经人常年践踏，早已坚硬如石。当然，那儿是没有自来水的。房后是女厕所，男厕所设在屋角。所有的屋子都很暗。因为老一辈人都喜欢讲鬼，所以当我回忆到童年时，就越发感到那些屋子的阴森。

有些邻居的房子比我家的富丽堂皇。北面距我家两里是赵家（Chaos）。正南约两里是赵姓的另一族。东面山后也有一排房子，那是邓家（Teng Chan）。这些房子都比我家的有气势。外形美，用的砖也多。他们房前大多数都有一片砖铺的庭院。孩子们可以在院里玩，客人们也可以在那里下轿子。

我家西面是一片茅草屋，有的只有一间屋子。紧邻我们的房子，在水塘的那一边，住着我太爷的另一支后人。他们的房子比我们的大，但不如我们的好，至少在外表上不如我们。在那栋房子里，住着我祖父的堂兄弟——我的六叔祖、七叔祖和八叔祖。

我十岁时，祖父这一支的人口就已经超过了二十人。大伯父夫妇生三子三女，二伯父夫妇生一子四女。家父在兄弟三人中最年幼，有一女三子。因此，我祖母膝下有三子，三个媳妇和十五个孙辈。

我应该再补充说明一下，我的祖父母有一个女儿，她生两男一女。住在距我家约三里处，她丈夫姓刘（Liu）。所以她的孩子我们当作"外系"，因为他们不姓蒋。不过，我祖母对那些"外系"的晚辈和我们这些"内系"的晚辈都一样宠爱。

我的叔祖和叔祖母有四男二女，住在北耳房。他们有多少孙辈，我不太清楚。

…………

我们住的房子在稻田和水塘之间，我和堂兄弟们也就在这片空间中玩耍。玩耍时可以说没有玩具。新年时我们自己做毽子。有时我们用竹子做一根鱼竿去钓鱼。有时跟在牛群后面，听牛背上牧童们唱歌。有些牧童唱的歌至今我还记得。牧童们时常比赛唱歌。由一个牧童先开始，他唱完后，另一个牧童立刻接唱。他们比赛谁唱的多，唱的好。

周末和星期假日在古老的中国是没有的。虔诚的佛教徒是于阴历初一、十五在自己家里或到庙上祭拜，但却和平时一样也要工作。在中国，较大的节日都是关于人的节日。第一个节是新年，从正月初一直到十五。这是中国最大的节日。

正月初一，因为我们要祭天地，尽管除夕大家睡的很迟，但还是要起早。长辈们率领我们鱼贯走到小官道。我们向天祭拜，每人三叩首，同时燃放鞭炮。然后再到祖先堂去祭拜祖先。祭过祖先后，住在北耳房的人要给我叔祖和叔祖母拜年，同时我们住在南耳房的人也要给祖母拜年。接下来，我和兄弟们再给大伯父和大伯母拜年，最后再给二伯父和二伯母拜年。祖母、伯伯和伯母都要给我们年糕。第一次参加拜年的男孩子会比别人多得一个红包，表示长辈对他的喜爱。

南耳房拜完年后，我们都到北耳房去给叔祖父和叔祖母去拜年，我们这一辈的也要给叔婶们拜年。北耳房的人们，同样也到南耳房给我祖母拜年。

在中国旧社会中，辈分和年龄是决定礼仪的基本条件。我要给父执辈拜年，同时也要给祖父辈的人拜年。在平辈人中，我要给比我年岁大的人拜年。以拜年论，不分贫富，不论社会地位，不论主仆都是如此的。我们雇用的长工，如果他是家父一辈的——往往是如此的——我们也要对他们说些恭维话。如果我对年长的雇用人有疾言厉色，家父和家母一定要责备。任何不敬老的事都被认为是不良行为。这种礼俗在拜年时要严格遵守。

正月初二，我们住在大房子的人要到水塘对面的房子去给叔祖父、叔祖母、叔婶们去拜年。他们也要到我们家给祖母、叔祖父、叔祖母、叔婶们拜年。拜年时，要互送礼物，大多数都送年糕。

正月初三，我和兄弟们要给外公、外婆和表兄们去拜年。大人们要到左邻右舍朋友们家中去拜年。

过新年，有鸡、鸭、鱼、肉和年糕，我们可以大快朵颐。

初五开始舞龙和耍狮。舞龙和耍狮的队伍多半由某一族人自己组成。傍晚，舞龙的队伍带着锣鼓出发，一群人跟在后面，每人打着纸灯笼。看起来非常好看。在我五岁以前，母亲不准我跟着去看。五岁以后，她晓得已经管不住我，只好把我交给一个年长的人照顾，才准我跟去看。舞龙的队伍要到邻家，特别是同族的邻家去舞。在舞龙时有些自命不凡粗通文字的人还要来几句散文诗，说几句过年的应景吉祥话。接着是拳击和摔角表演。表演后群众安静下来，主人献茶，把年糕分给小孩子们吃。

正月初八，附近的庙宇白天要演戏，引来很多观众。开锣前，各种小贩麇集，卖吃食，卖玩具，样样都有。庙外常有耍猴子和耍白老鼠的。儿时，我对小贩和猴戏比庙内的戏要有兴趣得多。

正月十五，年过完了。人们都要重新开始工作，生活恢复正常。新年过去，人们都有一种怅然若失的感觉。

五月初五，也是一个节日。这个节只有一天。每家要在门上挂艾草，表示驱邪，并且要吃粽子。临河的城镇有龙船竞赛。或以行业，或以地区组队参加。

五月节过后是中秋节，日期是八月十五。人们都认为八月十五的月亮最圆最亮，中秋节只有一个晚上，大家吃月饼。

最后的节日是九月九。九月九在中国称重阳节，人们用登高来庆祝。如果无山可登，就登上一座较高的建筑物来意思意思。重阳节是庆祝丰收，因而要打牙祭。

除了上述的节日外，春天大家还要上坟祭奠祖先。我在过节时都会感到高兴，都会有好东西吃。除了玩和吃之外我不想其他的东西，因为我除此以外也不知道其他东西。

每逢过年节，长辈们对我们的管束就放松了。父母对我们更放任。如果我犯错父亲会告诫我："如果不是过年，我非打你不成。因为过年，今天饶了你。"平时，父母对我们管的很严。他们自己也自律甚严，以身作则，示意我们将来要好好过日子，好好做人。

导读
旧时的生活，旧时的节日

蒋廷黻先生名字中的"黻（fú）"字，我小时候常读成"拔（bá）"。

我老家在偏僻乡村，识字断墨的人少，也没有字典、词典或百科辞典可查，很多字都是"望形生义",想当然地乱读。那时有老师指点说,"有形读形,无形读音",更是助长了这种不良风气。现在查字典,我知道了"黻"字的正确念法,还知道"黼黻(fǔ fú)"是礼服上的彩色条纹,"黼"是黑白条纹,"黻"是青赤条纹,只有公卿大官中的公爵,才有资格穿黼黻的衣服。

这个扯远了,主要是反省一下不查字典,后患无穷。胡适先生曾说:"……字典、辞典、参考书等等工具要完备。……我个人的意见是奉劝大家,当衣服,卖田地,至少要置备一点好的工具。比如买一本《韦氏大字典》,胜于请几个先生。这种先生终身跟着你,终身享受不尽。"

现在很多同学不习惯查字典,而在网上搜。但网上资料不严谨,要多对比才能得出正确结论。如"盂兰会"是农历七月十五中元节,在几个"百科"里,竟都解释成农历七月七的节日。

回忆录的写作方法跟一般散文不同,要把记忆中的人与事,有条有理讲清楚,而非卖弄文采,滥用好词好句。

蒋廷黻先生是著名的历史学家、政治家,曾留学美国,获哥伦比亚大学博士学位,为人治学都很严谨。他已离开湖南邵阳老家几十年,但本文条理清晰,措辞谨慎。

蒋廷黻先生说到自己家乡,有强烈的方位感:先说大方位——如家门前有一条小官道,通往大官道,可至湘乡及省会长沙。长沙,普通读者都知道是在中国中部。有了位置感,回过来说家乡风物:山、川、房、舍,然后说在此生活了好几代的家族。地理是横切面,家族历史是纵切面,纵横交错,很像一个棋盘,让你看得清清楚楚。

如果你读过沈从文先生的《边城》,会发现这样讲述故乡的山水,是当时流行的一种气息。因为那时的交通状况、信息通信状况,跟现在完全不一样,要对省城、大城市、官道等,都做一个条理介绍。

交代家乡一年中的不同节日,可以提供一种民间生活形态:春节、端午、中秋、登高。这里没提到"鬼节",而是多了"登高"节。后面胡也频的《登高》也写到福州老家的登高风俗。湖南、福建比邻,似乎南方的节日互通性更强。

蒋廷黻先生回忆老家，首先从地理上定位，然后介绍自己的家族，最后谈到节日等民俗。地理上，小官道上两辆轿子相会，要相互"避让"，跟现在开车相似。一百多年前，中国社会没有周末，佛教徒在农历初一、十五会拜祭，但和平时一样也要劳动。大节日是正月初一到十五的春节，要整整闹上半个月。

读这样一篇回忆录，不仅能知道蒋廷黻先生少年时代的生活，也能看到百年前中国社会特殊情态，那时的交通，那时的节假日，那时候的礼仪等。条理清晰的好处就在这里。

思考

如果要写一下自己的家乡怎么过春节，你会怎么写呢？

延伸阅读

蒋廷黻《蒋廷黻回忆录》、胡适《胡适口述自传》。

少年游①
——郁达夫自传之二

郁达夫

作者简介

郁达夫（1896—1945），原名郁文，字达夫，浙江富阳人。中国现代著名小说家、散文家、诗人，与诗人徐志摩为同学。郁达夫有很高的语言天赋，精通日、英、马来西亚等语言。1921年6月，郁达夫和郭沫若、成仿吾等人组织成立创造社，同年10月，出版我国现代文学史上第一部白话短篇小说集《沉沦》，由此奠定了他在新文学运动中的重要地位。1940年郁达夫到达新加坡，与友人许云樵等创办南洋学会，后因太平洋战争爆发，日寇占领东南亚，郁达夫辗转至苏门答腊，为了安全生存化名"赵廉"。在此期间，郁达夫为保护当地侨民，曾给日本宪兵当翻译。1945年，他的真实身份被日本人侦破，被带走后失踪。日本学者铃木正夫研究大量资料后，写了《苏门答腊的郁达夫》一书，认为郁达夫被日本宪兵秘密杀害了。1952年，中华人民共和国中央人民政府追认郁达夫为革命烈士。代表作有《沉沦》《春风沉醉的晚上》《迟桂花》等，散文《故都的秋》《钓台的春昼》被选入中学语文教材。

不晓得是在哪一本俄国作家的作品里，曾经看到过一段写一个小村落的文字，他说："譬如有许多纸折起来的房子，摆在一段高的地方，被大风一吹，这些房子就歪歪

---

① 选自《郁达夫自传》，原题目为《我的梦，我的青春！》，该题目为编者所改。

斜斜地飞落到了谷里，紧挤在一道了。"前面有一条富春江绕着，东西北的三面尽是些小山包住的富阳县城，也的确可以借了这一段文字来形容。

虽则是一个行政中心的县城，可是人家不满三千，商店不过百数；一般居民，全不晓得做什么手工业，或其他新式的生产事业，所靠以度日的，有几家自然是祖遗的一点田产，有几家则专以小房子出租，在吃两元三元一月的租金；而大多数的百姓，却还是既无恒产，又无恒业，没有目的，没有计划，只同蟑螂似的在那里出生，死亡，繁殖下去。

这些蟑螂的密集之区，总不外乎两处地方；一处是三个铜子一碗的茶店，一处是六个铜子一碗的小酒馆。他们在那里从早晨坐起，一直可以坐到晚上上排门的时候；讨论柴米油盐的价格，传播东邻西舍的新闻，为了一点不相干的细事，譬如说罢，甲以为李德泰的煤油只卖三个铜子一提，乙以为是五个铜子两提的话，双方就会得争论起来；此外的人，也马上分成甲党或乙党提出证据，互相论辩；弄到后来，也许相打起来，打得头破血流，还不能够解决。

因此，在这么小的一个县城里，茶店酒馆，竟也有五六十家之多；于是大部分的蟑螂，就家里可以不备面盆手巾，桌椅板凳，饭锅碗筷等日常用具，而悠悠地生活过去了。离我们家里不远的大江边上，就有这样的两处蟑螂之窟。

在我们的左面，住有一家砍砍柴，卖卖菜，人家死人或娶亲，去帮帮忙跑跑腿的人家。他们的一族，男女老少的人数很多很多，而住的那一间屋，却只比牛栏马槽大了一点。他们家里的顶小的一位苗裔年纪比我大一岁，名字叫阿千，冬天穿的是同伞似的一堆破絮，夏天，大半身是光光地裸着的；因而皮肤黝黑，臂膀粗大，脸上也像是生落地之后，只洗了一次的样子。他虽只比我大了一岁，但是跟了他们屋里的大人，茶店酒馆日日去上，婚丧的人家，也老在进出；打起架吵起嘴来，尤其勇猛。我每天见他从我们的门口走过，心里老在羡慕，以为他又上茶店酒馆去了，我要到什么时候，才可以同他一样的和大人去夹在一道呢！而他的出去和回来，不管是在清早或深夜，我总没有一次不注意到的，因为他的喉音很大，有时候一边走着，一边在绝叫着和大人谈天，若只他一个人的时候哩，总在啰唆地唱戏。

当一天的工作完了，他跟了他们家里的大人，一道上酒店去的时候，看见我欣羡地立在门口，他原也曾邀约过我；但一则怕母亲要骂，二则胆子终于太小，经不起那些大人的盘问笑说，我总是微笑着摇摇头，就跑进屋里去躲开了，为的是上茶酒店去的诱惑性，实在强不过。

有一天春天的早晨，母亲上父亲的坟头去扫墓去了，祖母也一侵早①上了一座远在三四里路外的庙里去念佛。翠花在灶下收拾早餐的碗筷，我只一个人立在门口，看有淡云浮着的青天。忽而阿千唱着戏，背着钩刀和小扁担绳索之类，从他的家里出来，看了我的那种没精打采的神气，他就立了下来和我谈天，并且说：

"鹳山后面的盘龙山上，映山红开得多着哩；并且还有乌米饭（是一种小黑果子），彤管子（也是一种刺果），刺莓等，你跟了我来罢，我可以采一大堆给你。你们奶奶，不也在北面山脚下的真觉寺里念佛么？等我砍好了柴，我就可以送你上寺里去吃饭去。"

阿千本来是我所崇拜的英雄，而这一回又只有他一个人去砍柴，天气那么的好，今天侵早祖母出去念佛的时候，我本是嚷着要同去的，但她因为怕我走不动，就把我留下了。现在一听到了这一个提议，自然是心里急跳了起来，两只脚便也很轻松地跟他出发了，并且还只怕翠花要出来阻挠，跑路跑得比平时只有得快些。出了弄堂，向东沿着江，一口气跑出了县城之后，天地宽广起来了，我的对于这一次冒险的惊惧之心就马上被大自然的威力所压倒。这样问问，那样谈谈，阿千真像是一部小小的自然界的百科大辞典；而到盘龙山脚去的一段野路，便成了我最初学自然科学的模范小课本。

麦已经长得有好几尺高了，麦田里的桑树，也都发出了绒样的叶芽。晴天里舒叔叔的一声飞鸣过去的，是老鹰在觅食；树枝头叽叽喳喳，似在打架又像是在谈天的，大半是麻雀之类；远处的竹林丛里，既有抑扬，又带余韵，在那里歌唱的，才是深山

---

① 拂晓。

的画眉。

上山的路旁,一拳一拳像小孩子的拳头似的小草,长得很多;拳的左右上下,满长着了些绛黄的绒毛,仿佛是野生的虫类。我起初看了,只在害怕,走路的时候,若遇到一丛,总要绕一个弯,让开它们,但阿千却笑起来了,他说:

"这是薇蕨,摘了去,把下面的粗干切了,炒起来吃,味道是很好的哩!"

渐走渐高了,山上的青红杂色,迷乱了我的眼目。日光直射在山坡上,从草木泥土里蒸发出来的一种气息,使我呼吸感到了困难;阿千也走得热起来了,把他的一件破夹袄一脱,丢向了地下。教我在一块大石上坐下歇着,他一个人穿了一件小衫唱着戏去砍柴采野果去了;我回身立在石上,向大江一看,又深深地深深地得到了一种新的惊异。

这世界真大呀!那宽广的水面!那澄碧的天空!那些上下的船只,究竟是从哪里来,上哪里去的呢?

我一个人立在半山的大石上,近看看有一层阳光在颤动着的绿野桑田,远看看天和水以及淡淡的青山,渐听得阿千的唱戏声音幽下去远下去了,心里就莫名其妙地起了一种渴望与愁思。我要到什么时候才能大起来呢?我要到什么时候才可以到这像在天边似的远处去呢?到了天边,那么我的家呢?我的家里的人呢?同时感到了对远处的遥念与对乡井的离愁,眼角里便自然而然地涌出了热泪。到后来,脑子也昏乱了,眼睛也模糊了,我只呆呆地立在那块大石上的太阳里做幻梦。我梦见有一只揩擦得很洁净的船,船上面张着了一面很大很饱满的白帆,我和祖母母亲翠花阿千等都在船上,吃着东西,唱着戏,顺流下去,到了一处不相识的地方。我又梦见城里的茶店酒馆,都搬上山来了,我和阿千便在这山上的酒馆里大喝大嚷,旁边的许多大人,都在那里惊奇仰视。

这一种接连不断的白日之梦,不知做了多少时候,阿千却背了一捆小小的草柴,和一包刺莓映山红乌米饭之类的野果,回到我立在那里的大石边来了;他脱下了小衫,光着了脊肋,那些野果就系包在他的小衫里面的。

他提议说，时候不早了，他还要砍一捆柴，且让我们吃着野果，先从山腰走向后山去罢，因为前山的草柴，已经被人砍完，第二捆不容易采刮拢来了。

慢慢地走到了山后，山下的那个真觉寺的钟鼓声音，早就从春空里传送到了我们的耳边，并且一条青烟，也刚从寺后的厨房里透出了屋顶。向寺里看了一眼，阿千就放下了那捆柴，对我说：

"他们在烧中饭了，大约离吃饭的时候也不很远，我还是先送你到寺里去罢！"

我们到了寺里，祖母和许多同伴者的念佛婆婆，都张大了眼睛，惊异了起来。阿千走后，她们就开始问我这一次冒险的经过，我也感到了一种得意，将如何出城，如何和阿千上山采集野果的情形，说得格外的详细。后来坐上桌去吃饭的时候，有一位老婆婆问我："你大了，打算去做些什么？"我就毫不迟疑地回答她说："我愿意去砍柴！"

故乡的茶店酒馆，到现在还在风行热闹，而这一位茶店酒馆里的小英雄，初次带我上山去冒险的阿千，却在一年涨大水的时候，喝醉了酒，淹死了。他们的家族，也一个个地死的死，散的散，现在没有生存者了；他们的那一座牛栏似的房屋，已经换过了两三个主人。时间是不饶人的，盛衰起灭也绝对地无常的：阿千之死，同时也带去了我的梦，我的青春！

导读
一个少年总要有一次突破自己小天地的漫游

这篇文章写故乡，除了开头对富阳县城做一番介绍，重点写自己跟着邻居少年阿千去盘龙山野游这段经历。

这段经历对少年郁达夫而言，是自我的突破，走出了从未走出的县城，上了从未去过的盘龙山。因而记忆深刻，写得尤其生动。之前写富阳县城的地理背景、人情风俗，都是为这次突破性的"野游"作的铺垫，从而形成鲜明的对比。

富阳百姓，在郁达夫的眼里，浑浑噩噩，生活无聊，人生无趣，而且生生灭灭，就那么的无声无息。

理由有两个：

一、"大多数的百姓，却还是既无恒产，又无恒业，没有目的，没有计划，只同蟑螂似的在那里出生，死亡，繁殖下去。"

二、"这些蟑螂的密集之区，总不外乎两处地方：一处是三个铜子一碗的茶店，一处是六个铜子一碗的小酒馆。他们在那里从早晨坐起，一直可以坐到晚上上排门的时候；讨论柴米油盐的价格，传播东邻西舍的新闻，为了一点不相干的细事……还不能够解决。"

这样苦闷无望的传统乡镇世界，不是少年的希望。他从未出过远门，但是有不满的心，有好奇的心，有走出局限的心，要去远方的冲动非常强烈。

郁达夫写到少年玩伴，一个贫穷而早当家的邻居阿千。

在人群中，阿千显得很特别，"皮肤黝黑，臂膀粗大……茶店酒馆日日去上，婚丧的人家，也老在进出；打起架吵起嘴来，尤其勇猛"。

因其与众不同，郁达夫很想亲近他。当阿千"唱着戏，背着钩刀和小扁担绳索之类"出现时，他已经成了郁达夫崇拜的小英雄。

"野游"也不远，只是城外鹳山后面的盘龙山。

阿千要砍柴，郁达夫只是想离家去探险，拓宽自己的视野。

这是少年郁达夫第一次没在家人的陪伴下去远处玩。对一个少年来说，第一次没有家里成年人陪伴的远游、探险，是成长中至关重要的一次体验。

每个孩子到了一定的年龄，都有强烈的独自行动的愿望，第一次离家远游的感受，也都会长久地留存在自己的记忆中。

在这里，少年郁达夫离开富阳县城，融入山野，是他要摆脱那种窒息无趣生活的一种个人行动。趁着大人都不在家，他一个不注意就溜了。

而在山野间看到的外在世界、陌生环境，激发了少年的内心。这与浑浑噩噩地生活着，出没于小酒馆和茶馆，为一点"细事"就能吵并打起来的蟑螂世界是那么不同：

"麦已经长得有好几尺高了，麦田里的桑树，也都发出了绒样的叶芽。晴天里舒叔叔的一声飞鸣过去的，是老鹰在觅食；树枝头叽叽喳喳，似在打架又像是在谈天的，大半是麻雀之类；远处的竹林丛里，既有抑扬，又带余韵，在那里歌唱的，才是深山的画眉。"

郁达夫的风景描写，前后顺序很讲究——从近的"麦""桑"，到远的"老鹰""竹林"，从静物"叶芽"到动物"画眉"，这样排列有致而事物丰富——如此的自然世界，与富阳县城的尘俗世界全然不同。一个人独自立在半山大石上远眺，郁达夫产生了悠远的遐思："我要到什么时候才可以到这像在天边似的远处去呢？"

由此也可以看出，少年郁达夫是一个不安于现状的人。后来，郁达夫离开了富阳，离开了浙江，去了很多地方。长大外出求学之后，他的人生跌宕起伏，丰富多彩。

在经历了复杂的成人世界后，郁达夫重新回忆自己的家乡，回忆少年时代，把跟随阿千去盘龙山野游，作为走出家乡的起点。这于郁达夫，是有深意的——这位不同一般的阿千，后来还是死了。

郁达夫的散文名篇《钓台的春昼》也是重返家乡时写的——成年之后的观察，与小时候的体验截然不同。然而，我对这篇《少年游》却有更深的共鸣。

思考

如何选择观察视角，从近到远或由远及近地描写景物？又如何从静物过渡到动物？

延伸阅读

郁达夫《达夫自传》《迟桂花》《春风沉醉的晚上》。

登 高

胡也频

作者简介

　　胡也频（1903—1931），原名胡崇轩，1903年出生于福建省福州市。早年读过私塾，当过学徒，后被家人送到天津大沽口海军学校学习机器制造，其间去北京考大学，但未被录取。在北京、烟台等地过了三四年的流浪生活，开始写小说。1925年与女作家丁玲结婚，1928年到上海与沈从文共同编辑《中央日报》副刊《红与黑》，次年与沈从文合编《红黑》月刊和《人间》月刊。1930年加入"左联"，被选为执行委员。1931年1月17日被逮捕，2月在上海龙华被枪决，年仅二十八岁。

　　张妈在厨房里用竹帚子洗锅，沙沙嚓嚓的响，也像是昨夜的雨还没止，水落上涟涟地流下的雨漏……

　　偏是这一天就下雨！初醒来，在睡后的惺忪中，听见这声音，我懊恼。其实，像一清早乍开起眼睛来，在床上，当真的，就发觉是雨天，这在平常，却是妙极的一件乐事。因为，落起雨，雨纵不大，南门兜的石板路全铺上烂泥，是无疑的，那末，我们便借这缘故，说是木屐走到烂泥上，会溜滑，会翻跟斗，就可以躲懒不上学了。倘是落大雨，那更好，假使我们就装作好孩子模样，想上学，大人也要阻止的。早晨下起雨来真有许多好处！像念书，作文，写大字，能够自自然然的免去，是一件；像和那肮脏的，寒酸气饱满而又威严的老秀才不生关系，这又是一件；但给我们顶快活的，却是在家里，大家——几个年纪相似的哥妹们聚在一块，玩掷红，斗点，或用骨牌来盖城墙，弹纸虾膜，以及做着别种饶有小孩子趣味的游戏：这之类，是顶有力的使我们盼望着早晨的雨。因此，几乎在每一天早晨，张开眼，我就先看窗外，又倾耳静听，考察那天空是否正密密匝匝的在落雨。雨，尤其是早晨的，可说是等于给我们快乐的一个天使。但今天，因是九月初九，情形便异样了，怕落雨。在昨夜里听到了雨声，我就难睡，在担忧，着急，生怕一年中只有一次的登高，要给雨送掉了。所以，把张妈洗锅的声音，就疑为雨漏了。

　　证明是晴天，这自然得感谢金色的太阳！阳光照在窗外的枣树上，我看见，满树的枣子还映出红色，于是狂欢了：这真是非同小可的事！实在，像一年只有一天的登高，真须要晴天。要是落雨，你想想，纸糊的风筝还能够上天么？想到小孩子们不多有的快乐日子，天纵欲雨，是也应变晴吧。这一天真比不得中秋节！中秋节落起雨来，天阴阴的，这对于要赏月的大人们是扫兴极了，但小孩子却无损失，我们还可以在房子里，照样的吃我们所喜欢吃的烧鸡，喝我们的红色玫瑰酒……登高就不同了，若落雨，那只是和我们小孩子开玩笑，捣鬼，故意为难，充满宣战意味的，等于仇敌，使我们经过了若干日子以后还会怀恨着。

　　天既然是晴，不消说，我心头的忧虑就消灭了。

　　爬下床，两只手抓住不曾束紧腰带的裤头，匆匆地跑到房外找锵弟。他也像刚起床，站在天井边，糊涂的，总改不掉初醒后的那毛病，把鼻涕流到嘴唇上，用手背来往的擦，结果手背似乎净了些，满嘴却长出花胡髭了。

　　"装一个丑角你倒好！"这是斌姊常常讥笑他。

　　"丑角，这是什么东西呢？"他反问。

　　"三花脸！"

　　因为三花脸是顶痞而且丑的，锵弟知道，于是就有点怕羞。关于他的这毛病，我本来也可以用哥的资格去责备他，但我也有自己的坏毛病在，只能把他这可笑的动作看作极平常的一件事，如同吃饭必须用筷子一样的。要是我也学斌姊那样的口吻去讥笑他，虽使他发臊，可是他马上就反攻，撅起嘴，眼睛一瞪，满着轻蔑的说：

"一夜湿一条裤子，不配来讲！"

想到尿床的丑，我脸红了。因此，这时看见他，为了经验，就把他很滑稽的满嘴花胡髭忽略去，只说我们的正经话。

"见鬼，我以为还在落雨……"我说。

他微笑，手从嘴唇上放下来，又把衣衫的边幅去擦手背。

"你知道昨夜里落雨么？"

"知道。"他回答，"可是我要它晴，若不晴，我必定骂他娘的……"

"你又说丑话了！"我只想；因为这时的目的是贯注在登高，放纸鸢，以及与这相关的事情上面。

无意的，我昂起头去，忽看见蓝色无云的天空中，高高低低，错落的，飘翔着大大小小的各样纸鸢：这真是一种重大的欢喜，我的心全动了。

"我们也放去！"我快乐的喊。

"好的！"他同意，"到露台上还是到城楼顶去？"

"你快瞧，"我却指着从隔屋初飞上去的一个花蝴蝶，"这个多好看！"

"那就是癫头子哥哥放的。"

这所谓的癫头子哥哥，他的年纪虽比我们都大，却是我顶看不起的一个人。其鄙薄的原因，也就是那个癫，痴得使人讨厌，把头发变得黄而且稀少，在夏天总引了许多的苍蝇盘旋那顶上。并且，他除了会哼"云淡风清近午天"的这句《千家诗》，别的他全不懂，这也是使我这个会作文的年轻人不生敬意的一个原因。但这时，看那只多好看的花蝴蝶纸鸢是他放的，心中却未免有了愤愤，还带点嫉妒。

"是癫头子放的，不对吧。"我否认。

"谁说不是？"锵弟说出证据了，"昨天在下南街我亲眼瞧他买来的，花一角钱。"

我默然！心中更不平了，就说：

"癫头子都有，我们反没得！"

"可不是？"

"我们和妈妈说去……"我就走,锵弟跟在我脚后,他又把衣衫的边幅去抹嘴上的花胡髭。

母亲正在梳头。

"妈妈!"我说,一面就拉她往外走。

"做什么?"她问,"这样急急忙忙的?"莨梳子停了动作,一只手挽住披散的头发,转过脸来看我们。

"你瞧去,多好看的一个纸鸢——花蝴蝶!"

"这也值得大惊小怪?"

"那是癞头子哥哥放的。妈妈!他都有,他还只会哼《千家诗》……我们却只有两种纸平式的。"

母亲笑了。

她说:"忙什么?等一忽陈表伯转来,他会买来一个比谁都好看的纸鸢——"

"给我么?"

"是的。"

"那么,我呢?"锵弟问。

"给你们两个人——"

我看锵弟,他也快乐了。

"好,好,给我们两个人……"笑着,我们就走开了。在天井里,我又抬起头,看那满天飞扬的大大小小的各样纸鸢。

除了向天上那些东西鉴赏和羡慕,我就只想着陈表伯,望他快转来。这时,在又欢喜又焦急之中,对于陈表伯去买的那纸鸢便作了种种想象。我特别希望的是买了一只花蝴蝶,比癞头子哥哥的那只强,又大又好看。

许多的纸鸢都随风升高去,变小了,辨不出是什么样。新放的又陆陆续续地飞起。像这些,虽说是非常的宛约,飘逸,近乎神话的美,但于我却成了一种嘲弄。

"你怎么不来放呀?"也像每只的纸鸢当飞起时,都带着这意思给我。

我分外地焦急了——这也难怪,像尽在天井里瞧望着,可爱的陈表伯终不见来。

接着便吃早饭了。

饭后,为要制止心中的欲望,或惆怅,便把我所喜欢而这时又极不满意的那只双重纸平式纸鸢,从床底下拿出来,和锵弟两个人,聊以慰藉的,在天井里一来一往的放了一阵。放纸鸢,像这玩儿,若是顺着风,只要一收绳索,自然的,就会悠悠地升起,飞高了;假使是放了半天,还在一往一来的送,其失败,是容易想见那当事人的懊恼。

"索性扯了,不要它!"看人家的纸鸢飞在天空,而自己的却一次一次的落在地上,发出拍拍的响,我生恨。

"那也好。"锵弟也不惬意。

纸鸢便扯了。

然而心中却空荡了起来,同时又充满着一种想哭的情味:怀恨和一些难舍。

我举眼看锵弟,他默然,手无意识的缠着那纷乱的绳子。

想起种种不平的事,我就去找母亲,锵弟又跟在我脚后。

母亲已梳好头,洗完脸,牙也刷过了,这时正在扑粉,看样子,她已知道我们的来意,便说:

"陈表伯就会转来的。"

"早饭都吃过了,还不见!"

"登高也得吃过中饭的。"

"你瞧,人家的纸鸢全放了!……"

锵弟更鼓起嘴,显然带点哭样。

母亲就安慰:"好好的玩一会吧,陈表伯就会转来的,妈不撒谎。"

我们又退了出来。

天空的纸鸢更多了。因此,对于陈表伯,本来是非常可爱的,这时却觉得他可气,也像是故意和我们为难,渐渐地便生起了愤恨。锵弟要跑到后西厢房去,在桌上,或床头，把陈表伯的旱烟管拿出来打断，以泄心中的恶感，可是我阻止他。

"他是非常可恶的，"锵弟说，"以后我不和他讲话，他要亲我嘴，我就把他的花胡髭扯下……"关于这，我便点头，表示一种切身的同意。

我们真焦急！

太阳慢慢地爬着，其实很快的，从东边的枣树上，经过庭中的紫薇，山茶，和别的花草，就平平地铺在天井的石板上，各种的影都成了直线；同时，从厨房里，便发出炸鱼和炒菜的等等声音，更使得我们心上发热，自然的，陈表伯由可爱而变为仇敌。

可是我们的愿望终于满足了。那是正摆上中饭时，一种听惯的沉重的脚步，急促的响于门外边：陈表伯转来了。这真值得欢喜！我看锵弟，他在笑。

黑色的，其中还错杂着许多白花纹，差不多是平头，扁嘴，尾巴有一丈来长，这纸鸢便随着陈表伯发现了。

"呵，潭得鱼！"锵弟叫。

"比癫头子哥哥的花蝴蝶好多了。"我快乐的想。

陈表伯把潭得鱼放到桌上，从臂弯里又拿出一大捆麻绳子。他一面笑说：

"这时候什么都卖完了，这个潭得鱼还是看他做成的，还跑过了好几家。"是乡下人的一种直率可亲的神气。

我们却不理他这话，只自己说：

"表伯伯，你和我们登高去……"

他答应了。

母亲却说："中饭全摆上了，吃完饭再去吧。"

在平常，一爬上桌子，我的眼睛便盯在炒肉，或比炒肉更好的那菜上面，因此大人们就号我做"菜大王"，这是代表我对于吃菜的能力；但这时，特别的反常了，不但未曾盯，简直是无意于菜，只心想着登高去，所以匆匆的扒了一碗饭，便下来了。于是我们开始去登高。

母亲嘱咐陈表伯要小心看管我们的几句话，便给我们四百钱，和锵弟两人分，这是专为去登高的缘故，用到间或要买什么东西。

照福州的习惯，在城中，到了九月初九这一天，凡是小孩子都要到乌石山去登高，其意义，除了特创一个游戏的日子给小孩子们，还有使小孩子分外高兴的一种传说：小孩子登高就会长高。从我们的家到乌石山，真是近，因为我们的家后门便是山脚，差不多就是挨着登山的石阶。开了后门，我们这三人，一个年过五十的老人和两个小孩子，拿着潭得鱼纸鸢，就出发了。这真是新鲜的事！因为，像这个山脚，平常是冷冷寂寂的，除了牧羊的孩子把羊放到山边去吃草，几乎就绝了行人，倘是有，那只是天君殿和玉皇阁的香火道士，以及为求医问卦或还愿的几个香客。这时却热闹异常了！陆陆续续的，登着石阶，是一群群的大人携着小孩子，和零星的到城里来观光的乡下绅士，财主，半大的诸娘仔，三条簪大耳环的平脚农妇，以及卖甘蔗，卖梨子，卖登高粿，卖玩意儿，许许多多的小贩子。这些人欢欢喜喜的往上去，络绎不绝，看情形，会使人只在半路上，就想到山上是挤满着人，和恐怕后来的人将无处容足。从石阶的开始到最高的一级，共一百二十层，那两旁的狗尾草，爬山藤，猫眼菊，日来睡，以及别种不知名的野花和野草，给这个那个的脚儿，踢着又踢着，至于凌乱，压倒，有的已糜烂。在石阶的两旁，距离很近的，就错错落落的坐着叫花子，和癞麻风——没有鼻子，烂嘴，烂眼，烂手脚，全身的关骨上满流着脓血，苍蝇包围那上面，嗡嗡地飞翔——这两种人，天然或装腔的，叫出单调的凄惨的声音，极端的现出哭脸，想游人哀怜，间或也得了一两个铜子，那多半是乡下妇人和香客的慈善。去登高的人，大约都要在山门口，顺便逛逛玉皇阁，天君殿，观音堂，或是吕祖宫；在这时，道士们便从许久沉默的脸上浮出笑意，殷殷勤勤地照顾客人，走来走去，毫不怠慢的引观客看各种神的故迹，并孜孜地解说那不易懂得的事物，最后便拿来一支笔，捧上一本缘簿请施主题缘。其中，那年青而资格浅薄的道士，便站在铁鼎边，香炉旁，细心的注意着来神前拜跪的香客，一离开神龛前，就吹熄他们所燃的蜡烛，把他们所点的香拔出来，倒插入灰烬中罨灭了：这是一种着实的很大的利益，因为像这种的烛和香，经过了小小的修饰，就可以转卖给别的香客，是道士们最巧妙最便当的生财之道。……此外，这山上，还有许多想不尽的奇异的事物：如蝙蝠窝，迷魂洞，桃瓣李片的石形，七妹成仙处，长柄鬼和蜘蛛精野合的地方……凡这种种，属于魔魅的民间传说的古迹，太多了，只要游人耐得烦，可以寻觅那出处，自由去领略。登高，不少的人就借这机会，便宜的，去享受那不费钱而得的无限神秘之欢乐的各种权利。还有，在山上的平阳处——这个地方可以周览一切，是朱子祠，那儿就有许多雅致的人，类乎绅士或文豪吧，便摆着一桌一桌的酒席，大家围聚着，可是并不吃，只放浪和斯文的在谈笑，间或不负责的批评几句那乡下姑娘，这自然是大有东方式古风的所谓高尚的享乐了。

我们到了山上，满山全是人，纸鸢更热闹了，密密匝匝的，多得使人不知道看到哪一个，并且眼就会花。在朱子祠东边的平冈上，我们便走入人堆，陈表伯也把潭得鱼纸鸢放上了；我和锵弟拍着手定睛的看它升高。这纸鸢是十六重纸的，高远了，牵制力要强，因此我只能在陈表伯放着的绳子上，略略的拉一拉，没有资格去自由收放，像两重纸平式那样的，这真是不曾料到的在高兴中的一点失望！于是我想到口袋中的那二百钱，这钱就分配如下：

甘蔗二十文，
梨子三十文，
登高粿五十文，
登高粿的小旗子另外十文，
竹蛇子二十文，
纸花球二十文，
剩下的五十文带回家，塞进扑满去。

但一眼看见那玩艺儿——猴溜柱，我的计划便变动了，从余剩的数目中，又抽出了三十文。到了吃鱼丸两碗四十文的时候,把买甘蔗的款项也挪用了。以后又看见那西洋镜,其中有许多红红绿绿的画片,如和尚讨亲以及黄天霸盗马之类,我想瞧,但所有的钱都用光了,只成为一种怅望的事。其实,假使向陈表伯去说明这个,万分之一他总不会拒绝的,他平常就慷慨,可是在那时却忘了这点,事过又无及了。

本来登高放纸鸢,只是小孩子的事,但实际上却有许多的大人们来占光这好日子,并且反占了很大的势力,因为他们所放的纸鸢起码是十二重纸的,在空中,往往借自己纸鸢的强大就任去绞其他弱小的,要是两条线一接触,那小的纸鸢就挂在大的上面,断了的绳子就落到地面来,或挂在树枝上,因此,满山上,时时便哄起争闹的声音,或叫骂,至于相殴到头肿血流,使得群众受惊也不少。我便担忧着我们的这个潭得鱼。幸而陈表伯是放纸鸢的一个老手,每看看别人大的纸鸢前来要绞线,几乎要接触了,也不知怎的,只见陈表伯将手一摇,绳子一松,潭得鱼就飞到另一地方,脱离来迫害的那个,于是又安全了。他每次便笑着称赞自己。

"哼!想和我绞,可不行!"

我们也暗暗地叹服他放纸鸢的好本领。

……

到太阳渐渐地向山后落去,空间的光线淡薄了,大家才忙着收转绳子,于是那大大小小的各样纸鸢,就陆陆续续的落下来,只剩一群群的乌鸦在天上绕着余霞飞旋;做生意的便收拾起他们残余的东西,绅士和文豪之类的酒席也散了。接着,那些无业的闲汉们,穷透的,就极力用他们的眼光,满山满地去观察,想寻觅一点游人所遗忘或丢下的东西。

在一百二十层的石阶路上,又满了人,散戏那般的,络绎不绝地下山了;路两旁的叫化子和癞麻风,于是又加倍用劲的,哼出特别惨厉的:"老爷呀,太太呀,大官呀……"等等习惯了的乞钱的腔调。

不久,天暮了。

回到家里，我和锵弟争着向母亲叙述登高的经过，并且把猴溜柱，和登高粿的三角式五色小旗子，自己得意的飘扬了一番。

我们两个人，议定了，便把那只潭得鱼纸鸢算为公有的收到床底下；这是预备第二天到城楼顶去放的。

可是当吃完夜饭时父亲从衙门里转来，在闲话中，忽然脸向我们说：

"登高过去了，把纸鸢烧掉吧，到明年中秋节时再来放……"

父亲的话是不容人异议的！

我惘然。把眼睛悄悄地看到母亲，希求帮助，但她却低头绣着小妹妹的红缎兜肚，于是失望了。

锵弟也惆怅地在缄默，似乎想：

"今天不登高倒好……"

【附】这篇中有许多本乡的土语，及专名词，想异方的人多不易懂，但只关于人和物的方面，似无大碍，故不注释。此外，像放纸鸢，其时候，因风向的不同，各处不一，如北京是在冬季，湖南则在清明，而九月初九的登高之举，好像独闽侯县才这样，我不知道他处亦有这相同之风俗不。

导读
登高放鸢，心在云间

农历九月初九"登高节"，历史悠久，南北皆有。传统、热闹又好玩，可惜现在倒是没有了。

我倒是认为，可以恢复这个纯粹是玩、爬山、放风筝的节日，让孩子去快乐地玩。现在的孩子作业太多，几乎没有任何开开心心去玩的节日。

胡也频是福建福州人，他写小时候九月初九"登高"旧事，含了浓重情感，再现了一个孩子亲历的重要事件：登高！

孩子登高，主要是玩，放风筝，吃零食；另有一个隐蔽的愿望：长高。

小孩子都盼着长高，这个简直难以理解。

农历九月初九重阳节的"登高"活动，蒋廷黻先生的回忆录也提到过。

中国民间这种习俗，不是要登上珠穆朗玛峰，而是登上家乡旁边的高山。登高远眺，释放情怀，想念亲人。这时，确实可以插播一下唐代大诗人王维的名作《九月九日忆山东兄弟》："独在异乡为异客，每逢佳节倍思亲。遥知兄弟登高处，遍插茱萸少一人。"

古人重阳节登高，佩戴具药用价值、能防蚊虫的"茱萸"，含有辟邪之意。今江南一带，于清明节前后，有在门口插挂艾草之习俗，也是借这种能防蚊虫的药草，寄托辟邪之意。

农历秋天"九九重阳节"，正是秋收已过、万物归藏的时期。登高远望，也寓有开阔胸襟、继往开来的意思。又或如作者写的，在山顶放风筝，买零食吃，也是一件极其快乐的事情。在作者的老家福州城，人们登的是乌石山——"其意义，除了特创一个游戏的日子给小孩子们，还有使小孩子分外高兴的一种传说：小孩子登高就会长高"。

小孩子对要磕头、跪拜、讲各种规矩的节日，都不喜欢。大人们的节日，规矩太多，愁闷太多，而欢乐太少，小孩子总没什么兴趣。登高节不一样，他们可以分外高兴地活动，可以吃喝玩乐。这节日符合小孩子天性，跟其他节日都不同。

中学生大多读过梁启超先生的名作《少年中国说》。百年前的知识分子，一直希望中国从死气沉沉的"老大中国"，变为朝气蓬勃的"少年中国"——"少年强，则中国强"。那时，有世界眼光的文化先行者都发现，一个国家要真正具有活力，就要重视少年，释放少年，提升少年，把社会重心落到少年身上。

但一百多年过去了，先贤们的努力仍未实现。

现在的法定传统假日，多是"敬老"的，如清明节、端午节、中秋节等，很少是

"爱幼"的，六一貌似儿童的节日，大人们却过得比孩子还要充分，且不放假，有什么意思呢。节日，一定要放假，才叫作节日。

像作者说的那样，"特创一个游戏的日子给小孩子们"，从那时到现在，都十分有必要。因此，我们的社会还要改进。像八十多年前胡也频写《登高》盼望的那样，释放少年，激活中国的活力和创造力。

胡也频是梁启超的晚辈，他与同时期人应该都深受梁启超的《少年中国说》影响。那个时代，知识分子们一直呼吁中国摆脱"老态龙钟"的"敬老"态，胡也频作为一名思想先锋、激进的青年知识分子，他对少年的期望，自然就寄托在这篇《登高》文章里了。

再来看看这篇文章的叙事技巧。

文章分了三部分：登高前，登高时，下山后。

"登高前"是引子，不是"开门见山"，而是欲扬先抑——少年因过分期盼而产生焦虑，担心下雨，怕登高不成。平时倒是不妨下雨，淘气包们正好找借口不去上学，但这天不行，必须晴空万里才好，才不会节外生枝，破坏了这一年才有一次的快乐。这就写出了孩子的内心：他们是多么盼望这一天的到来，又多么盼望这一天别出什么岔子啊。

这有效地表达了登高节在作者心中的重要地位，他可以不顾其他任何事，登高节是第一的。读者也一下子就记住了，印象深刻。

"登高时"见到了形形色色的人，有达官贵人，也有乞食讨饭者。而更多的是普通人，以及趁机来卖小吃的小商贩。写到买小吃过嘴瘾这一节，作者用"二百文"的分配类乎列图表来清晰表现，如多少钱买什么东西，怎么省下五十文。这就把小孩子的丰富内心，直观而生动地表现出来了。

"下山后"是小小的遗憾，因为父亲命令把潭得鱼风筝烧掉，不给孩子们留下这美好的记忆。但为何呢？确实不太明白父亲为何要这样做。

这"遗憾"的描写，让登高的快乐显得更加弥足珍贵。

> **思考**
>
> 你登过山吗？如果让你写一篇登山的文章，你会怎么写？

> **延伸阅读**
>
> 沈从文《记胡也频》、丁玲《也频与革命》。

说扬州

朱自清

作者简介

朱自清（1898—1948），原名自华，号秋实，后改名自清，字佩弦。1898 年 11 月 22 日生于江苏省海州（今江苏省东海县），原籍浙江绍兴。现代散文家、诗人、学者。因祖父、父亲长期定居扬州，故自称扬州人。1916 年考入北京大学预科，翌年升入本科哲学系，1920 年修完课程提前毕业。朱自清曾在浙江的临海、上虞等中学任教，写了很多语言清新的散文，是早期有成就的散文家。后受聘任教于清华大学中文系。1931 年夏天，朱自清和学生李健吾一起，从哈尔滨出境，搭乘火车从俄国远东大铁路去欧洲，到英国访学一年。一路上，他写了很多文章，寄回去给主编《中学生》杂志的至交好友叶圣陶，定期发表在杂志上。后出版有《欧游杂记》《伦敦杂记》二书，写作者在欧洲大陆和伦敦的见闻。抗战时任教于西南联大，1948 年因病逝世于北京，享年五十岁。主要作品有《背影》《经典常谈》《诗言志辨》《古诗十九首释》等。

在第十期[①]上看到曹聚仁先生的《闲话扬州》，比那本出名的书有味多了。不过那本书将扬州说得太坏，曹先生又未免说得太好；也不是说得太好，他没有去过那里，所说的只是从诗赋中，历史上得来的印象。这些自然也是扬州的一面，不过已然过去，现在的扬州却不能再给我们那种美梦。

---

① 指《人世间》杂志。

自己从七岁到扬州，一住十三年，才出来念书。家里是客籍，父亲又是在外省当差事的时候多，所以与当地贤豪长者并无来往。他们的雅事，如访胜，吟诗，赌酒，书画名家，烹调佳味，我那时全没有份，也全不在行。因此虽住了那么多年，并不能做扬州通，是很遗憾的。记得的只是光复的时候，父亲正病着，让一个高等流氓凭了军政府的名字，敲了一竹杠；还有，在中学的几年里，眼见所谓"甩子团"横行无忌。"甩子"是扬州方言，有时候指那些"怯"的人，有时候指那些满不在乎的人。"甩子团"不用说是后一类；他们多数是绅宦家子弟，仗着家里或者"帮"里的势力，在各公共场所闹标劲，如看戏不买票，起哄，等等，也有包揽词讼，调戏妇女的。更可怪的，大乡绅的仆人可以指挥警察区区长，可以大模大样招摇过市——这都是民国五六年的事，并非前清君主专制时代。自己当时血气方刚，看了一肚子气；可是人微言轻，也只好让那口气憋着罢了。

　　从前扬州是个大地方，如曹先生那文所说；现在盐务不行了，简直就算个没"落儿"的小城。

　　可是一般人还忘其所以地耍气派，自以为美，几乎不知天多高地多厚。这真是所谓"夜郎自大"了。扬州人有"扬虚子"的名字；这个"虚子"有两种意思，一是大惊小怪，二是以少报多，总而言之，不离乎虚张声势的毛病。他们还有个"扬盘"的名字，譬如东西买贵了，人家可以笑话你是"扬盘"；又如店家价钱要的太贵，你可以诘问他，"把我当扬盘看么？"盘是捧出来给别人看的，正好形容耍气派的扬州人。又有所谓"商派"，讥笑那些仿效盐商的奢侈生活的人，那更是气派中之气派了。但是这里只就一般情形说，刻苦诚笃的君子自然也有；我所敬爱的朋友中，便不缺乏扬州人。

　　提起扬州这地名，许多人想到的是出女人的地方。但是我长到那么大，从来不曾在街上见过一个出色的女人，也许那时女人还少出街吧？不过从前人所谓"出女人"，实在指姨太太与妓女而言；那个"出"字就和出羊毛，出苹果的"出"字一样。《陶庵梦忆》里有"扬州瘦马"一节，就记的这类事；但是我毫无所知。不过纳妾与狎妓的风气渐渐衰了，"出女人"那句话怕迟早会失掉意义的吧。

另有许多人想，扬州是吃得好的地方。这个保你没错儿。北平寻常提到江苏菜，总想着是甜甜的腻腻的。现在有了淮扬菜，才知道江苏菜也有不甜的；但还以为油重，和山东菜的清淡不同。其实真正油重的是镇江菜，上桌子常教你腻得无可奈何。扬州菜若是让盐商家的厨子做起来，虽不到山东菜的清淡，却也滋润，利落，决不腻嘴腻舌。不但味道鲜美，颜色也清丽悦目。扬州又以面馆著名。好在汤味醇美，是所谓白汤，由种种出汤的东西如鸡鸭鱼肉等熬成，好在它的厚，和啖熊掌一般。也有清汤，就是一味鸡汤，倒并不出奇。内行的人吃面要"大煮"；普通将面挑在碗里，浇上汤，"大煮"是将面在汤里煮一会，更能入味些。

扬州最著名的是茶馆；早上去下午去都是满满的。吃的花样最多。坐定了沏上茶，便有卖零碎的来兜揽，手臂上挽着一个黯淡的柳条筐，筐子里摆满了一些小蒲包分放着瓜子花生炒盐豆之类。又有炒白果的，在担子上铁锅爆着白果，一片铲子的声音。得先告诉他，才给你炒。炒得壳子爆了，露出黄亮的仁儿，铲在铁丝罩里送过来，又热又香。还有卖五香牛肉的，让他抓一些，摊在干荷叶上；叫茶房拿点好麻酱油来，拌上慢慢地吃，也可向卖零碎的买些白酒——扬州普通都喝白酒——喝着。这才叫茶房烫干丝。北平现在吃干丝，都是所谓煮干丝；那是很浓的，当菜很好，当点心却未必合式。烫干丝先将一大块方的白豆腐干飞快地切成薄片，再切为细丝，放在小碗里，用开水一浇，干丝便熟了；滗去了水，抟成圆锥似的，再倒上麻酱油，搁一撮虾米和干笋丝在尖儿，就成。说时迟，那时快，刚瞧着在切豆腐干，一眨眼已端来了。烫干丝就是清的好，不妨碍你吃别的。接着该要小笼点心。北平淮扬馆子出卖的汤包，诚哉是好，在扬州却少见；那实在是淮阴的名字，扬州不该掠美。扬州的小笼点心，肉馅儿的，蟹肉馅儿的，笋肉馅儿的且不用说，最可口的是菜包子、菜烧卖，还有干菜包子。菜选那最嫩的，剁成泥，加一点儿糖一点儿油，蒸得白生生的，热腾腾的，到口轻松地化去，留下一丝儿余味。干菜也是切碎，也是加一点儿糖和油，燥湿恰到好处；细细地咬嚼，可以嚼出一点橄榄般的回味来。这么着每样吃点儿也并不太多。要是有饭局，还尽可以从容地去。但是要老资格的茶客才能这样有分寸；偶尔上一回茶馆的本地人外地人，却总忍不住狼吞虎咽，到了儿捧着肚子走出。

扬州游览以水为主，以船为主，已另有文记过，此处从略。城里城外古迹很多，如"文选楼""天保城""雷塘""二十四桥"等，却很少人留意；大家常去的只是史可法的"梅花岭"罢了。倘若有相当的假期，邀上两三个人去寻幽访古倒有意思；自然，得带点花生米，五香牛肉，白酒。

1934年10月14日作

导读
千年扬州琼花梦，菜包小笼干丝儿

《说扬州》是朱自清的散文名篇。其中"扬州小吃"那一节曾被语文教材裁切、删改之后，另起一个《扬州小吃》的名字，让小朋友们学习。语文教材编写主旨，大概是按照主题找一些合适的文章，组成一个"吃货"单元，只谈吃的，其他的不谈，没有合适的，就找来裁剪。而且还把"滗去了水"改成了"逼去了水"。我总不明白为何要改前人的用字，这个"滗"才是最准确、最自然、最无害的，为何要改为"逼"呢？后来一名资深语文老师告诉我，是因为这个"滗"字，不符合教学大纲的生字难度，这个字太难了。

这个理由，真的是太奇怪了。难，不是改字的合理逻辑。学习，不就是要学习那些难的、不懂的内容吗？更何况这个字，小学生、初中生，记住一点问题都没有。我常常看到一些孩子，在自己的昵称上写一些怪字，连我这么专业的人士，都不会读，或不认识。但也不怕，去查字典就好。

散文在写作上，取其自由与自然，取心性的天真，本就应是"形散神也散"的。"形散神也散"，才是散文的最高境界，而非主题先行的"形散神不散"。

现在是互联网时代，学生们见多识广。他们心里明白，但不一定给你说出来。很多事情，"你一认真就输了"。但是，他们很明白的。

朱自清的散文，写人记事，多比较清新，也有自控力，用词较谨慎。

本文结尾"自然，得带点花生米，五香牛肉，白酒"，简明扼要，戛然而止，一个字的废话都不肯说。

语文老师教学生写作文，都说要紧扣题目，突出中心思想，不能说废话。但实际上，即便朱自清先生"惜墨如金"，仍然会写出很多的"闲笔"，落下不少"闲话"来。散文如说话，要自然，就会有些交代、过渡，不能硬邦邦单枪直入。

如本文第一自然段谈及曹聚仁先生的，就是闲笔，简直可以删去的可有可无。但文章有气润问题，也有切实自然的问题，删去固然痛快利索，开门见山，但总觉得少了点什么。古典庭院，进门不会一览无遗，得有玄关，有遮挡，这样才有味道。

写文章也是一样，得有血有肉，有汁有水，才有味道。

朱自清先生第二自然段就说了，七岁到扬州，住了十三年才离开，二十岁，已经完全成年。"烟花三月下扬州"纵然百般好，但在朱自清眼里有好有坏，如"甩团子""扬虚子""扬盘"，都是贬义的，是不好的习气。这些"揭短"在当时也惹人不高兴，朱自清先生在《我是扬州人》一文中说："……我曾写过一篇短文，指出扬州人这些毛病。后来要将这篇文收入散文集《你我》里，商务印书馆不肯，怕再闹出'闲话扬州'的案子。"可见地方人护短，是长期的通病。

扬州的好，朱自清先生也写得很清楚。扬州小吃，经他不动声色地娓娓道来，更是令人垂涎欲滴。其中"扬州干丝"的做法，写得活灵活现，真是好像就处在现场，看师傅制作。只是晚上读着，有些干咽口水的意思。"干菜包子"馅料制作的描写，读了也真是过眼瘾。

这里还要强调：无论散文还是小说，细节都很重要。其他事情的交代，紧凑地过去，但到细节处，还是要从容地写，如本文写"干丝"，就是特写镜头，充分展开。

这篇文章没用情感鲜明的词语，没把少年情感掺入其中，看起来不像记忆散文，反而像游记。

朱自清在《欧游杂记》中写到欧洲各大国的繁华都会，如意大利的罗马、佛罗伦萨，法国的巴黎，德国的柏林、德累斯顿，都很生动，很有知识。但据朱自清先生自己说，有些地方时间紧迫，其实看得不仔细，资料是从一些导游手册上抄的，比如《威尼斯》就是这样的，很多资料是从美国运通公司的旅行手册里"抄来"的。这样看来，写游记还要有一项技能：研究目的城市的相关资料。

思考

假设要写一种自己最爱的小吃，你会怎么写？

延伸阅读

朱自清的《欧游杂记》《伦敦杂记》。

旧 宅

穆时英

作者简介

穆时英（1912—1940），浙江慈溪人。1929年开始小说创作，翌年发表小说《咱们的世界》《黑旋风》；1932年出版小说集《南北极》，反映上流社会和下层社会的两极对立；1933年出版小说集《公墓》，描写光怪陆离的都市生活；后又出版《白金的女体塑像》《圣处女的感情》等，是20世纪30年代上海"新感觉派"的主要代表，在文坛具有很大的影响。1933年前后参加国民党中央图书杂志审查委员会，抗日战争爆发后赴香港。1939年回沪，主办《中华日报》副刊《文艺周刊》和《华风》，并主编《国民新闻》。因投靠汪伪政权，1940年被国民政府特工人员暗杀。

谕南儿知悉：我家旧宅已为俞老伯购入，本星期六为其进屋吉期，届时可请假返家，同往祝贺。切切。

父字　十六日

读完了信，又想起了我家的旧宅，便默默地抽一支淡味的烟，在一种轻淡的愁思里边，把那些褪了色的记忆的碎片，一片片地捡了起来。

旧宅是一座轩朗的屋子，我知道这里边有多少房间，每间房间有多少门，多少灯，我知道每间房间墙壁上油漆的颜色，窗纱的颜色，我知道每间房间里有多少钉——父亲房间里有五枚，我的房间有三枚。本来我的房间里是一枚也没有的，那天在父亲房间里一数有五枚钉，心里气不过，拿了钉去敲在床前地板上，刚敲到第四枚，给父亲听见了，跑上来打了我十下手心，吩咐下次不准，就是那么琐碎的细事也还记得很清楚。

还记得园子里有八棵玫瑰树，两棵菩提树，还记得卧室窗前有一条电线，每天早上醒来，电线上总站满了麻雀，冲着太阳歌颂着新的日子，还记得每天黄昏时，那叫作根才的老园丁总坐在他的小房子里吹笛子，他是永远戴着顶帽结子往下陷着点儿的、肮脏的瓜皮帽的。还记得暮春的下午，时常坐在窗前，瞧屋子外面那条僻静的路上，听屋旁的田野里杜鹃的双重的啼声。

那时候我有一颗清静的心，一间清净的、奶黄色的小房间。我的小房间在三楼，窗纱上永远有着电线的影子，白鸽的影子。推开窗来，就可以看到青天里一点点的、可爱的白斑痕，便悄悄地在白鸽的铃声里怀念着人鱼公主的寂寞，小哨兵的命运。

每天早上一早就醒来了，屋子里静悄悄的没一点人声，只有风轻轻地在窗外吹着，像吹上每一片树叶似的。躺在床上，把枕头底下的《共和国民教科书》第五册掏出来，低低地读十遍，背两遍，才爬下床来，赤脚穿了鞋子走到楼下，把老妈子拉起来叫给穿衣服，洗脸。有时候，走到二层楼，恰巧父亲们打了一晚上牌，还没睡，正在那儿吃点心，便给妈赶回来，叫闭着眼睡在床上，说孩子们不准那么早起来。睡着睡着，捱了半天，实在捱不下去了，再爬起来，偷偷的掩下去，到二层楼一拐弯，就放大了胆达达的跑下去：

"喝，小坏蛋，又逃下来了！"妈赶出来，一把抓回去，打了几下手心才给穿衣服。

跟着妈走到下面，父亲就抓住了给洗脸，闹得一鼻子一耳朵的胰子[①]沫，也不给擦干净。拿手指挖着鼻子孔，望着父亲不敢说话。大家全望着笑。心里气，又不敢怎么着，把胰子沫全抹在妈身上，妈笑着骂，重新给洗脸，叫吃牛奶。吃了牛奶，抹抹嘴，马上就背了书包上学校；妈总说：

---

① 香皂。

"傻子，又那么早上学校去了，还只七点半呢。"

晚上放学回去，总是一屋子的客人，烟酒，和谈笑。父亲总叼着雪茄坐在那儿听话匣子①里的"洋人大笑"，听到末了，把雪茄也听掉了，腰也笑弯了，一屋的客人便也跟着笑弯了腰。父亲爱喝白兰地，上我家来的客人也全爱喝白兰地；父亲爱上电影院，上我家来的客也全爱上电影院；父亲信八字，大家就全会看八字。他们会从我的八字里边看出总统命来。

"世兄将来真是了不得的人物！我八字看多了，就没看见过那么大红大紫的好八字。"

父亲笑着摸我的脑袋，不说话；他是在我身上做着黄金色的梦呢。每天晚上，家里要是没客人，他就叫我坐在他旁边读书，他闭着眼，抽着烟，听着我。他脸上得意的笑劲儿叫我高兴得一遍读得比一遍响。读了四五遍，妈就赶着叫我回去睡觉。她是把我的健康看得比总统命还要重些的。妈喜欢打牌，不十分管我，要父亲也别太管紧了我，老跟父亲那么说：

"小孩子别太管严了，身体要紧，读书的日子多着呢！"

父亲总笑着说："管孩子是做父亲的事情，打牌才是你的本分。"

真的，妈的手指是为了骨牌生的，这么一来，父亲的客人就全有了爱打牌的太太。我上学校去的时候，她们还在桌子上做中发白的三元梦；放学回来，又瞧见她们精神抖擞地在那儿和双翻了。走到妈的房间里边，赶着梳了辫子的叫声姑姑，见梳了头的叫声丈母；那时候差不多每一个女客人都是我的丈母，这个丈母搂着我心肝，乖孩子的喊一阵子，那个丈母跟我亲亲热热的说一回话，好容易才挣了出来，到祖母房间里去吃莲心粥。是冬天，祖母便端了张小椅子放在壁炉前面，叫我坐着烤火，慢慢儿地吃莲心粥。天慢慢儿地暗下来，炉子里的火越来越红了，我有了一张红脸，祖母也有了一张红脸，坐在黑儿里边喃喃地念佛，也不上灯。看看地上的大黑影子，再看看炉子里烘烘地烧着的红火，在心里边商量着还是如来佛大，还是玉皇大帝大；

---

① 收音机。

就问祖母：

"奶奶，如来佛跟玉皇大帝谁的法力大？"

祖母笑说："傻子，罪过。"

便不再作声，把地上躺着的白猫抱上，叫睡在膝盖儿上不准动，猫肚子里打着咕噜，那只大钟在后边儿嗒嗒地走，我静静儿的坐着，和一颗平静空寂的心脏一同地。

是夏天，祖母便捉住我洗了个澡，扑得我一脸一脖子的爽身粉，拿着莲心粥坐到园子里的菩提树下，缓缓地挥着扇子。躺在藤椅上，抬起脑袋来瞧乌鸦成堆的打紫霞府下飞过去。那么寂静的夏天的黄昏，藤椅的清凉味，老园丁的幽远的笛声，是怎么也不会忘了的。

一颗颗的星星，夜空的眼珠子似的睁了满天都是，祖母便教我数星：

"牛郎星，织女星，天上有七十六颗扫帚星，八十八颗救命星，九十九颗白虎星……"

数着数着便睡熟在藤椅里了，醒来时却睡在祖母床上，祖母坐在旁边，拿扇子给我赶蚊子，手里拿着串佛珠，打翻了一碗豆似的，悉悉地念着《心经》。我一动，她就按着我叫慢着起来说：

"刚醒来，魂灵还没进窍呢。"

便静静地躺在床上。

那只大灯拉得低低的压在桌子上面，灯罩那儿还扎了条大手帕，不让光照到我脸上。桌子上面放了一脸盆水。数不清的青色的小虫绕着电灯飞，飞着飞着就掉到水里边。那些青色的小虫都是我的老朋友，我天天瞧它们绕着灯尽飞，瞧它们糊糊涂涂地掉到水里边。祖母房间里的东西全是我的老朋友，到现在我还记得它们的脸，它们的姿态的：床上的那只铜脚炉生了一脸的大麻子，做人顶诚恳，跟你讲话就像要把心掏出来给你看似的；挂在窗前的那柄纱团扇有着轻佻的身子；那些红木的大椅子，大桌子，大箱大柜全生得方头大耳，挺福相的。

躺到七点钟模样，才爬起来，到楼上和妈一同吃饭，每天晚餐里总有火腿汤的。

因为我顶爱喝火腿汤，吃了饭，就自个儿躲在房间里，关上了房门，爬在桌子底下，把一些家私掏出来玩着。我有一只小铁箱，里边放了一颗水晶弹子，一张画片，一只很小的金元宝，一块金锁片，一只水钻的铜戒指，一把小手枪，一枚针——那枚针是我的奶妈的，她死的时候，我便把她扎鞋帮的针偷了来，桌子底下的墙上有一个洞，我的小铁箱就藏在这里边，外面还巧妙地按了层硬纸，不让人家瞧见里边的东西。

抓抓这个，拿拿那个，过了一回，玩倦了，就坐在桌子底下喊老妈子。老妈子走了进来，一面咕噜着：

"这么大的孩子，还要人家给脱衣服。"一面把我按在床上，狠狠的给脱了袜子，鞋子，放下了帐子，把床前的绿纱灯开了，就走了。

躺着瞧那绿纱里的一朵安静的幽光，朦胧地想着些夏夜的花园，笛声，流水，月亮，青色的小虫，又朦胧地做起梦来。

礼拜六，礼拜天，和一些放假的日子也待在家里。那些悠长的，安逸的下午，我总坐在园子里，和老园丁，和祖母一同地，听他们讲一些发了霉的故事，笑话。除了上学校，新年里上亲戚家里拜年，是不准走到这屋子外面去的。我的宇宙就是这座屋子，这座屋子就是我的宇宙，就为了父亲在我身上做着黄金色的梦：

"这孩子，我就是穷到没饭吃，也得饿着肚子让他读书的。"那么地说着，把我当了光宗耀祖的千里驹，一面在嘴犄角儿那儿浮上了得意的笑。父亲是永远笑着的，可是在他的笑脸上有着一对沉思的眼珠子。他是个刚愎，精明，会用心计，又有自信力的人。那么强的自信力！他所说的话从没一句错的，他做的事从没一件错的。时常做着些优美的梦，可是从不相信他的梦只是梦；在他前半世，他没受过挫折，永远生存在泰然的心境里，他是愉快的。

母亲是带着很浓厚的浪漫谛克的气分的，还有些神经质。她有着微妙敏锐的感觉，会听到人家听不到的声音，看到人家看不到的形影。她有着她自己的世界，没有第二个人能跑进去的世界，可是她的世界是由舒适的物质环境来维持着的，她也是个愉快的人。

祖母也是个愉快的人，我就在那些愉快的人，愉快的笑声里边长大起来。在十六岁以前，我从不知道人生的苦味。

就在十六岁那一年，有一天，父亲一晚上没回来。第二天，放学回去，屋子里静悄悄的没一点牌声，谈笑声，没一个客人，下人们全有着张发愁的脸。父亲自个儿坐在客厅里边，狠狠地抽着烟，脸上的笑劲儿也没了，两圈黑眼皮，眼珠子深深地陷在眼眶里边。只一晚上，他就老了十年，瘦了一半。他不像是我的父亲；父亲是有着愉快的笑脸，沉思的眼珠子，蕴藏着刚毅坚强的自信力的嘴的。他只是一个颓丧，失望的陌生人。他的眼珠子里边没有光，没有愉快，没有忧虑，什么都没有，只有着白茫茫的空虚。走到祖母房里，祖母正闭着眼在那儿念经，瞧我进去，便拉着我的手，道：

"菩萨保佑我们吧！我们家三代以来没做过坏事呀！"

到母亲那儿去，母亲却躺在床上哭。叫我坐在她旁边，唠唠叨叨地跟我诉说着：

"我们家毁了！完了，什么都完了！以后也没钱给你念书了！全怪你爹做人太好，太相信人家，现在可给人家卖了！"

我却什么也不愁，只愁以后不能读书；眼前只是漆黑的一片，也想不起以后的日子是什么颜色。

接着两晚上，父亲坐在客厅里，不睡觉也不吃饭，也不说话，尽抽烟，谁也不敢去跟他说一声话；妈躺在床上，肿着眼皮病倒了。一屋子的人全悄悄的不敢咳嗽，踮着脚走路，凑到人家耳朵旁边低声地说着话。第三天晚上，祖母哆嗦着两条细腿，叫我扶着摸到客厅里，喊着父亲的名字说：

"钱去了还会回来的，别把身体糟坏了。再说，英儿今年也十六岁了，就是倒了霉，再过几年，小的也出世了，我们家总不愁饿死。我们家三代没做过坏事啊！"

父亲叹了口气，两滴眼泪，蜗牛似的，缓慢地，沉重地从他眼珠子里挂下来，流过腮帮儿，笃笃地掉到地毡上面。我可以听到它的声音，两块千斤石跌在地上似的，整个屋子，我的整个的灵魂全振动了。过了一回，他才开口道：

"想不到的！我生平没伤过阴，我也做过许多慈善事业，老天对我为什么那么残酷呢！早几天，还是一屋子的客人，一倒霉，就一个也不来了。就是来慰问慰问我，也不会沾了晦气去的。"

又深深地叹息了一下。

"世界本来是那么的。色即是空，空即是色——菩萨保佑我们吧！"

"真的有菩萨吗？嘻！"冷笑了一下。

"胡说！孩子不懂事。"祖母念了声佛，接下去道："还是去躺一回吧。"

八十多岁的老母亲把五十多岁的儿子拉着去睡在床上，不准起来，就像母亲把我按在床上，叫闭着眼睡似的。

过了几天，我们搬家了。搬家的前一天晚上，我把桌子底下的那只小铁箱拿了出来，放了一张纸头在里边，上面写着："应少南之卧室，民国十六年五月八日"，去藏在我的秘密的墙洞里，找了块木片把洞口封住；那时原怀了将来赚了钱把屋子买回来的心思的。

搬了家，爱喝白兰地的客人也不见了，爱上电影院的客人也不见了，跟着父亲笑弯了腰的客人也不见了，母亲没有了爱打牌的太太们，我没有了总统命，没有了丈母，没有奶黄色的小房间。

每天吃了晚饭，屋子里没有打牌的客人，没有谈笑的客人，一家人便默默地怀念着那座旧宅，因为这里边埋葬了我的童年的愉快，母亲的大三元，祖母的香堂，和父亲的笑脸。只有一件东西父亲没忘了从旧宅里搬出来，那便是他在我身上的金黄色的梦。抽了饭后的一支烟，便坐着细细地看我的文卷，教我学珠算，替我看临的《黄庭经》。时常说："书算是不能少的装饰品，年纪轻的时候，非把这两件东西弄好不可的。"就是在书算上面，我使他失望了。临了一年多《黄庭经》，写的字还像爬在纸上的蚯蚓；珠算是稍为复杂一点的数目便会把个十百的位置弄错了的。因为我的书算能力的低劣，对我的总统命也怀疑起来。每一次看了我的七歪八倒的字和莫名其妙的得数，一层铅似的忧郁就浮到他脸上。望着我，尽望着我；望了半天，便叹了口气，倒在沙发里边，揪着头发：

"好日子恐怕不会再回来了！"

我不敢看他的眼珠子，我知道他的眼珠子里边是一片空白，叫我难受得发抖的空白。

那年冬天，祖母到了她老死的年龄，在一个清寒的十一月的深夜，她闭上了眼睑。她死得很安静，没喘气，也没捏拗，一个睡熟了的老年人似的。她最后的一句话是对父亲说的：

"耐着心等吧，什么都是命，老天会保佑我们的。"

父亲没说话，也没淌眼泪，只默默地瞧着她。

第二年春天，父亲眼珠子里的忧郁淡下去了，暖暖的春意好像把他的自信力又带了回来，脸上又有了愉快的笑劲儿。那时候我已经住在学校里，每星期六回来总可以看到一些温和的脸，吃一顿快乐的晚饭，虽说没有客人，没有骨牌，没有白兰地，我们也是一样的装满了一屋子笑声。因为父亲正在拉股子，预备组织一个公司。他不在家的时候，母亲总和我对坐着，一对天真的孩子似的说着发财以后的话：

"发了财，我们先得把旧宅赎回来。"

"我不愿意再住那间奶黄色的小房间了，我要住大一点的。我已经是一个大人咧。"

"快去骗个老婆回来！娶了妻子才让你换间大屋子。"

"这辈子不娶妻子了。"

"胡说，不娶妻子，生了你干吗？本来是要你传宗接代的。"

"可是我的丈母现在全没了。"

"我们发了财，她们又会来的。"

"就是娶妻，我也不愿意请从前上我们家来的客人。"

"那些势利的混蛋，你瞧，他们一个也不来了。"

"我们住在旧宅里的时候，不是天天来的吗？"

"我们住在旧宅里的时候，天天有客人来打牌的。"

"旧宅啊！"

"旧宅啊！"

母亲便睁着幻想的眼珠子望着前面，望着我望不到的东西，望着辽远的旧宅。

"总有一天会把旧宅赎回来的。"

在空旷的憧憬里边，我们过了半个月活泼快乐的日子；我们扔了丑恶的现实，凝视着建筑在白日梦里的好日子。可是，有一天，就像我十六岁时那一天似的，八点钟模样，父亲回来了，和一双白茫茫的眼珠子一同地。没说话，怔着坐了一回，便去睡在床上。半晚上，我听到他女人似的哭起来。第二天，就病倒了。那年的暑假，我便在父亲的病榻旁度了过去。

"人真是卑鄙的动物啊！我们还住在旧宅里边时，每天总有两桌人吃饭，现在可有一个鬼来瞧瞧我们没有？我病到这步田地，他们何尝不知道！许多都是十多年的老朋友了，许多还是我一手提拔出来的，就是来瞧瞧我的病也不会损了他们什么的。人真是卑鄙的动物啊！我们还住在旧宅里边时，害了一点伤风咳嗽就这个给请大夫，那个给买药，忙得屁滚尿流——对待自己的父亲也不会那么孝顺的。我不过穷了一点，不能再天天请他喝白兰地，看电影，坐汽车，借他们钱用罢咧，已经看见我的影子都怕了。要是想向他们借钱，真不知道要摆下怎样难看的脸子！往后的日子长着呢！……"喃喃地诉说着，末了便抽抽咽咽地哭了起来。

这不是病，这是一种抑郁；在一些抑郁的眼泪里边，父亲一天天地憔悴了。

在床上躺了半年，病才慢慢儿的好起来，害了病以后的父亲有了颓唐的眼珠子，蹒跚的姿态，每天总是沉思地坐在沙发里咳嗽着，看着新闻报本埠附刊，静静地听年华的跫①音枯叶似的飘过去。他是在等着我，等我把那座旧宅买回来。是的，他是在耐着心等，等那悠长的四个大学里的学年。可是，在这么个连做走狗的机会都不容易抢到的社会里边，有什么法子能安慰父亲颓唐的暮年呢？

我的骨骼一年年地坚实起来，父亲的骨骼一年年地脆弱下去。到了我每天非刮胡

---

① qióng。

髭不可的今年，每天早上拿到剃刀，想起连刮胡髭的兴致和腕力都没有了的父亲，我是觉得每一根胡髭全是生硬地从自己的心脏上面刮下来的。时常好几个礼拜不回去；我怕，我怕他的眼光。他的眼光在——

"喝吧，吃吧，我的血，我的肉啊！"那么地说着。

我是在喝着他的血，吃着他的肉；在他的血肉里边，我加速度地长大起来，他加速度地老了。他的衰颓的咳嗽声老在我耳朵旁边响着，每一口痰都吐在我心脏上面。逃也逃不掉的，随便跑到哪儿，他总在我耳朵旁边咳嗽着，他的抑郁的眼珠子总望着我。

到了星期六，同学们高高兴兴地回家去，我总孤独地待在学校里。下午，便自个儿坐在窗前，望着寂寞的校园，瘖瘖①地：

"要是在旧宅里的时候，每星期回去可以找到一个愉快的父亲的。"怀念着失去了的旧宅里的童年。"父亲也在怀念着吧？怀念一个旧日的恋人似的怀念着吧！"

六年不见了的旧宅也该比从前苍老得多了，真想再到这屋子里边去看一次，瞧瞧我的老友们，那间奶黄色的小房间，床根那儿的三枚钉，桌子底下墙洞里的小铁箱。接到父亲的信的那星期六下午——是一个晴朗的五月的下午，淡黄的太阳光照得人满心欢喜，父亲的脸色也明朗得多——和父亲一同地去看我们的旧宅，去祝贺俞老伯的进屋吉期。

那条街比从前热闹得多了，我们的屋子的四面也有了许多法国风的建筑物，街旁也有了几家铺子，只是我们的屋子的右边，还是一大片田野，中间那座倾斜的平房还站在那儿，就在腰上多加了一条撑木，粉墙更黝黑了一点。旧宅也苍老了许多，爬在墙上的紫藤已经有了昏花的眼光，那间奶黄的小房间的窗关着，太阳光照在上面，看不出里边窗纱的颜色，外面的百叶窗长了一脸皱纹，伸到围墙外面来的菩提树有了婆娑的姿态。

---

① yīn。

我们到得很早，客厅里只三个客人，客厅里的陈设和从前差不多，就多了只十二灯的落地无线电收音机。俞老伯不认识我了，从前他是时常到我家来的，搬了家以后，只每年新年里边来一次，今年却连拜年也没来。他见了我，向父亲说：

"就是少南吗？这么大了！"

"日子真容易过，在这儿爬着学走路还像是昨天的事，一转眼已经二十多年了。"

"可不是吗，那时候我们年纪轻，差不多天天在这屋子里打牌打一通夜，现在兴致也没了，精力也没了。"

"搬出了这屋子以后的六年，我真老得厉害啊！"父亲叹息了一下，望着窗外的园子不再作声。

俞老伯便回过身来问我在哪儿念书，念的什么科，多咱①能毕业，听我说念的文科，他就劝我改理科，说了一大篇中国缺少科学人才的话。

坐了一回，客人越来越多了，他们谈着笑着。俞老伯说过几天公债一定还要跌，他们也说公债还要跌；俞老伯说东，他们连忙说东，说西，也连忙说西。父亲只默默地坐着，他在想六年前的"洋人大笑"；想那些跟着他爱喝白兰地的客人，跟着他爱上电影院的客人；想他的雪茄；想他的沙发。

"去瞧瞧你的屋子。"父亲站了起来，又对我说："跟我去瞧瞧吧，六年没来了。"

"你们爷儿俩自己去吧，我也不奉陪了，反正你们是熟路。"俞老伯说。

"对了，我们是熟路。"一层青色的忧郁从父亲的明朗的脸色上面掠了过去。

我跟在他后面，走到客厅后边楼梯那儿。在楼梯拐弯那儿，父亲忽然回过身子来：

"你知道这楼梯一共有几级？"

"五十二级。"

"你倒还记得，这楼梯得拐三个弯，每一个拐弯有十四级。造这屋子是我自己打的图样，所以别的事情不大记得清楚，这屋子里有几粒灰尘我也记得起来的。每一级有

---

① 东北方言：什么时候。

两英尺阔，十英寸高，八英尺长，你量一下，一分不会错的。"

说着说着到了楼上，父亲本能地往他房里走去。墙上本来是漆的淡绿色的漆，现在改漆了浅灰的。瞎子似的，他把手摸索着墙壁，艰苦地，一步步的捱进去。他的手哆嗦着，嘴也哆嗦着，低得听不见的话从他的牙齿里边漏出来：

"我们的床是放在那边窗前的，床旁边有一只小机，机上放着只烟灰盘，每晚上总躺在床上抽支烟的。机上还有盏绿纱罩着的灯——还在啊，可是换了红纱罩了。"

走到灯那儿，转轻地摸着那盏灯，像摸一个儿子的脑袋似的。

"他们为什么不把床放在这儿呢？"看看天花板，又仔细地看每一块地板：

"现在全装了暗线了，地板倒还没有坏，这是柚木镶的，不会坏的，我知道，我知道得很清楚，因为这屋子是我造的，这房间里我睡过十八年，是的，我睡过十八年，十八年，十八年……"

隔壁房间里正在打牌，那间房子本来是母亲的客厅和牌室，大概现在也就是俞太太的客厅和牌室了吧，一些女人的笑声和孩子们的声音很清晰地传到这边来，就像六年前似的。

"再到别的房间去瞧瞧吧。"父亲像稍为平静了些，只是嘴唇还哆嗦着。

走过俞太太的客厅的时候，只见挤满了一屋子的，年轻的，年老的太太们。

"六年前，这些人全是我的丈母呢！"那么地想着。

父亲和俞太太招呼了一下："来瞧瞧你们的新房子。"也不跑进去，直往顶东面从前祖母的房间里走去。像是他们的小姐的闺房，或是他们的少爷的新房，一房间的立体儿的衣橱，椅子，梳妆台，那四只流线式的小沙发瞧过去，视线会从那些飘荡的线条和平面上面滑过去似的。又矮又阔的床前放了双银绸的高跟儿拖鞋，再没有大麻子的铜脚炉了。祖母的红木的大箱大橱全没了！挂观音大士像的地方儿挂一张琼克劳福的十寸签名照片，放香炉的地方放着瓶玫瑰——再没有恬静的素香的烟盘绕着这古旧的房间！我想着祖母的念佛珠，没有门牙的嘴，莲心粥，清净空寂的黄昏。

"奶奶是死在这间屋子里的。"

"奶奶死了也快六年了！"

"上三层楼去瞧瞧吧？"

"去瞧瞧你的房间也好。"

我的房间一点没改动，墙上还是奶黄色的油漆，放一只小床，一辆小汽车，只是没挂窗纱，就和十年前躺在床上背《共和国民教科书》第五册时那么的。推开窗来，窗外的园子里那些小树全长大了，还是八棵玫瑰树，正开了一树的花，窗前那条电线上面，站满了麻雀，叽叽喳喳的闹。十年前的清净的心，清净的小房间啊！我跑到桌子底下想找那只小铁箱，可是那墙洞已经给砌没了。床根那儿的三枚钉却还在那儿，已经秃了脑袋，发着钝光。

"那三枚钉倒还在这儿！"看见六年不见的老友，高兴了起来。

父亲忽然急急地走了出去："我们去吧。"头也不回地直走到下面，也没再走到客厅里去告辞，就跑了出去。到了外面，他的步伐又慢了起来，低着脑袋，失了知觉地走着。

已经是黄昏时候，人的轮廓有点模糊，我跟在父亲后边，也不敢问他可要雇车，正在为难，瞧见他往前一冲，要摔下去的模样，连忙抢上去扶住了他的胳膊。他站住了靠在我身上咳嗽起来，太阳穴那儿渗出来几滴冷汗。咳了好一回才停住了，闭上了眼珠子微微地喘着气，鼻子孔里慢慢儿的挂下一条鼻涎子来。

"爹爹，我们叫辆汽车吧？"我凑到他耳朵旁边低声地说——天哪，我第一次瞧见他的鬓发真的已经斑白了。

他不说话，鼻涎子尽挂下来，挂到嘴唇上面也没觉得。

我掏出手帕来，替他抹掉了鼻涎，扶着他慢慢儿的走去。

二十二年（1933年）五月二十二日

导读
追忆太多快乐的旧宅

《旧宅》是一篇结构独特的作品，作为散文，是极有造诣的。

穆时英的少年时期，在旧宅度过。说是"旧宅"，实际是父亲最有钱时自己亲自建造的大宅。十六岁前，他都过着大少爷的美好生活，其中的生活情态，不由得令人想起法国大作家马塞尔·普鲁斯特的《追忆逝水年华》第一部《在斯万家那边》的开头描写。富人们的生活，果然是很相似的。

然而，后来因父亲受欺骗，家庭败落了，被迫出售了这间"旧宅"，美好的人生和美好的心情也一起失去了。

穆时英对"旧宅"深有感情，然而他开篇不是直接写自己对老屋有情感，而是从父亲来信——让他请假回老家去，于星期六吉期一起登门祝贺俞老伯"入屋"——开始，慢慢深入。

文章分三部分：1.快乐时光；2.家道中落；3.重返旧宅。

这样前后对接，情感反复，令人印象深刻。

首先开头不凡。俞老伯购入的新宅，正是作者笔下的旧宅。"新旧"对比强烈，颇有杜甫名作《佳人》中"但见新人笑，那闻旧人哭"的意境。

这样一对比，开篇就气氛强烈。

其次描写有致。作者倒叙自己少年时期在旧宅的快乐时光：不知有多少房间的大宅，院子里的植物，自己的房间，凭窗远眺的闲愁，早起的快活，父母的慈爱等。

然后，突然父亲受到欺骗，损失财物，家道中落，不得不搬出旧宅，同时，也跟过去的快乐时光告别。

最后重返旧宅时内心五味杂陈。于回忆中，感受到了前后的深切落差，而这些，对一个人的打击是巨大的。家道中落之后，全家人的梦想，都是"重返旧宅"，而且把希望寄托在作者身上。这对他的精神和成长，也形成了巨大的压力。

我们在自己的写作中，也可以运用类似"新旧"对比的手法。这样，表达得当，会产生强有力的感染力。

通过一座旧宅所有权的变迁，作者写出了自己家族从盛到衰的整个过程——这种无可奈何，也根本阻挡不了的衰落，从小处看，是一个家庭的败落；从大处看，是一个国家的衰退。似乎无论多么华美的院子，多么丰富的物资，都不可避免地败落了。而这种败落，对于曾经享受过万般宠爱的作者，也造成了一种极大的心理落差。这种因为家庭衰败而带来的心理创伤，在鲁迅先生的记忆中，也极其深刻。在《呐喊自序》里，鲁迅说："……有谁从小康人家而坠入困顿的么，我以为在这途路中，大概可以看见世人的真面目。"

穆时英也许受到鲁迅的影响，他先详细地描写了自己在十六岁之前居住老屋的快乐，以至于有些不真实的时光：钉钉子，早期上学，睡午觉，眺望窗外，为不着调的事情赋闲愁："……白鸽的影子。推开窗来，就可以看到青天里一点点的，可爱的白斑痕，便悄悄地在白鸽的铃声里怀念着人鱼公主的寂寞，小哨兵的命运。"

接着，用描写父亲的细节来展现与鲁迅相同的家庭败落的深切感受。更具体，也更揪心："就在十六岁那一年……父亲自个儿坐在客厅里边，狠狠地抽着烟，脸上的笑劲儿也没了，两圈黑眼皮，眼珠子深深地陷在眼眶里边。只一晚上，他就老了十年，瘦了一半。……他只是一个颓丧，失望的陌生人。他的眼珠子里边没有光，没有愉快，没有忧虑，什么都没有，只有着白茫茫的空虚。"

这篇文章前两个部分对比鲜明。在父亲受骗，损失大笔钱财之前，一家子是富足、快乐、无忧无虑的，母亲只顾着打牌，奶奶心疼孙子，连他睡觉醒来，都说不忙起身，"刚醒来，魂灵还没有进窍呢"。这说法多有趣，把奶奶的慈爱写得多生动。

但父亲被骗家庭败落之后，之前络绎不绝的宾客消失了，热闹的家庭冷清起来了，总是快活的母亲、奶奶等，每天都是忧愁。这样的落差，对作者无疑有着巨大的影响。

作者对"旧宅"情感极其丰富，他是用令人印象深刻的细节来展现的。例如，房间里的三枚钉子是怎么来的,围绕着油灯飞舞的虫子,以及父母、奶奶对他的呵护,都写得非常生动。在一篇文章中,唯有生动细节,才能真正打动人。

思考

我们该如何描写自己少年时期的快乐时光?用什么细节来吸引人?

延伸阅读

鲁迅《呐喊自序》、穆时英《南北极》。

编末后记

本编选入的六篇文章，都与"故乡"有关。

在序里，我就说过，这与我自己的内心情感相系之。当代社会，城市化进程急速加快，土地上生长高楼的速度比春笋还快。我们正在快速地失去自己的"故乡"，失去对"故乡"的情感。

今天的乡村，已经不再是旧时的乡村。今时的故乡，也已经逐渐变成"失落园"。

"每个人的故乡都在沦陷"，不仅是一句口号，而且是现实。同时，对于故乡的思念，在现代文学前辈笔下，也已经强烈地流露出来了。我们读萧红的《呼兰河集会》，就会发现这种强烈的情绪。

在全世界的城市化进程中，这种"乡愁"的情绪，一直是文学中重要的主题。也因此，美国文学中的自然主义流派，成为一种对自然的文学再创造。这样的自然主义，要对应着工业化之后的城市化进程来看，才能更明白作家所流露出的真切情感。

从乡村进入城市，对每一个人来说，都是一次人生冒险。对现代人来说，更是一种人生的历练。成熟，就可离家远行。

总结一下本编文章的特点，我们要注意写散文时的几个问题：

一、像《呼兰河集会》那样，分小节写不同的事；

二、像《我老家》那样，从小到大、从近到远介绍风土人情；

三、像《少年游》那样，描写近景和远景、静物和动物；

四、像《登高》那样，写对喜欢的活动产生期待感和焦虑感；

五、像《说扬州》那样写生活实态；

六、像《旧宅》那样用细节呈现情感的变化和落差。

阅读，就像郁达夫先生笔下的野游，既充满期待，又有各种未知的冒险，还有各种作物、鲜花、野果。阅读是美好的事情，冒点险是值得的。

　　写作最重要的是释放自己，用自然的语言，准确地写自己感到有趣味的人与事。散文，不要太紧张，"形散神也散"，方为得趣。

2020年6月2日修订于多伦多

第二编 思萦亲友

思念故人、怀念亲友，是散文中的一大类，也是现代散文的重要部分。

鲁迅散文集《朝花夕拾》是有名的作品集之一，写记忆中的人与事，历历在目。《从百草园到三味书屋》《藤野先生》《阿长与〈山海经〉》《范爱农》《五猖会》《无常》等，都曾选入各类语文教材或读本；《二十四孝图》《琐记》《父亲的病》还没被选入教材，但读过的人很多。《琐记》写鲁迅少年时期的求学经历，是研究鲁迅的重要资料。在《二十四孝图》里，鲁迅对旧时代的蒙昧和冥顽，对违背或扭曲人性的伦理，都有深刻批判。他恐怕怎么也想不到，这些"孝图"已被改头换面成了"中华传统美德"，被画在各地的墙上了。《狗·猫·鼠》不单纯写动物，行文中夹叙夹议，批判现实中诸种事情，暗箭频发，犀利得很。如对"海昌蒋氏"举办三天婚礼、对那些不熟悉的人忽然发请帖过来等，都有猛烈的嘲讽。文中写到小时候养"隐鼠"的记忆，写到祖母在夏夜摇扇子讲老虎拜猫为师父的故事——细节生动，写猫被老虎扑，跳到树上，猫想，幸好老虎没有把本领全学会，"否则从桂树上就会爬下一匹老虎来"。非有大才，写不出这种妙句。文中掺入对现实的批判与嘲讽，对"名教授"无时无刻不在挖苦。我最喜欢《无常》这篇作品，虽然也"夹叙夹议"，但细节生动，令人宛如在场。写乡下粗人扮演活无常和鬼王、鬼卒们，真是活灵活现。鲁迅写《父亲的病》透露了很多感人的细节，严父虽然给孩子很多不愉快，但他记忆中的父亲还是情感深挚的。

鲁迅先生的散文，每个人都太熟悉了，所以只能割爱。

现代散文大家很多，周作人、徐志摩、朱自清、林语堂、梁实秋等都广有影响，白话文兴起，散文最早有实绩。散文与传统不割裂，情怀趣味等都能延续。现代诗、现代小说则完全是新生事物，受西方新思想、新文化影响而诞生，重起炉灶，总是举步维艰。也没有现成的规律和模板可仿照，只能在摸索中创作，早期作品难免夹生。

现代大诗人徐志摩的散文在现代作家中独具一格，影响巨大，他的散文集《自剖》中有不少感怀时事、思念故人的作品。徐志摩总是令人难以捉摸，天才闪现而不拘一格，如《在海滩上种花》之类，想法奇特，而又合情合理。之前我们阅读过他写"康桥"，写西伯利亚的散文，可以感受到他的特殊才情。徐志摩还有另一个爱好，就是"追星"，并且振振有词，找了一大堆理由，从曼殊斐儿到哈代到泰戈尔，徐志摩从来不隐瞒自己作为粉丝的激动心情。他去谒见英国大作家哈代，从其复杂细腻的心理活动，可以看到一个性情中人的真性情。

本编选入六篇记人散文，各有异趣。

夏丏尊先生写弘一法师这篇，原本是给自己的好友丰子恺先生的画册写序，不知道怎么的，却写了弘一法师的生活点滴，令人悠然尊敬。

王统照先生追怀夏丏尊的文章，是了解夏丏尊先生很好的材料，很多细节令人感慨。

为了让读者更系统地阅读一个时代人物的过去，或者说前世今生，本编特意选了有前后关系的文章，放在一起让大家对比着读。如徐志摩先生去世之后，其遗孀陆小曼曾写过一篇文章，写到印度文坛泰斗来访中国，住在自己家里一星期的往事。这篇文章湮没几十年后，被学者从旧报中找出来，从中可以看到泰翁访华的细节，以及徐志摩先生的特殊性情，可谓弥足珍贵的一篇文章。

林徽因是民国时期"四大才女"之一，她拥有全面的才能，在诗歌、小说、散文、建筑等方面，都很有成就。她与徐志摩的友情，更是令人感动。除了曾写过两篇散文纪念徐志摩，她还写过四首诗悼念徐志摩。

萧红是一位天才女作家，她的个人传奇已经升华到了一种高度。她的小说成就，现在被推崇到极高地步；她的散文如林徽因一样别具一格，不走平常路。她悼念鲁迅的文章，是一篇呕心沥血的巨作。研究鲁迅，很难绕开萧红这篇纪念长文。

从这些文章中，可以看到不一样的人，感受到一个时代的生活。

世上没有不好的东西[1]

夏丏尊

作者简介

夏丏尊（1886—1946），原名铸，字勉旃，号闷庵，别号丏尊，浙江上虞人。文学家、教育家、翻译家、出版家。早年曾入上海中西书院、绍兴府学堂（今绍兴一中）修业，1905年赴日本留学，1907年辍学回国，开始教书和编辑生涯。先后执教于浙江两级师范学堂、湖南第一师范、上虞春晖中学、上海江湾立达学园、暨南大学、上海南屏女中等校，前后共二十余年。1926年起一边教书，一边从事出版事业，任上海开明书店编辑所长十余年，并编辑发行《中学生》《新少年》《新女性》《一般》《救亡报》等报刊。夏丏尊先生最早从日文转译意大利亚米契斯的名作《爱的教育》，出版散文集《平屋杂文》等，并有《夏丏尊文集》行世。

新近因了某种因缘，和方外友弘一和尚（在家时姓李，字叔同）聚居了好几日。和尚未出家时，曾是国内艺术界的先辈，披剃以后专心念佛，见人也但劝念佛，不消说，艺术上的话是不谈起了的。可是我在这几日的观察中，却深深地受到了艺术的刺激。

他这次从温州来宁波，原预备到了南京再往安徽九华山去的。因为江浙开战，交

---

[1] 此文原题目为《〈子恺漫画〉序》，此题目为编者所改。

通有阻，就在宁波暂止，挂褡①于七塔寺。我得知就去望他。云水堂中住着四五十个游方僧。铺有两层，是统舱式的。他住在下层，见了我笑容招呼，和我在廊下板凳上坐了，说：

"到宁波三日了，前两日是住在某某旅馆（小旅馆）里的。"

"那家旅馆不十分清爽吧。"我说。

"很好！臭虫也不多，不过两三只。主人待我非常客气呢！"

他又和我说了些在轮船统舱中茶房怎样待他和善，在此地挂褡怎样舒服等等的话。

我悯然了，继而邀他明日同往白马湖去小住几日。他初说再看机会，及我坚请，他也就欣然答应。

行李很是简单，铺盖竟是用破席子包的。到了白马湖，在春社里替他打扫了房间，他就自己打开铺盖，先把那破席子珍重地铺在床上，摊开了被，把衣服卷了几件作枕。再拿出黑而且破得不堪的毛巾走到湖边洗面去。

"这手巾太破了，替你换一条好吗？"我忍不住了。

"那里！还好用的，和新的也差不多。"他把那破手巾珍重地张开来给我看，表示还不十分破旧。

他是过午不食的。第二日未到午，我送了饭和两碗素菜去（他坚说只要一碗的，我勉励再加了一碗），在旁坐了陪他。碗里所有的原只是些萝卜白菜之类，可是在他却几乎是要变色而作的盛馔②，喜悦地把饭划入口里，郑重地用筷夹起一块萝卜来的那种了不得的神情，我见了几乎要流下欢喜惭愧之泪了！

第二日，有另一位朋友送了四样菜来斋他，我也同席。其中有一碗咸得非常，我说：

"这太咸了！"

---

① 游方僧人投宿寺庙。
② zhuàn，饭食。

"好的！咸的也有咸的滋味，也好的！"

我家和他寄寓的春社相隔有一段路。第三日，他说饭不必送去，可以自己来吃，且笑说乞食是出家人的本能。

"那么逢天雨仍替你送去吧。"

"不要紧！天雨，我有木屐哩！"他说出木屐二字时，神情上竟俨然是一种了不得的法宝。我总还有些不安。他又说：

"每日走些路，也是一种很好的运动。"

我也就无法反对了。

在他，世间竟没有不好的东西，一切都好，小旅馆好，统舱好，挂褡好，破席子好，破旧的手巾好，白菜好，萝卜好，咸苦的蔬菜好，跑路好，什么都有味，什么都了不得。

这是何等的风光啊！宗教上的话且不说，琐屑的日常生活到此境界，不是所谓生活的艺术化了吗？人家说他在受苦，我却要说他是享乐。我常见他吃萝卜白菜时那种喜悦的光景，我想：萝卜白菜的全滋味，真滋味，怕要算他才能如实尝到的了。对于一切事物，不为因袭的成见所缚，都还他一个本来的面目，如实观照①领略，这才是真解脱，真享乐。

艺术的生活原是观照享乐的生活，在这一点上，艺术和宗教实有同一的归趋。凡为实例或成见所束缚，不能把日常生活咀嚼玩味的，都是与艺术无缘的人。真的艺术，不限在诗里，也不限在画里，到处都有，随时可得。能把它捕捉了用文字表现的是诗人，用形及五彩表现的是画家。不会作诗，不会作画，也不要紧，只要对于日常生活有观照玩味的能力，无论如何都能有权去享受艺术之神的恩宠。否则虽自号为诗人画家，仍是俗物。

与和尚数日相聚，深深地感到这点。自怜囫囵吞枣地过了大半生，平日吃饭着衣，何曾尝到过真的滋味！乘船坐车，看山行路，何曾领略到真的情景！虽然愿从今留意，

---

① 佛教用语，以智慧显现事理。

但是去日苦多，又因自幼未曾经过好好的艺术教养，即使自己有这个心，何尝有十分把握！言之怃然！

正怃然间，子恺来要我序他的漫画集。记得子恺的画这类画，实由于我的怂恿。在这三年中，子恺着实画了不少，集中所收的不过数十分之一。其中含有两种性质，一是写古诗词名句的，一是写日常生活的断片的。古诗词名句原是古人观照的结果，子恺不过再来用画表出一次。至于写日常生活断片的部分，全是子恺自己观照的表现。前者是翻译，后者是创作了。画的好歹且不说，子恺年少于我，对于生活有这样的咀嚼玩味的能力，和我相较，不能不羡子恺是幸福者！

子恺为和尚未出家时画弟子，我序子恺画集，恰因当前所感，并述及了和尚的近事，这是什么不可思议的缘啊！南无阿弥陀佛！

导读
什么都有味，什么都了不得

此文原题为《〈子恺漫画〉序》，本应该针对丰子恺先生的画作来评点，但夏丏尊先生竟没有急着写丰子恺先生和他的画，而是从新近与方外友人弘一法师相处几日的具体感受开始，细细地写他观察到的弘一法师在日常生活中体现出来的敬事惜物的态度，并为这种态度感动，最后才回过头来写丰子恺的画。这样写随意，自由，含意深远。不拘于序体，是一种率性的写法。

李叔同，生于光绪六年（1880年）庚辰，曾留学日本，是近现代中国著名的音乐家、美术家、书法家、篆刻家、戏剧家、教育家，被称为惊世通才，后出家为僧，被尊称为弘一法师、南山律宗大师。弘一法师生性慈悲，道德高尚，广受各界人士尊重。他在不同的艺术领域都有开创性的贡献，培养了大量的优秀人才，是千年难遇的大天才。他在世时即享有盛名，鲁迅评价他的书法"朴拙圆满，浑若天成"。

弘一法师虽然拥有价值千金的书艺，但他不以为可居奇货，而是仁心洒性，给各种人写书法条幅，广结善缘。物质对他而言，已是身外之物。他只愿挂褡云游，弘扬佛法。弘一法师有一种特别的生活态度：世上没有不好的东西——拥挤的舱式床铺也好，那破旧的毛巾也好，那太咸的咸菜也好，他都不嫌弃，很敬惜，尽有好意。这不是装出来的，这体现了弘一法师对人生、对世界的高深认识与修为。从生活到艺术，弘一和尚所体现出来的是令人感动的人生态度。作者认为，这种观照生活，才是一种艺术生活、一种不同一般的人生。

夏丏尊先生写弘一法师，有四件事：寺庙床铺→破毛巾→木屐→咸菜。小得不能再小的四件事，照见了弘一法师的特殊修炼。

阅读这篇文章，我感受颇深。现在生活节奏日益加速，我们每个人从早到晚，脚步不停，跑来跑去，挤公车搭地铁开车上路，匆匆忙忙，根本无暇放慢脚步，看一看身边的世界，感受花开叶展，云来云往。一朵花开自有好意，一只蜜蜂在花丛中飞来飞去也有好意。这些说起来似乎有些做作。而如弘一和尚这样对待身边的事物，对待身边的人，要有多大的善意和好意才能达到呢？我们普通人，自然做不到他的这种处之泰然，但我们可以稍微放慢一点脚步，让时间流逝慢一点，看看身边花草生长树木摇动，看看鸟飞鱼游万物变化。这些与内心产生和谐，就是一种修养。

思考

我们在写一个人时，如何观察他的日常生活，并用细节来展现人物性格？

延伸阅读

夏丏尊《平屋杂文》。

丏尊先生故后追忆

王统照

作者简介

　　王统照（1897—1957），现代作家、诗人。字剑三，笔名息庐、容庐。山东诸城人。1924年毕业于中国大学英文系。1918年办《曙光》杂志，1921年与郑振铎、沈雁冰等发起成立文学研究会。曾任中国大学教授兼出版部主任，《文学》月刊主编，开明书店编辑，暨南大学、山东大学教授。新中国成立后，历任山东省文教厅副厅长、文化局局长、文联主席。五四时期的作品主要表现"美"与"爱"的理想同丑恶现实的矛盾，其后的创作则着重揭露旧社会的不合理与罪恶。著有诗集《童心》《这时代》《横吹集》，小说集《春雨之夜》等。

　　我与夏先生认识虽已多年，可是比较熟悉还是前几年同在困苦环境中过着藏身隐名的生活时期。他一向在江南从未到过大江以北，我每次到沪便有几次见面，或在朋友聚宴上相逢，但少作长谈，且无过细观察性行的时机。在抗战后数年（至少有两年半），我与他可说除假日星期日外，几乎天天碰头，并且座位相隔不过二尺的距离，即不肯多讲闲话如我这样的人，也对他知之甚悉了。

　　夏先生比起我们这些五十上下的朋友来实在还算先辈。他今年正是六十三岁。我明明记得三十三年秋天书店中的旧编译同人，为他已六十岁，又结婚四十年，虽然物力艰难，无可"祝嘏①"，却按照欧洲结婚四十年为羊毛婚的风气，大家于八月某夕分

---

① zhù gǔ，祝寿。

送各人家里自己烹调的两味菜肴，一齐带到他的住处——上海霞飞路霞飞坊——替他老夫妇称贺；藉此同饮几杯"老酒"，聊解心忧。事后，由章锡琛先生倡始，做了四首七律旧体诗作为纪念。因之，凡在书店的熟人，如王伯祥、徐调孚、顾均正、周德符诸位各作一首，或表祷颂，或含幽默，总之是在四围鬼蜮现形民生艰困的孤岛上，聊以破颜自慰，也使夏先生漱髯一笑而已。我曾以多少有点诙谐的口气凑成二首。那时函件尚通内地，叶绍钧①、朱自清、朱光潜、贺昌群四位闻悉此举，也各寄一首到沪以申祝贺，以寄希望。

记得贺先生的一首最为沉着，使人兴感。将近二十首的"金羊毛婚"的旧体诗辑印两纸分存（夏先生也有答诗一首在内）。因此，我确切记明他的年龄。

他们原籍是浙东上虞的，这县名在北方并不如绍兴、宁波、温州等处出名。然在沪上，稍有知识的江浙人士却多知悉。上虞与萧山隔江相对，与余姚、会稽②接界，是沿海的一个县份，旧属绍兴府。所以夏先生是绝无折扣的绍兴人。再则此县早已见于王右军写的曹娥碑上，所谓曹氏孝文即上虞人，好习小楷的定能记得！

不是在夏先生的散文集中往往文后有"白马湖畔"或"写于白马湖"之附记？白马湖风景幽美，是夏先生民国十几年在浙东居住并施教育的所在。——以后他便移居上海，二十年来过着编著及教书生活，直至死时并未离开。他的年纪与周氏兄弟（鲁迅与启明）相仿，但来往并不密切。即在战前，鲁迅先生住于闸北，夏先生的寓处相隔不远，似是不常见面，与那位研究生物学的周家少弟（建人）有时倒能相逢。夏先生似未到北方，虽学说国语只是绍兴口音；其实这也不止他一个人，多数绍兴人虽在他处多年，终难减轻故乡的音调，鲁迅就是如此。

平均分析他的一生，教育编著各得半数。他在师范学校，高初级男女中学，教课的时间比教大学时多。惟有北伐后在新成立的暨南大学曾做过短期的中国文学系主任。

---

① 指叶圣陶。
② kuài jī，浙江县名。

他的兴趣似以教导中等学生比教大学生来得浓厚,以为自然。所以后来沪上有些大学请他兼课,他往往辞谢,情愿以书局的余闲在较好的中学教课几点。他不是热闹场中的文士,然而性情却非乖俗不近人情。傲夸自然毫无,对人太温蔼了,有时反受不甚冷峻的麻烦。

他的学生不少,青年后进求他改文字,谋清苦职业的非常多,他即不能一一满足他们的意愿,却总以温言慰安,绝无拒人的形色。反而倒多为青年们愁虑生活,替人感慨。他好饮酒也能食肉,并非宗教的纯正信徒,然而他与佛教却从四十左右发生较为亲密的关系。在上海,那个规模较大事业亦多的佛教团体,他似是"理事"或"董事"之一?他有好多因信仰上得来的朋友,与几位知名的"大师"也多认识。——这是一般读夏先生文章译书的人所不易知的事。他与前年九月在泉州某寺坐化的弘一法师,从少年期即为契交。直至这位大彻大悟的近代高僧,以豪华少年艺术家,青年教师的身份在杭州虎跑寺出家之后,并没因为"清""俗"而断友谊。在白马湖,在上海,弘一法师有时可以住在夏先生的家中,这在戒律精严的他是极少的例外。抗战后几年,弘一法师避地闽南,讲经修诵,虽然邮递迟缓,然一两个月总有一二封信寄与夏先生。他们的性行迥异,然却无碍为超越一切的良友。夏先生之研究佛理有"居士"的信仰,或与弘一法师不无关系。不过,他不劝他人相信;不像一般有宗教信仰者到处传播教义,独求心之所安,并不妨碍世事。

他对于文艺另有见解,以兴趣所在,最欣赏寄托深远,清澹冲和的作品。就中国旧文学作品说:杜甫韩愈的诗、李商隐的诗、苏东坡黄山谷的诗;《桃花扇》《长生殿》一类的传奇;《红楼梦》《水浒》等长篇小说,他虽尊重他们,却不见得十分引起他的爱好。对于西洋文学:博大深沉如托尔斯泰;精刻痛切如要以妥以妥夫斯基①;激动雄抗、生力勃变如嚣俄②之戏剧、小说,拜伦之诗歌,歌德之剧作;包罗万象、文情兼

---

① 今译"陀思妥耶夫斯基"。
② 指法国作家雨果。

茂如莎士比亚；寓意遣词高深周密如福楼拜……在夏先生看来，正与他对中国的杜甫、苏东坡诸位的著作一样。称赞那些杰作却非极相投合。他要清，要挚，又要真切要多含蓄。

你看那本《平屋杂文》便能察觉他的个性与对文艺的兴趣所在。他不长于分析不长于深刻激动，但一切疏宕，浮薄，叫嚣芜杂的文章；或者加重意气，矫枉过正做作虚撑的作品，他绝不加首肯。我常感到他是掺和道家的"空虚"与佛家的"透彻"，建立了他的人生观，——也在间接的酿发中成为他的文艺之观念（虽则他也不能实行绝对的透彻如弘一法师，这是他心理上的深苦！）。反之也由于看的虚空透彻，——尚非"太"透彻，对于人间是悲观多乐观少；感慨多赞美少；踌躇多决定少！个性，信仰的关系，与文艺观点的不同，试以《平屋杂文》与《华盖集》《朝花夕拾》相比，他们中间有若何辽远的距离？无怪他和鲁迅的行径，言论，思想，文字，迥然有别，各走一路。

他一生对于著作并不像那些视文章为专业者，争多竞胜，以出版为要务。他向未有长篇创作的企图，即短篇小说也不过有七八篇。小说的体裁似与他写文的兴会不相符合，所以他独以叙事抒情的散文见长。从虚空或比拟上构造人物、布局等较受拘束的方法，他不大欢喜。其实，我以为他最大的功绩还在对于中学生学习国文国语的选材，指导，启发上面。现时三十左右的青年在战前受中学教育，无论在课内课外，不读过《文心》与《国文百八课》二书的甚少。但即使稍稍用心的学生，将此二书细为阅读，总可使他的文字长进，并能增加欣赏中国文章的知识。不是替朋友推销著作，直至现在，为高初中学生学习国文国语的课外读物，似乎还当推此两本。夏先生与叶绍钧先生他们都有文字的深沉修养，又富有教读经验，合力著成，嘉惠殊多。尤以引人入胜的，是不板滞，不枯燥，以娓娓说话的文体，分析文理，讨论句段。把看似难讲的文章解得那样轻松，流利，读者在欣然以解的心情下便能了解国文或国语的优美，以及它们的各种体裁，各样变化，——尤以《文心》为佳。

夏先生对此二书至少有一半以上的工力。尤其有趣的当他二位合编《国文百八课》，也正是他们结为儿女亲家的时候。夏先生的小姐与叶先生的大儿子，都在十五六岁，经两家家长乐意，命订婚约。夏先生即在当时声明以《国文百八课》版后自己分得的版税一概给他的小姐作为嫁资。于是，以后这本书的版税并非分于两家。可谓现代文士"陪送姑娘"的一段佳话！

此外，便是那本风行一时至今仍为小学后期，初中学生喜爱读物之一的《爱的教育》。

这本由日文重译的意大利的文学教育名著，在译者动笔时也想不到竟能销行得那样多，那样引起少年的兴味。但就版税收入上说，译者获得数目颇为不少。我知道这个译本从初版至今，似乎比二十年来各书局出版白话所译西洋文学名著的任何一本都销得多。

战前创办了四年多的《中学生》杂志，他服劳最多。名义上编辑四位，由于年龄，经验，实际上夏先生便似总其成者。《中学生》的材料，编法，不但是国内唯一良佳的学生期刊，且是一般的青年与壮年人嗜读的好杂志。知识的增益，文字的优美，取材的精审，定价的低廉，出版的准期，都是它特具的优点。夏先生从初创起便是编辑中的一位要员。

浙东人尤以绍兴一带的人勤朴治生，与浙西的杭、嘉、湖浮华地带迥不相同。夏先生虽以"老日本留学生"，住在"洋潮"的上海二十多年，但他从未穿过一次西装，从未穿过略像"时式"的衣服。除在夏天还穿穿旧作的熟罗衫裤，白绢长衫之外，在春秋冬三季难得不罩布长衫穿身丝呢类面子的皮、棉袍子。十天倒有九天是套件深蓝色布罩袍，中国老式鞋子。到书店去，除却搭电车外，轻易连人力车都不坐。至于吃，更不讲究，"老酒"固是每天晚饭前总要吃几碗的，但下酒之物不过菜蔬，腐干，煮蚕豆，花生之类。太平洋战争起后上海以伪币充斥物价腾高，不但下酒的简单肴品不多制办，就是酒也自然减少。夏先生原本甚俭，在那个时期，他的物质生活是如何窘苦，如何节约，可想而知。记得二十八年春间，那时一石白米大概还合法币三十几元，比之抗战那年已上涨三分之二。"洋潮"虽尚在英美的驻军与雇佣的巡捕统治之下，而日人的魔手却时时趁空伸入，幸而还有若干文化团体明地暗里在支持着抗敌的精神。有一次，我约夏先生章先生四五人同到福州路一家大绍兴酒店中吃酒，预备花六七元（除几斤酒外尚能叫三四样鸡肉类）。他与那家酒店较熟，一进门到二楼上，捡张方桌坐下，便作主人发令，只要发芽豆一盘，花生半斤，茶干几片。

"满①好满好！末事贵得弗像样子②，吃老酒便是福气，弗要拉侬多花铜钿③。"

经我再三说明，我借客打局也想吃点荤菜，他方赞同，叫了一个炒鸡块，一盘糖腌虾，一碗肉菜。在他以为，为吃酒已经太厚费了！为他年纪大，书店中人连与他年岁相仿的章锡琛都以画先生称之（夏读画音）。他每天从外面进来，坐在椅上，十有九回先轻轻叹一口气。许是上楼梯的级数较多，由于吃累？也许由于他的舒散？总之，几成定例，别人也不以为怪。然后，他吸半枝低价香烟，才动笔工作。每逢说到时事，说到街市现象，人情鬼蜮，敌人横暴，他从真切感动中压不住激越的情绪！因之悲观的心情与日并深，一切都难引起他的欣感。长期的抑郁，悲悯，精神上的苦痛，无形中损减了他身体上的健康。

在三十三年冬天，他被敌人的宪兵捕去，拘留近二十天，连章锡琛先生也同作系囚（关于这事我拟另写一文为记）。他幸能讲日语，在被审讯时免去翻译的隔阂，尚未受过体刑，但隆冬囚室，多人挤处，睡草荐，吃冷米饭，那种异常生活，当时大家都替他发愁，即放出来怕会生一场疾病！然而出狱后在家休养五六天，他便重行到书店工作，却未因此横灾致生剧病。孰意反在胜利后的半年，他就从此永逝，令人悼叹！

夏先生的体质原很坚实，高个，身体胖，面腔紫黑，绝无一般文人的苍白脸色，或清瘦样子。虽在六十左右，也无佝偻老态，不过呼吸力稍弱，冬日痰吐较多而已。不是虚亏型的老病患者，或以身子稍胖，血压有关，因而致死？

过六十岁的新"老文人"，在当代的中国并无几个。除却十年前已故的鲁迅外，据我所知，只可算夏先生与周启明④。别人的年龄最大也不过五十六七，总比他三位较小。

---

① 今作"蛮"。
② 沪语，意思东西贵得不像样子。
③ 沪语，意思不要让你多花钱。
④ 指周作人。

自闻这位《平屋杂文》的作者溘逝以后,月下灯前我往往记起他的言谈,动作,如在目前。除却多年的友情之外,就前四五年同处孤岛;同过大集中营的困苦生活;同住一室商讨文字朝夕晤对上说,能无"落月屋梁"①之感?死!已过六十岁不算夭折,何况夏先生在这人间世上留下了深沉的足迹,值得后人忆念!所可惜的是,近十年来你没曾过过稍稍舒适宽怀的日子,而战后的上海又是那样的混乱,纷扰,生活依然苦恼,心情上仍易悲观,这些外因固不能决定他的生存,死亡,然而我可断定他至死没曾得到放开眉头无牵无挂的境界!

这是"老文人"的看不开呢?还是我们的政治,社会,不易让多感的"老文人"放怀自适,以尽天年?

如果强敌降后,百象焕新,一切都充满着朝气,一切都有光明的前途,阴霾净扫,晴日当空。每个人,每一处,皆富有歌欢愉适的心情与气象,物产日丰,生活安定,民安政理,全国一致真诚地走上复兴大道,果使如此,给予一个精神劳动者,——给予一个历经苦难的"老文人"的兴感,该有多大?如此,"生之欢喜"自易引动,而将沉郁,失望,悲悯,愁闷的情怀一扫而空,似乎也有却病销忧的自然力量。

但,却好相反!

因为丏尊先生之死,很容易牵想及此。自然,"修短随化","寿命使然",而精神与物质的两面逼紧,能加重身体上的衰弱——尤其是老人——又,谁能否认。

然而夏先生与晋宋间的陶靖节②,南宋的陆放翁③比,他已无可以自傲了!至少"北定中原"不须"家祭"告知,也曾得在"东方的纽约"亲见受降礼成,只就这点上说,我相信他尚能瞑目!

---

① 比喻怀念友人,语出唐大诗人杜甫《梦李白》:落月满屋梁,犹疑照颜色。
② 指晋代大诗人陶渊明。
③ 指宋代大诗人陆游。

导读
朴实自在，不事机巧

写故人的文章，通常难。

太熟悉，难免材料太多，治丝益棼，不知道怎么选择、裁剪丰富的材料。陌生，则无材料可用，生硬套之容易流于浮泛。所以，这类文章，要写好真是更见写作者的功力。

王统照先生是文章高手，他的《荷兰鸿爪》写景状物，观察路人，都极其敏锐，视角独特。

本文作者写到自己熟悉的前辈夏丏尊先生，先从一件事开始：沦陷时期大家克服种种困难，各带两味菜肴，联袂到上海霞飞路霞飞坊给夏丏尊先生祝六十大寿，兼贺结婚四十年之羊毛婚，并各作旧体诗为纪念。这在气氛紧张、物质匮乏的时代，犹见得友情之珍贵——而在异地的朱自清、叶圣陶、朱光潜、贺昌群也寄来贺诗，成为一种特殊记忆。接着写夏丏尊先生的出身、交游，以及对教育的热爱和对文学的见解。同时，作者还分析，可能因为性格平和、喜欢温婉之作，夏丏尊先生同住在上海闸北、与其寓处相隔不远的鲁迅并无频繁交往，虽然他们是绍兴的老乡。

在由细节进入性格分析之后，文章接着写对夏丏尊先生的评价：教育与编著各半。教育上，总是对青年学生"温言慰安"；而编撰上，业绩也很高，除了主编《中学生》杂志，与叶圣陶先生合著的《文心》《国文百八课》等也是非常流行的中学生读本，他从日文翻译过来的意大利教育名著《爱的教育》是当时风行全国的畅销书，影响巨大。有这些介绍，我们基本上可以了解夏丏尊先生的文学活动，而这些也结合在他的教育实践中，使得他成为一名知行合一的大教育家。

夏丏尊先生也是性情中人，这里有一个例子："他的兴趣似以教导中等学生比教大学生来得浓厚，以为自然。所以后来沪上有些大学请他兼课，他往往辞谢，情愿以书局的余闲在较好的中学教课几点。"他是做过暨南大学中文系主任的，却不以这个为荣耀，还是愿意跟孩子相处。这个不知道怎么触动了我的情思，原来我更愿意跟小学生、初中生相处，这个感觉，竟然早就有前辈有了。

一篇文章，一定要有多方面的内容，综合评价和细节描写，要相得益彰。这样，描写的对象会栩栩如生，呼之欲出。王统照先生的文章，在总体的回忆与评价中，剪裁得当，疏密有致，读之，一名可敬的长者形象清晰地显现在我们眼前。

概而言之，写故人不仅要写他的出身、性格、交游、成就和遭遇，还要以精选的细节，来呈现描写对象的独特个性。之前我们读夏丏尊先生写弘一法师的文章，在平和的语气中，同样呈现了一位高僧的特殊面貌。

延伸开去说，民国时期从事基础教育而又蔚为大家的夏丏尊和叶圣陶两位先生，不仅是作文高手，也是教学高手。他们在写文章、教学的同时，还编写各类教材、讲义，如本文提到的《文心》《国文百八课》等，算得上是教育界亲力亲为的大师。另外，夏丏尊先生尚有《文章作法》，叶圣陶先生也有《怎样写作》这类基础性的指导写作书本，这些都是他们在具体的讲授中，与学生一起演习名篇，并总结心得的讲义整理。

我十年来编写这套《了不起的语文书》，也可以说是模仿前辈的。虽然才力不逮，或有各种不足，实际还是愿意做点实在事情的。

思考

写人通常以事来呈现，因此要学会选择特殊事件来体现人物性格。你能感受到作者和夏丏尊先生之间的深厚情感吗？哪个细节能体现出来？

延伸阅读

夏丏尊、叶圣陶《文心》，朱自清《我所见的叶圣陶》。

谒见哈代的一个下午

徐志摩

作者简介

徐志摩（1896—1931），原名章垿，初字槱森，后改字志摩。浙江海宁人，中国著名新月派诗人、散文家。徐志摩出生于富裕家庭，1918年8月赴美留学，就读于克拉克大学历史系；1919年9月转入哥伦比亚大学政治学系；1920年3月转至英国，就读于伦敦政治经济学院，在此期间认识了林徽因；1922年3月，转入剑桥大学国王学院学习；1922年10月回国。徐志摩极有文学天赋，在美国、英国留学期间，深受西方教育的熏陶及欧美浪漫主义和唯美派诗人的影响，代表作品有《再别康桥》《翡冷翠的一夜》等诗作，他的散文创作也得到很高的评价。回国后，徐志摩于1924年任北京大学教授，1926年任光华大学、大夏大学和中央大学教授。1930年辞去了上海和南京的教授职务，应胡适之先生的邀请，再度任北京大学教授，兼北京女子师范大学教授。1931年11月19日因飞机失事罹难。

一

"如其你早几年，也许就是现在，到道骞司德的乡下，你或许碰得到《裘德》的作者[①]，

[①] 指托马斯·哈代，英国20世纪初期大作家，著有《德伯家的苔丝》《还乡》《卡斯特桥市长》等，《裘德》即《无名的裘德》。

一个和善可亲的老者，穿着短裤便服，精神飒爽的，短短的脸面，短短的下颏，在街道上闲暇的走着，照呼着，答话着，你如其过去问他卫撒克士①小说里的名胜，他就欣欣的从详指点讲解；回头他一扬手，已经跳上了他的自行车，按着车铃，向人丛里去了。我们读过他著作的，更可以想象这位貌不惊人的圣人，在卫撒克士广大的，起伏的草原上，在月光下，或在晨曦里，深思地徘徊着。天上的云点，草里的虫吟，远处隐约的人声，都在他灵敏的神经里印下不磨的痕迹；或在残败的古堡里，拂拭乱石上的苔青与网结；或在古罗马的旧道上，冥想数千年前铜盔铁甲的骑兵曾经在这日光下驻踪；或在黄昏的苍茫里，独倚在枯老的大树下，听前面乡村里的青年男女，在笛声琴韵里，歌舞他们节会的欢欣；或在济茨②或雪莱或史文庞③的遗迹，悄悄的追怀他们艺术的神奇……在他的眼里，像在高蒂闲④（Theophile Gautier）的眼里，这看得见的世界是活着的；在他的'心眼'（The Inward Eye）里，像在他最服膺的华茨华士⑤的心眼里，人类的情感与自然的景象是相联合的；在他的想象里，像在所有大艺术家的想象里，不仅伟大的史绩，就是眼前最琐小最暂忽的事实与印象，都有深奥的意义，平常人所忽略或竟不能窥测的。从他那六十年不断的心灵生活，——观察、考量、揣度、印证，——从他那六十年不懈不弛的真纯经验里，哈代，像春蚕吐丝制茧似的，抽绎他最微妙最桀傲的音调，纺织他最缜密最经久的诗歌——这是他献给我们可珍的礼物。"

二

上文是我三年前慕而未见时半自想象半自他人传述写来的哈代。去年七月在英国

---

① 今译"韦塞克斯"。
② 今译"济慈"，英国19世纪初天才诗人。
③ 今译"史文朋"，英国19世纪末大诗人。
④ 今译"戈蒂埃"，法国19世纪诗人、作家。
⑤ 今译"华兹华斯"，英国19世纪中前期浪漫主义大诗人。

时，承狄更生先生的介绍，我居然见到了这位老英雄，虽则会面不及一小时，在余小子已算是莫大的荣幸，不能不记下一些踪迹。我不讳我的"英雄崇拜"。山，我们爱踹高的；人，我们为什么不愿意接近大的？但接近大人物正如爬高山，往往是一件费劲的事；你不仅得有热心，你还得有耐心。半道上力乏是意中事，草间的刺也许拉破你的皮肤，但是你想一想登临高峰时的愉快！真怪，山是有高的，人是有不凡的！我见曼殊斐儿，比方说，只不过二十分钟模样的谈话，但我怎么能形容我那时在美的神奇的启示中的全生的震荡？

　　我与你虽仅一度相见——
　　但那二十分不死的时间！

　　果然，要不是那一次巧合的相见，我这一辈子就永远见不着她——会面后不到六个月她就死了。自此我益发坚持我英雄崇拜的势利，在我有力量能爬的时候，总不教放过一个"登高"的机会。我去年到欧洲完全是一次"感情作用的旅行"；我去是为泰戈尔，顺便我想去多瞻仰几个英雄。我想见法国的罗曼·罗兰；意大利的丹农雪乌①，英国的哈代。但我只见着了哈代。

　　在伦敦时对狄更生先生说起我的愿望，他说那容易，我给你写信介绍，老头精神真好，你小心他带了你到道骞斯德林子里去走路，他仿佛是没有力乏的时候似的！那天我从伦敦下去到道骞斯德，天气好极了，下午三点过到的。下了站我不坐车，问了Max Gate②的方向，我就欣欣的走去。他家的外园门正对一片青碧的平壤，绿到天边，绿到门前；左侧远处有一带绵邈的平林。进园径转过去就是哈代自建的住宅，小方方的壁上满爬着藤萝。有一个工人在园的一边剪草，我问他哈代先生在家不，他点一点

---

① 今译"邓南遮"，Gabriele D'Annunzio，意大利诗人、记者、小说家、戏剧家和冒险者。
② 托马斯·哈代住的房子。

头，用手指门。我拉了门铃，屋子里突然发一阵狗叫声，在这宁静中听得怪尖锐的，接着一个白纱抹头的年轻下女开门出来。

"哈代先生在家，"她答我的问，"但是你知道哈代先生是'永远'不见客的。"

我想糟了。"慢着"，我说，"这里有一封信，请你给递了进去。""那末请候一候"，她拿了信进去，又关上了门。

她再出来的时候脸上堆着最俊俏的笑容。"哈代先生愿意见你，先生，请进来。"多俊俏的口音！"你不怕狗吗，先生？"她又笑了。"我怕"，我说。"不要紧，我们的梅雪就叫，它可不咬，这儿生客来得少。"

我就怕狗的袭来！战兢兢的进了门，进了官厅，下女关门出去。狗还不曾出现，我才放心。壁上挂着沙琴德①（John Sargent）的哈代画像，一边是一张雪莱的像，书架上记得有雪莱的大本集子，此外陈设是朴素的，屋子也低，暗沉沉的。

我正想着老头怎么会这样喜欢雪莱，两人的脾胃相差够多远，外面楼梯上一阵急促的脚步声和狗铃声下来，哈代推门进来了。我不知他身材实际多高，但我那时站着平望过去，最初几乎没有见他，我的印象是他是一个矮极了的小老头儿。我正要表示我一腔崇拜的热心，他一把拉了我坐下，口里连着说"坐坐"，也不容我说话，仿佛我的"开篇"辞他早就有数，连着问我，他那急促的一顿顿的语调与干涩的苍老的口音，"你是伦敦来的？""狄更生是你的朋友？""他好？""你译我的诗？""你怎么翻的？""你们中国诗用韵不用？"前面那几句问话是用不着答的（狄更生信上说起我翻他的诗），所以他也不等我答话，直到末一句他才收住了。他坐着也是奇矮，也不知怎的，我自己只显得高，私下不由的跼②蹐，似乎在这天神面前我们凡人就在身材上也不应分占先似的！（啊，你没见过萧伯纳——这比下来你是个蚂蚁！）这时候他斜着坐，一只手搁在台上，头微微低着，眼往下看，头顶全秃了，两边脑角上还各有一鬃也不

---

① 今译"萨金特"，美国肖像画家。
② "局"的异体字，"局蹐"意为不安。

全花的头发；他的脸盘粗看像是一个尖角往下的等边形三角，两颧像是特别宽，从宽浓的眉尖直扫下来束住在一个短促的下巴尖；他的眼不大，但是深窈的，往下看的时候多，不易看出颜色与表情。最特别的，最"哈代的"，是他那口连着两旁松松往下坠的夹腮皮。如其他的眉眼只是忧郁的深沉，他的口脑的表情分明是厌倦与消极。不，他的脸是怪，我从不曾见过这样耐人寻味的脸。他那上半部，秃的宽广的前额，着发的头角，你看了觉得好玩，正如一个孩子的头，使你感觉一种天真的趣味，但愈往下愈不好看，愈使你觉着难受，他那皱纹龟驳的脸皮正使你想起一块苍老的岩石，雷电的猛烈，风霜的侵陵，雨雷的剥蚀，苔藓的沾染，虫鸟的斑斓，什么时间与空间的变幻都在这上面遗留着痕迹！你知道他是不抵抗的，忍受的，但看他那下颊，谁说这不泄露他的怨毒，他的厌倦，他的报复性的沉默！他不露一点笑容，你不易相信他与我们一样也有喜笑的本能。正如他的脊背是倾向伛偻，他面上的表情也只是一种不胜压迫的伛偻。喔，哈代！

　　回讲我们的谈话。他问我们中国诗用韵不。我说我们从前只有韵的散文，没有无韵的诗，但最近……但他不要听最近，他赞成用韵，这道理是不错的。你投块石子到湖心里去，一圈圈的水纹漾了开去，韵是波纹。少不得。抒情诗（Lyric）是文学的精华的精华。颠不破的钻石，不论多小。磨不灭的光彩。我不重视我的小说。什么都没有做好的小诗难〔他背了莎士比亚的"Tell me where is Fancy bred"，朋琼生①（Ben Jonson）的"Drink to me only with thine eyes"高兴的说子②〕。我说我爱他的诗，因为它们不仅结构严密像建筑，同时有思想的血脉在流走，像有机的整体。我说了Organic③这个字；他重复说了两遍："Yes, Organic yes, Organic: A poem ought to be a living thing."练习文字顶好学写诗；很多人从学诗写好散文，诗是文

---

① 今译"本·琼森"，英国文艺复兴时期诗人、剧作家、演员。
② 江浙方言，犹如"说道"。
③ 有机的。

字的秘密。

他沉思了一晌，"三十年前有朋友约我到中国去。他是一个教士，我的朋友，叫莫尔德，他在中国住了五十年，他回英国来时每回说话先想起中文再翻英文的！他中国什么都知道，他请我去，太不便了，我没有去。但是你们的文字是怎么一回事？难极了不是？为什么你们不丢了它，改用英文或法文，不方便吗？"哈代这话骇住了我。一个最认识各种语言的天才的诗人要我们丢掉几千年的文字！我与他辩难了一晌，幸亏他也没有坚持。

说起我们共同的朋友。他又问起狄更生的近况，说他真是中国的朋友。我说我明天到康华尔去看罗素。谁？罗素？他没有加案语。我问起勃伦腾（Edmund Blunden），他说他从日本有信来，他是一个诗人。讲起麦雷（John M.Murry），他起劲了。"你认识麦雷？"他问。"他就住在这儿道骞斯德海边，他买了一所古怪的小屋子，正靠着海，怪极了的小屋子，什么时候那可以叫海给吞了去似的。他自己每天坐一部破车到镇上来买菜。他是能干的。他会写。你也见过他从前的太太曼殊斐儿，他又娶了，你知道不？我说给你听麦雷的故事。曼殊斐儿死了，他悲伤得很，无聊极了，他办了他的报（我怕他的报维持不了），还是悲伤。好了，有一天有一个女的投稿几首诗，麦雷觉得有意思，写信叫她去看他，她去看他，一个年轻的女子，两人说投机了，就结了婚，现在大概他不悲伤了。"

他问我那晚到哪里去，我说到Exeter看教堂去，他说好的，他就讲建筑，他的本行。我问你小说里常有建筑师，有没有你自己的影子？他说没有。这时候梅雪出去了又回来，咻咻的爬在我的身上乱抓。哈代见我有些窘，就站起来呼开梅雪，同时说我们到园里去走走吧，我知道这是送客的意思。我们一起走出门绕到屋子的左侧去看花，梅雪摇着尾巴咻咻的跟着。我说哈代先生，我远道来你可否给我一点小纪念品。他回头见我手里有照相机，他赶紧他的步子急急的说，我不爱照相，有一次美国人来给了我很多的麻烦，我从此不叫来客照相，——我也不给我的笔迹（Autograph），你知道？他脚步更快了，微偻着背，腿微向外弯，一摆一摆的走着，仿佛怕来客要强抢他什么东西似的！"到这儿来，这儿有花，我来采两朵花给你做纪念，好不好？"他俯身下去到花坛里去采了一朵红的一朵白的递给我："你暂时插在衣襟上吧，你现在赶六点钟车刚好，恕我不陪你了，再会，再会——来，来，梅雪，梅雪……"老人扬了扬手，径自进门去了。

吝刻的老头，茶也不请客人喝一杯！但谁还不满足，得着了这样难得的机会？往古的达文謇①、莎士比亚、歌德、拜伦，是不回来了的！——哈代！多远多高的一个名字！方才那头秃秃的、背弯弯的、腿屈屈的，是哈代吗？太奇怪了！那晚有月亮，离开哈代家五个钟头以后，我站在哀克刹脱教堂的门前玩弄自身的影子，心里充满着神奇。

导 读

山，我们爱踹高的；人，我们为什么不愿意接近大的？

谒见一位大师，拜见一位长辈，之后该怎么写一篇文章作纪念？徐志摩先生给了一个很好的示范。如果说夏丏尊先生是温和的，那么徐志摩先生就是热烈的。

每个人的性格、兴趣生而不同，外化为作品，也个性各异，这就是文学的魅力。现代文学大师大多是性情中人，行文并不一定按什么"写作规范"。

夏丏尊先生本来该给好友丰子恺先生的画册写序的，可是他虚晃一枪，谈起了方外友弘一法师，感受着弘一法师身上散发着的那种润物细无声般的情感力量，然后到结尾才写到丰子恺先生的画，是如何观照生活，呈现生活的。

徐志摩先生要拜谒一位英国的前辈大作家，他先引用自己三年前访问未成而写下

---

① 今译"达·芬奇"，意大利文艺复兴时期大师。

的一段热情洋溢、诗情画意的话，很有《雪夜访戴》的古意。这样的开头，也是性情所致，不以定法为牢。

徐志摩先生诗人情怀，做事情多为兴之所至，如同《世说新语》里写到王子猷乘兴而去，兴尽而返的意思。他第二次去拜访托马斯·哈代时，给自己找了一堆理由，说"我不讳我的'英雄崇拜'。山，我们爱踹高的；人，我们为什么不愿意接近大的？但接近大人物正如爬高山，往往是一件费劲的事；你不仅得有热心，你还得有耐心。"而且，还举出了之前拜访著名女作家曼殊斐儿的例子。

写这样的文章，妙处体现在作者对访问对象的描摹上。在这篇文章里，托马斯·哈代是一个特殊的人，他的特别之处有以下几点：

1. 不随便见客，因此拿到了狄更生的推荐信才见；
2. 托马斯·哈代家里有一条小狗梅雪；
3. 托马斯·哈代对诗歌的特别见解；
4. 托马斯·哈代不愿意拍照；
5. 吝刻的老头，茶也不请人喝一杯，只是在花坛采了两朵花赠人。

这些不同侧面的细节写出来，一个鲜活的人物形象就呼之欲出了。

思考

拜访一位性格独特的前辈，在文章里该怎样以细节来展现他的特殊性？

延伸阅读

徐志摩《自剖》、托马斯·哈代《无名的裘德》。

泰戈尔在我家

陆小曼

作者简介

陆小曼（1903—1965），江苏常州人。画家，师从刘海粟、陈半丁等名家，晚年在上海中国画院任专业画师，曾参加新中国第一次和第二次全国画展。擅长戏剧，曾与徐志摩合作创作五幕话剧《卞昆冈》。她还谙熟昆曲，能演皮黄。写一手好文章，有深厚古文功底和扎实文字修养。陆小曼和王赓、徐志摩的婚恋故事，让她一度成为民国风云人物，也遭到过极大误解，承受过很大压力。晚年于上海独居，病痛缠身，孤独死去。

谁都想不到今年泰戈尔先生的八十大庆倒由我来提笔庆祝。人事的变迁太幻妙得怕人了。若是今天有了志摩；一定是他第一个高兴。只要看十年前老头儿七十岁的那一年，他在几个月前就坐立不安思念着怎样去庆祝，怎样才能使老头满意，所以他一定要亲自到印度去，而同时环境又使他不能离开上海，直急得搔头抓耳连笔都懒得动，一直到去的问题解决了，才慢慢的安静下来，后来费了几个月的工夫，才从欧洲一直转到印度，见到老头的本人，才算了足心愿。归后他还说，这次总算称了我的心；等他八十岁的时候，请老人家到上海来才好玩呢！谁知一个青年人倒先走在老人的前头去了。

本来我同泰戈尔是很生疏的，他第一次来中国的时候，我还未曾遇见志摩；虽然后来志摩同我认识之后，第一次出国的时候，就同我说此去见着泰戈尔一定要介绍给你，还叫我送一张照片给他，可是我脑子里一点感想也没有。一直到去了见着老人之后，寄来一张字条，是老人的亲笔；当然除了夸赞几句别无他话，而在志摩信里所说的话，却使我对这位老人发生了奇怪的感想。他说老人家见了我们的相片之后，就将我的为人，脾气，性情都说了一个清清楚楚，好像已见着我的人一样；志摩对于这一点尤其使他佩钦得五体投地，恨不能立刻叫我去见他老人家。同时他还叫志摩告诉我，一二年后，他一定要亲自来我家，希望能够看见我，叫我早一点预备。自从那时起，我心里才觉得老人家真是一个奇人，文学家而同时又会看相！也许印度人都能一点幻术的吧。

我同志摩结婚后不久，他老人家忽然来了一个电报，说一个月后就要来上海，并且预备在我家下榻。好！这一下可忙坏了我们了，两个人不知道怎么办才对。房子又小，穷书生的家里当然没有富丽堂皇的家具，东看看也不合意，西看看也不称心，简单的楼上楼下也寻不出一间可以给他住的屋子。回绝他，又怕伤了他的美意；接受他，又没有地方安排。一个礼拜过去还是一样都没有预备，只是两个人相对发愁。正在这个时候，电报又来了，第二天的下午船就到上海。这一下可真抓了瞎了，一共三间半屋子，又怕他带的人多，不够住，一时搬家也来不及，结果只好硬着头皮去接了再说。

一到码头，船已经到了。我们只见码头上站满了人，五颜六色的人头，在阳光下耀得我眼睛都觉得发花！我奇怪得直叫起来，怎么今天这儿尽是印度阿三呀！他们来开会么？志摩说："你真糊涂，这不是来接老人家的么？"我这才明白过来，心里不由的暗中发笑，志摩怎么喜欢同印度人交朋友。我心里一向钦佩之心到这时候竟有一点儿不舒服起来，因为我平时最怕看见的是马路上的红头阿三[①]，今天偏要叫我看见这许多的奇形怪状的人，绿沉沉的眼珠子，一个个对着我们两个人直看，看得我躲在志摩的身边连动也不敢动。那时除了害怕，别的一切都忘怀了，连来做什么的都有点糊涂。一直到挤进了人丛，来到船板上，我才喘过一口气来，好像大梦初醒似的，经过船主的招呼，才知道老人家的房间。

[①] 上海租界时期多雇佣印度人做警察，他们扎着红头巾，被中国人称为"红头阿三"。

志摩是高兴得连跑带跳的一直往前走，简直连身后的我都忘了似的，一直往一间小屋子就钻，我也只好悄悄的跟在后边；一直走进一间小房间，我才看见他正在同一个满头白发老人握手亲近，我才知道那一定就是他一生最崇拜的老诗人。留心上下的细看，同时心里感着一阵奇特的意味，第一感觉的，就是怎么这个印度人生得一点也不可怕？满脸一点也不带有普通印度人所有的凶恶的目光，脸色也不觉得奇黑，说话的音调更带有一种不可言喻的美，低低的好似出谷的黄莺，在那儿婉转娇啼，笑眯眯的对着我直看。我那时站在那儿好像失掉了知觉，连志摩在旁边给我介绍的话都不听见，也不上前，也不退后，只是直着眼对他看；连志摩在家中教好我的话都忘记说，还是老头儿看出我反常的情形，慢慢的握着我的手细声低气的向我说话。

　　在船里我们就谈了半天，老头儿对我格外的亲近，他一点也没有骄人的气态，我告诉他我家里实在小得不能见人，他反说他愈小愈喜欢，不然他们同胞有的是高厅大厦请他去住，他反要到我家里去吗？这一下倒使我不能再存丝毫客气的心，只能遵命陪他回到我们的破家。他一看很满意，我们特别为他预备的一间小印度房间他反不要，倒要我们让他睡我们俩人睡的破床。他看上了我们那顶有红帐子的床，他说他爱它的异乡风味。他们的起居也同我们一样，并没欧美人特别好洁的样子，什么都很随便。只是早晨起得特别早，五时一定起身了，害得我也不得安睡。他一住一个星期，倒叫我见识不少，每次印度同胞请吃饭，他一定要带我们同去，从未吃过的印度饭，也算吃过几次了，印度的阔人家里也去过了，真有许多不同的地方。同时还要在老头儿休息的时候，陪他带来的书记去玩。那时情况真是说不出的愉快，志摩是更乐得忘其所以，一天到夜跟着老头子转。虽然住的时间不长，可是我们三人的感情因此而更加亲热了。

　　这个时候志摩才答应他到八十岁的那年一定亲去祝寿。谁知道志摩就在去的第二年遭难。老头子这时候听到这种霹雳似的恶信，一定不知怎样痛惜的吧。本来也难怪志摩对他老人家特别的敬爱，他对志摩的亲挚也是异乎平常，不用说别的，一年到头的信是不断的。只可惜那许多难以得着的信，都叫我在志摩故后全部遗失了，现在想起来也还痛惜！因为自得恶耗后，我是一直在迷雾中过日子，一切身外之物连问都不问，不然今天我倒可以拿出不少的纪念品来。现在所存的，就是附印在这里泰戈尔为我们两人所作的一首小诗和那幅名贵的自画像而已。

导读
与文学大师的一次见面

《泰戈尔在我家》是2004年被发现的一篇佚文，首刊于1940年8月出版的第157期《良友》画报，2004年由上海《文汇读书周报》再发，从而让人有机会得以读到泰戈尔访华的特殊细节。

读这篇文章，让人最感到可惜的是最后的一段："只可惜那许多难以得着的信，都叫我在志摩故后全部遗失了，现在想起来也还痛惜！"

当时的通信，基本都是孤本。印度文学泰斗写给中国天才诗人徐志摩的信，这是多么珍贵的文学资料，然而因为陆小曼的无心和大意，或者就是不重视，全都丢失了，可以说这是文学史上的重大损失。

先介绍一下时代背景：印度大诗人、亚洲首位诺贝尔文学奖获得者泰戈尔共访华三次。第一次是1924年，代表中国知识界的北平"讲学社"向泰翁发出邀请，接待阵容"超级豪华"，包括蔡元培、梁启超、胡适之等，由徐志摩担任翻译和具体的陪同。

泰翁这次访华，在中国知识界产生了巨大轰动。泰戈尔到达北京时，当时中国知识界领袖人物，几乎全员出动，举行了盛大欢迎仪式。陪同泰戈尔左右的徐志摩和林徽因，更是金童玉女，相互照映，神采飞扬。徐志摩既精通英文，又是才华横溢的诗人，他为泰翁翻译，多是华彩诗句。5月7日，泰戈尔六十四岁华诞，中国主人们为泰翁举办了圣大的宴会，胡适之先生还代表中国知识界送给泰翁十几张名画和一件瓷器，赠送给泰戈尔先生一个中国名字"竺震旦"。晚会高潮是新月派同仁演出泰戈尔的戏剧《齐德拉》，剧中对白全用英语，著名学者陈西滢还专门替不精英文的梁启超担当现场翻译。演出前还插进一个富有诗意的镜头：漂亮的林徽因饰一古装少女"新月"，以雕塑般造型表示这是新月社组织的一次令人难忘的演出活动。

泰戈尔访华引起了中国知识界的强烈轰动。但也有未获与会的鲁迅、郭沫若等撰文挖苦嘲讽。鲁迅在《坟》杂文集《论照相之类》和《华盖集续编》集《马上日记之二》里，都有直接讥讽。

此后，泰戈尔在中国的一切活动都由徐志摩代为安排，他们共同游览了泰山、济南、南京、龙华、杭州，还一起去了日本。在日本，徐志摩陪泰戈尔老人玩得也很开心，并写了《沙扬娜拉十八首》，其中，最末一首便是那著名的《赠日本女郎》：

最是那一低头的温柔，

像一朵水莲花不胜凉风的娇羞，

道一声珍重，道一声珍重，

那一声珍重里有蜜甜的忧愁——

沙扬娜拉！

那十八首《沙扬娜拉》，其他的被徐志摩删掉了，最后只剩下这最末的一首，成为传诵一时的名作。

1929年3月，泰戈尔第二次访华，他这次决意安安静静地与朋友相处，不想再参加热闹宴会，不想做大场面演讲。他给徐志摩写信说："这次决不要像上次在北京时那样弄得大家都知道，到处去演讲，静悄悄地在家住几天，做一个朋友的私访，大家谈谈家常，亲亲热热的像一家人，愈随便愈好。"

因此这次访问，就成了徐志摩和妻子陆小曼的私人接待活动，泰戈尔在徐家一住就是七天。徐志摩和陆小曼特意给泰戈尔布置的印度风房间，他不愿意住，非要住徐志摩和陆小曼的房间。这是对任性老头的一个生动刻画。泰戈尔平素也并不像西方人那么挑剔，每天早起，并不断地谈诗，给徐志摩和陆小曼读诗。由陆小曼写下的这段记忆，可以知道，泰戈尔的第二次访华与第一次访华的声势浩大不同，他只是与友人安静地相处，谈诗歌，聊天。临别前，泰戈尔还给陆小曼和徐志摩写了一首诗，并在徐志摩准备的一本签名册上画了一幅自画像。然而，世事变化不遂人愿，徐志摩在泰翁第二次访华后第二年，因飞机失事而英年早逝。徐志摩和泰戈尔约定，泰戈尔八十岁生日时徐志摩亲去印度为他祝寿。不料，徐志摩却先于老人去到了另一个世界。

陆小曼这篇文章不长，用词也平实，结构上更是随意自然，却写得情真意切，对泰戈尔的记忆和对徐志摩的怀念，有机地混合在一起。这是真正的纪念，她没有做作地大呼小叫，而是通过回忆两人相处的那些独有的细节，来体现对徐志摩的思念情感。这篇文章，描写泰戈尔时，同样是运用细节来展现其特别之处。

写人物，我们反复强调细节描写的重要性。这种细节呈现，需要作者有敏锐的观察力，有好奇心，同时也要有特殊的思考。细节最能体现一名写作者的表现力。

思考

情感深挚，不一定要用猛烈词语来表现。有时平和冲淡、蕴含深意的细节，反让这种情感表现更加感人。写作中，避开虚假、捏造的细节尤为重要。你能想到关于朋友、长辈、家人的一些记忆深刻的细节吗？如果能，记下来，对写作会有好处。

延伸阅读

泰戈尔《飞鸟集》《新月集》。

完全诗意的信仰①
——悼志摩

林徽因

作者简介

林徽因（1904—1955），中国著名女诗人、作家、建筑学家。出身福州名门林氏家族，其父林长民早年留学日本早稻田大学，是清末民初的风云人物，著名教育家、政治家、社会活动家，创办福建政法专门学校（福建师范大学前身）和福州二中。林徽因少女时代就跟随参加巴黎和会游说团的父亲来到英国伦敦，并在伦敦结识了风流倜傥、才华横溢的诗人徐志摩，深受对方的赏识和爱恋。后奉父亲之命嫁给了大学者梁启超之子梁思成，为门当户对、情深义重之伉俪典范。20世纪30年代初，与丈夫梁思成一起用现代科学方法研究中国古代建筑，成为这个学术领域的开拓者，后来在这方面获得了巨大的学术成就，为中国古代建筑研究奠定了坚实的科学基础。文学上，著有散文、诗歌、小说、剧本、译文和书信等，代表作《你是人间四月天》《莲灯》《九十九度中》等。

十一月十九日我们的好朋友，许多人都爱戴的新诗人，徐志摩突兀的，不可信的，残酷的，在飞机上遇险而死去。这消息在二十日的早上像一根针刺触到许多朋友的心上，顿使那一早的天墨一般地昏黑，哀恸的咽哽锁住每一个人的嗓子。

志摩……死……谁曾将这两个句子联在一处想过！他是那样活泼的一个人，那样

---

① 此文原题为《悼志摩》，此题为编者改。

刚刚站在壮年的顶峰上的一个人。朋友们常常惊讶他的活动，他那像小孩般的精神和认真，谁又会想到他死？

突然的，他闯出我们这共同的世界，沉入永远的静寂，不给我们一点预告，一点准备，或是一个最后希望的余地。这种几乎近于忍心的决绝，那一天不知震麻了多少朋友的心？现在那不能否认的事实，仍然无情地挡住我们前面。任凭我们多苦楚的哀悼他的惨死，多迫切的希冀能够仍然接触到他原来的音容，事实是不会为我们这伤悼而有些须活动的可能！这难堪的永远静寂和消沉便是死的最残酷处。

我们不迷信的，没有宗教地望着这死的帷幕，更是丝毫没有把握。张开口我们不会呼吁，闭上眼不会入梦，徘徊在理智和情感的边沿，我们不能预期后会，对这死，我们只是永远发怔，吞咽枯涩的泪；待时间来剥削着哀恸的尖锐，痂结我们每次悲悼的创伤。那一天下午初得到消息的许多朋友不是全跑到胡适之先生家里么？但是除去拭泪相对，默然围坐外，谁也没有主意，谁也不知有什么话说，对这死！

谁也没有主意，谁也没有话说！事实不容我们安插任何的希望，情感不容我们不伤悼这突兀的不幸，理智又不容我们有超自然的幻想！默然相对，默然围坐……而志摩则仍是死去没有回头，没有音讯，永远地不会回头，永远地不会再有音讯。

我们中间没有绝对信命运之说的，但是对着这不测的人生，谁不感到惊异，对着那许多事实的痕迹又如何不感到人力的脆弱，智慧的有限。世事尽有定数？世事尽是偶然？对这永远的疑问我们什么时候能有完全的把握？

在我们前边展开的只是一堆坚质的事实：

"是的，他十九晨有电报来给我……

"十九早晨，是的！说下午三点准到南苑，派车接……

"电报是九时从南京飞机场发出的……

"刚是他开始飞行以后所发……

"派车接去了，等到四点半……说飞机没有到……

"没有到……航空公司说济南有雾……很大……"只是一个钟头的差别；下午三时

到南苑，济南有雾！谁相信就是这一个钟头中便可以有这么不同事实的发生，志摩，我的朋友！

他离平的前一晚我仍见到，那时候他还不知道他次晨南旅的，飞机改期过三次，他曾说如果再改下去，他便不走了的。我和他同由一个茶会出来，在总布胡同口分手。在这茶会里我们请的是为太平洋会议来的一个柏雷博士，因为他是志摩生平最爱慕的女作家曼殊斐儿的姊丈，志摩十分的殷勤；希望可以再从柏雷口中得些关于曼殊斐儿早年的影子，只因限于时间，我们茶后匆匆地便散了。晚上我有约会出去了，回来时很晚，听差说他又来过，适遇我们夫妇刚走，他自己坐了一会儿，喝了一壶茶，在桌上写了些字便走了。我到桌上一看：——

"定明早六时飞行，此去存亡不卜……"我怔住了，心中一阵不痛快，却忙给他一个电话。

"你放心。"他说，"很稳当的，我还要留着生命看更伟大的事迹呢，哪能便死？……"

话虽是这样说，他却是已经死了整两周了！

现在这事实一天比一天更结实，更固定，更不容否认。志摩是死了，这个简单残酷的实际早又添上时间的色彩，一周，两周，一直的增长下去……

我不该在这里语无伦次的尽管呻吟我们做朋友的悲哀情绪。归根说，读者抱着我们文字看，也就是像志摩的请柏雷一样，要从我们口里再听到关于志摩的一些事。这个我明白，只怕我不能使你们满意，因为关于他的事，动听的，使青年人知道这里有个不可多得的人格存在的，实在太多，决不是几千字可以表达得完。谁也得承认像他这样的一个人世间便不轻易有几个的，无论在中国或是外国。

我认得他，今年整十年，那时候他在伦敦经济学院，尚未去康桥。我初次遇到他，也就是他初次认识到影响他迁学的狄更生先生。不用说他和我父亲最谈得来，虽然他们年岁上差别不算少，一见面之后便互相引为知己。他到康桥之后由狄更生介绍进了皇家学院，当时和他同学的有我姊丈温君源宁。一直到最近两个月中源宁还常在说他当时的许多笑话，虽然说是笑话，那也是他对志摩最早的一个惊异的印象。志摩认真的诗情，绝不含有任何矫伪，他那种痴，那种孩子似的天真实能令人惊讶。源宁说，有一天他在校舍里读书，外边下起了倾盆大雨——惟是英伦那样的岛国才有的狂雨——忽然他听到有人猛敲他的房门，外边跳进一个被雨水淋得全湿的客人。不用说他便是志摩，一进门一把扯着源宁向外跑，说快来我们到桥上去等着。这一来把源宁怔住了，他问志摩等什么在这大雨里。志摩睁大了眼睛，孩子似的高兴地说"看雨后的虹去"。源宁不止说他不去，并且劝志摩趁早将湿透的衣服换下，再穿上雨衣出去，英国的湿气岂是儿戏，志摩不等他说完，一溜烟地自己跑了。

　　以后我好奇地曾问过志摩这故事的真确，他笑着点头承认这全段故事的真实。我问：那么下文呢，你立在桥上等了多久，并且看到虹了没有？他说记不清但是他居然看到了虹。我诧异地打断他对那虹的描写，问他：怎么他便知道，准会有虹的。他得意地笑答我说："完全诗意的信仰！"

　　"完全诗意的信仰"，我可要在这里哭了！也就是为这"诗意的信仰"他硬要借航空的方便达到他"想飞"的宿愿！"飞机是很稳当的"他说，"如果要出事那是我的运命！"他真对运命这样完全诗意的信仰！

　　志摩我的朋友，死本来也不过是一个新的旅程，我们没有到过的，不免过分地怀疑，死不定就比这生苦，"我们不能轻易断定那一边没有阳光与人情的温慰"，但是我前边说过最难堪的是这永远的静寂。我们生在这没有宗教的时代，对这死实在太没有把握了。这以后许多思念你的日子，怕要全是昏暗的苦楚，不会有一点点光明，除非我也有你那美丽的诗意的信仰！

　　我个人的悲绪不竟又来扰乱我对他生前许多清晰的回忆，朋友的原谅。

　　诗人的志摩用不着我来多说，他那许多诗文便是估价他的天平。我们新诗的历史才是这样的短，恐怕他的判断人尚在我们儿孙辈的中间。我要谈的是诗人之外的志摩。人家说志摩的为人只是不经意的浪漫，志摩的诗全是抒情诗，这断语从不认识他的人听来可以说很公平，从他朋友们看来实在是对不起他。志摩是个很古怪的人，浪漫固然，但他人格里最精华的却是他对人的同情，和蔼，和优容；没有一个人他对他不和蔼，没有一种人，他不能优容，没有一种的情感，他绝对地不能表同情。我不说了解，因为不是许多人爱说志摩最不解人情么？我说他的特点也就在这上头。

我们寻常人就爱说了解；能了解的我们便同情，不了解的我们便很落寞乃至于酷刻。表同情于我们能了解的，我们以为很适当；不表同情于我们不能了解的，我们也认为很公平。志摩则不然，了解与不了解，他并没有过分地夸张，他只知道温存，和平，体贴，只要他知道有情感的存在，无论出自何人，在何等情况下，他理智上认为适当与否，他全能表几分同情，他真能体会原谅他人与他自己不相同处。从不会刻薄地单支出严格的迫仄的道德的天平指摘凡是与他不同的人。他这样的温和，这样的优容，真能使许多人惭愧，我可以忠实地说，至少他要比我们多数的人伟大许多；他觉得人类各种的情感动作全有它不同的，价值放大了的人类的眼光，同情是不该只限于我们划定的范围内。他是对的，朋友们，归根说，我们能够懂得几个人，了解几桩事，几种情感？哪一桩事，哪一个人没有多面的看法！为此说来志摩的朋友之多，不是个可怪的事；凡是认得他的人不论深浅对他全有特殊的感情，也是极为自然的结果。而反过来看他自己在他一生的过程中却是很少得着同情的。不止如是，他还曾为他的一点理想的愚诚几次几乎不见容于社会。但是他却未曾为这个鄙吝他给他人的同情心，他的性情，不曾为受了刺激而转变刻薄暴戾过，谁能不承认他几有超人的宽量。

志摩的最动人的特点，是他那不可信的纯净的天真，对他的理想的愚诚，对艺术欣赏的认真，体会情感的切实，全是难能可贵到极点。他站在雨中等虹，他甘冒社会的大不韪争他的恋爱自由；他坐曲折的火车到乡间去拜哈岱[①]，他抛弃博士一类的引诱卷了书包到英国，只为要拜罗素做老师，他为了一种特异的境遇，一时特异的感动，从此在生命途中冒险，从此抛弃所有的旧业，只是尝试写几行新诗——这几年新诗尝

[①] 指托马斯·哈代。

试的运命并不太令人踊跃，冷嘲热骂只是家常便饭——他常能走几里路去采几茎花，费许多周折去看一个朋友说两句话；这些，还有许多，都不是我们寻常能够轻易了解的神秘。我说神秘，其实竟许是傻，是痴！事实上他只是比我们认真，虔诚到傻气，到痴！他愉快起来他的快乐的翅膀可以碰得到天，他忧伤起来，他的悲戚是深得没有底。寻常评价的衡量在他手里失了效用，利害轻重他自有他的看法，纯是艺术的情感的脱离寻常的原则，所以往常人常听到朋友们说到他总爱带着嗟叹的口吻说："那是志摩，你又有什么法子！"他真的是个怪人么？朋友们，不，一点都不是，他只是比我们近情，比我们热诚，比我们天真，比我们对万物都更有信仰，对神，对人，对灵，对自然，对艺术！

朋友们我们失掉的不止是一个朋友，一个诗人，我们丢掉的是个极难得可爱的人格。

至于他的作品全是抒情的么？他的兴趣只限于情感么？更是不对。志摩的兴趣是极广泛的。他始终极喜欢天文，他对天上星宿的名字和部位就认得很多，最喜暑夜观星，好几次他坐火车都是带着关于宇宙的科学的书。他曾经译过爱因斯坦的相对论，并且在一九二二年便写过一篇关于相对论的东西登在《民铎》杂志上。他常向思成说笑："任公先生的相对论的知识还是从我徐君志摩大作上得来的呢，因为他说他看过许多关于爱因斯坦的哲学都未曾看懂，看到志摩的那篇才懂了。"今夏我在香山养病，他常来闲谈，有一天谈到他幼年上学的经过和美国克莱克大学两年学经济学的景况，我们不禁对笑了半天，后来他在他的《猛虎集》的"序"里也说了那么一段。可是奇怪的！他不像许多天才，幼年里上学，不是不及格，便是被斥退，他是常得优等的，听说有一次康乃尔暑校里一个极严的经济教授还写了信去克莱克大学教授那里恭维他的学生，关于一门很难的功课。我不是为志摩在这里夸张，因为事实上只有为了这桩事，今夏志摩自己便笑得不亦乐乎！

此外他的兴趣对于戏剧绘画都极深浓，戏剧不用说，与诗文是那么接近，他领略绘画的天才也颇为可观，后期印象派的几个画家，他都有极精密的爱恶，对于文艺复兴时代那几位，他也很熟悉，他最爱鲍蒂切利①和达文骞②。自然他也常承认文人喜画常是间接地受了别人论文的影响，他的，就受了法兰（ROGERFRY）和斐德（WALTERPATER）的不少。对于建筑审美他常常对思成和我道歉说："太对不起，我的建筑常识全是RUSKINS③那一套。"他知道我们是讨厌RUSKINS的。但是为看一个古建的残址，一块石刻，他比任何人都热心，都更能静心领略。

他喜欢色彩，虽然他自己不会作画，暑假里他曾从杭州给我几封信，他自己叫它们做"描写的水彩画"，他用英文极细致地写出西边桑田的颜色，每一分嫩绿，每一色鹅黄，他都仔细地观察到。又有一次他望着我园里一带断墙半晌不语，过后他告诉我说，他正在默默体会，想要描写那墙上向晚的艳阳和刚刚入秋的藤萝。

对于音乐，中西的他都爱好，不止爱好，他那种热心便唤醒过北京一次——也许唯一的一次——对音乐的注意。谁也忘不了那一年，克拉斯拉到北京在"真光"拉一个多钟头的提琴。对旧剧他也得算"在行"，他最后在北京那几天我们曾接连地同去听好几出戏，回家时我们讨论的热毛，比任何剧评都诚恳都起劲。

谁相信这样的一个人，这样忠实于"生"的一个人，会这样早地永远地离开我们另投一个世界，永远地静寂下去，不再透些许声息！

我不敢再往下写，志摩若是有灵听到比他年轻许多的一个小朋友拿着老声老气的语调谈到他的为人不觉得不快么？这里我又来个极难堪的回忆，那一年他在这同一个的报纸上写了那篇伤我父亲惨故的文章，这梦幻似的人生转了几个弯，曾几何时，却轮到我在这风紧夜深里握吊他的惨变。这是什么人生？什么风涛？什么道路？志摩，你这最后的解脱未始不是幸福，不是聪明，我该当羡慕你才是。

---

① 今译"波提切利"。
② 今译"达·芬奇"。
③ 拉斯金，英国19世纪艺术批评家，著有《建筑的七盏明灯》。

导读
他那不可信的纯净的天真

如果有什么人是最合适写徐志摩的,那可能就是林徽因了。徐志摩与林徽因的故事,早已经成了现代文学史上的绝响。

有人以此为核心之一,东拼西凑写成了林徽因传记,竟然成为畅销书。林徽因和徐志摩地下有知,恐怕也会哭笑不得的。

1931年11月19日,徐志摩搭乘的邮政飞机在济南附近撞上白马山,飞机坠落,所有人都遇难。这是中国现代文学史上的巨大悲剧,在当时引起了强烈反响。徐志摩是准备赶到北平①参加林徽因晚上为外国使节举办的中国建筑艺术讲演会的,朋友们都在等着他。徐志摩飞机失事的消息传到北平,人们都惊呆了。与徐志摩相熟的朋友,胡适之、郁达夫、沈从文、林徽因等人都撰文回忆他,纪念他。得到过徐志摩赏识和推荐的沈从文,还专门赶去失事现场,为徐志摩处理后事。

那段时间,徐志摩经常上海—北平两头跑,大多数时候乘火车往返,有时也搭乘飞机。那时的飞机,是邮政兼搭客,在飞机上,还要戴着氧气面罩,并不像后来的波音客机那种舒适安全的专门客机。徐志摩还在壮年,身体和情感都很热烈,热爱旅行和冒险,他的一生浓缩了很多人几辈子都无法达到的信息浓度。天才,大概都是这样的。前面我们读到徐志摩写去伦敦远郊拜访托马斯·哈代的事,他说自己热爱拜访各种大师。他仰慕女作家曼殊斐儿,他跟泰戈尔是忘年交。以陆小曼的文章印证,徐志摩确实热情、天真、对人和蔼、优容。这么有趣地活着,除了性格上的单纯、热烈,与其早先家境的优渥,以及回国后担任教授职务,作为著名诗人的身份,也有一定关系。他不知道自己的这种自然、欢乐,暗暗地引来了很多人的嫉妒,他也来不及体会

---

① 1928—1949年的北京被称为北平。

这种嫉妒的伤害，因为他很早就飘然上天了。

徐志摩乘坐的飞机失事，震惊了当时中国文化界。很多人都写文章纪念他。在所有纪念文章中，他的红颜知己林徽因的文章显得尤其深情而独特。

这篇文章开头直接写徐志摩乘坐的飞机突然失事，给自己、其他友人带来了巨大的悲痛。运用"坚质的事实"——六段节奏急促的对话，来呈现自己对这个噩耗的无法接受。在这个基础上，写自己认识的徐志摩。

林徽因并没有特别提到自己和徐志摩的独特友情，也没有写到在北平一起接待印度大诗人泰戈尔这种往事，而是通过姊丈温源宁的旁述，告诉读者一个特别的徐志摩：为了看雨后的彩虹，徐志摩被淋得湿透——"完全诗意的信仰"——徐志摩是为诗歌而生的天才，他的举动，总是出乎常人意料。然而，林徽因的文章不止于此，仅止于此，林徽因的文章就没有什么特别之处，就与其他人混同了，仿佛写了一个疯癫才子徐志摩。林徽因不流于俗泛，她要写"诗歌之外的徐志摩"，并分五个层面，逐渐推进地写。

第一个层面：林徽因对徐志摩有特别深厚的感情，对徐志摩的新诗创作的独特贡献有鲜明的认识。她敏锐地预见到，"我们新诗的历史才是这样的短，恐怕他的判断人尚在我们儿孙辈的中间。"这是对徐志摩个人及其诗歌在现代文学史中的跌宕历史的精准预测。曾经一度被封藏于历史深处的徐志摩，近三十年来逐渐被读者认识，并推高到近乎现代诗神的位置。

第二个层面：林徽因写到徐志摩"对人的同情，和蔼，和优容"，绝不偏激，更多地宽容与他性格、态度都不同的人。诗歌的贡献，还不是徐志摩的最可贵处，他的宽容与同情，才是令人敬佩的。

第三个层面："志摩的最动人的特点，是他那不可信的纯净的天真，对他的理想的愚诚，对艺术欣赏的认真，体会情感的切实……"他有时候天真到冒傻的地步，会突然放弃即将到手的哥伦比亚大学博士文凭，漂洋过海到英国找自己崇拜的大学者罗素，要跟他学习。（林徽因没有写出来的还有：徐志摩在伦敦听林长民的演讲，结识林长民的爱女林徽因后，为林徽因痴迷，丢掉剑桥大学的学业回国。）

第四个层面：徐志摩爱好广泛，喜欢观察星宿。他还翻译过爱因斯坦的相对论，梁启超知道的一点"相对论"，还是阅读徐志摩文章习得的。另外，他对音乐、绘画、建筑，都抱有极大的热情。他不会画画，但他会用语言来精细地描摹，甚至一抹夕阳的光：

"……他用英文极细致地写出西边桑田的颜色，每一分嫩绿，每一色鹅黄，他都仔细地观察到。又有一次他望着我园里一带断墙半晌不语，过后他告诉我说，他正在默默体会，想要描写那墙上向晚的艳阳和刚刚入秋的藤萝。"

于此可见，徐志摩的英文和中文一样，非常的好。

第五个层面：徐志摩从小就是优等生，他的聪明和才华是一贯的。"……不像许多天才，幼年里上学，不是不及格，便是被斥退，他是常得优等的，听说有一次康乃尔暑校里一个极严的经济教授还写了信去克莱克大学教授那里恭维他的学生，关于一门很难的功课。"

这样分层之后层层推进，一个立体的徐志摩形象呼之欲出了。

我为这次的修订，重读、重新修订导读文章，仍然深为打动。这才是真正的好文字。

思考

分层次推进写人物，在这篇文章中得到充分体现。你能具体总结一下这篇文章的不同层次，做一个简单的速记训练吗？你觉得自己也可以这样写作吗？

延伸阅读

胡适之《追悼志摩》、郁达夫《志摩在回忆里》、张奚若《我所认识的志摩》。

回忆鲁迅先生

萧红

鲁迅先生的笑声是明朗的,是从心里的欢喜。若有人说了什么可笑的话,鲁迅先生笑的连烟卷都拿不住了,常常是笑的咳嗽起来。

鲁迅先生走路很轻捷,尤其他人记得清楚的,是他刚抓起帽子来往头上一扣,同时左腿就伸出去了,仿佛不顾一切地走去。

鲁迅先生不大注意人的衣裳,他说:"谁穿什么衣裳我看不见的……"

鲁迅先生生的病,刚好了一点,他坐在躺椅上,抽着烟,那天我穿着新奇的大红的上衣,很宽的袖子。

鲁迅先生说:"这天气闷热起来,这就是梅雨天。"他把他装在象牙烟嘴上的香烟,又用手装得紧一点,往下又说了别的。

许先生忙着家务,跑来跑去,也没有对我的衣裳加以鉴赏。

于是我说:"周先生,我的衣裳漂亮不漂亮?"

鲁迅先生从上往下看了一眼:"不大漂亮。"

过了一会又接着说:"你的裙子配的颜色不对,并不是红上衣不好看,各种颜色都是好看的,红上衣要配红裙子,不然就是黑裙子,咖啡色的就不行了;这两种颜色放在一起很浑浊……你没看到外国人在街上走的吗?绝没有下边穿一件绿裙子,上边穿一件紫上衣,也没有穿一件红裙子而后穿一件白上衣的……"

鲁迅先生就在躺椅上看着我:"你这裙子是咖啡色的,还带格子,颜色浑浊得很,所以把红色衣裳也弄得不漂亮了。"

"……人瘦不要穿黑衣裳,人胖不要穿白衣裳;脚长的女人一定要穿黑鞋子,脚短就一定要穿白鞋子；方格子的衣裳胖人不能穿，但比横格子的还好；横格子的胖人穿上，就把胖子更往两边裂着，更横宽了，胖子要穿竖条子的，竖的把人显得长，横的把人显得宽……"

那天鲁迅先生很有兴致，把我一双短统靴子也略略批评一下，说我的短靴是军人穿的，因为靴子的前后都有一条线织的拉手，这拉手据鲁迅先生说是放在裤子下边的……我说："周先生，为什么那靴子我穿了多久了而不告诉我，怎么现在才想起来呢？现在我不是不穿了吗？我穿的这不是另外的鞋吗？"

"你不穿我才说的，你穿的时候，我一说你该不穿了。"

那天下午要赴一个筵会去，我要许先生给我找一点布条或绸条束一束头发。许先生拿了来米色的绿色的还有桃红色的。经我和许先生共同选定的是米色的。为着取美，把那桃红色的，许先生举起来放在我的头发上，并且许先生很开心地说着：

"好看吧！多漂亮！"

我也非常得意，很规矩又顽皮地在等着鲁迅先生往这边看我们。

鲁迅先生这一看，脸是严肃的，他的眼皮往下一放向着我们这边看着：

"不要那样装饰她……"

许先生有点窘了。

我也安静下来。

鲁迅先生在北平教书时，从不发脾气，但常常好用这种眼光看人，许先生常跟我讲。她在女师大读书时，周先生在课堂上，一生气就用眼睛往下一掠，看着他们，这种眼光是鲁迅先生在记范爱农先生的文字曾自己述说过，而谁曾接触过这种眼光的人就会感到一个时代的全智者的催逼。

我开始问："周先生怎么也晓得女人穿衣裳的这些事情呢？"

"看过书的，关于美学的。"

"什么时候看的……"

"大概是在日本读书的时候……"

"买的书吗?"

"不一定是买的,也许是从什么地方抓到就看的……"

"看了有趣味吗?!"

"随便看看……"

"周先生看这书做什么?"

"……"没有回答,好像很难以答。

许先生在旁说:"周先生什么书都看的。"

在鲁迅先生家里作客人,刚开始是从法租界来到虹口,搭电车也要差不多一个钟头的工夫,所以那时候来的次数比较少。记得有一次谈到半夜了,一过十二点电车就没有的,但那天不知讲了些什么,讲到一个段落就看看旁边小长桌上的圆钟,十一点半了,十一点四十五分了,电车没有了。

"反正已十二点,电车也没有,那么再坐一会。"许先生如此劝着。

鲁迅先生好像听了所讲的什么引起了幻想,安顿地举着象牙烟嘴在沉思着。

一点钟以后,送我(还有别的朋友)出来的是许先生,外边下着蒙蒙的小雨,弄堂里灯光全然灭掉了,鲁迅先生嘱咐许先生一定让坐小汽车回去,并且一定嘱咐许先生付钱。

以后也住到北四川路来,就每夜饭后必到大陆新村来了,刮风的天,下雨的天,几乎没有间断的时候。

鲁迅先生很喜欢北方饭,还喜欢吃油炸的东西,喜欢吃硬的东西,就是后来生病的时候,也不大吃牛奶。鸡汤端到旁边用调羹舀了一二下就算了事。

有一天约好我去包饺子吃,那还是住在法租界,所以带了外国酸菜和用绞肉机绞成的牛肉,就和许先生站在客厅后边的方桌边包起来。海婴公子围着闹的起劲,一会按成圆饼的面拿去了,他说做了一只船来,送在我们的眼前,我们不看他,转身他又做了一只小鸡。许先生和我都不去看他,对他竭力避免加以赞美,若一赞美起来,怕他更做的起劲。

客厅后边没到黄昏就先黑了，背上感到些微微的寒凉，知道衣裳不够了，但为着忙，没有加衣裳去。等把饺子包完了看看那数目并不多，这才知道许先生我们谈话谈得太多，误了工作。许先生怎样离开家的，怎样到天津读书的，在女师大读书时怎样做了家庭教师。她去考家庭教师的那一段描写，非常有趣，只取一名，可是考了好几十名，她之能够当选算是难的了。指望对于学费有点补助，冬天来了，北平又冷，那家离学校又远，每月除了车子钱，若伤风感冒还得自己拿出买阿司匹林的钱来，每月薪金十元要从西城跑到东城……

饺子煮好，一上楼梯，就听到楼上明朗的鲁迅先生的笑声冲下楼梯来，原来有几个朋友在楼上也正谈得热闹。那一天吃得是很好的。

以后我们又做过韭菜合子，又做过荷叶饼，我一提议鲁迅先生必然赞成，而我做的又不好，可是鲁迅还是在桌上举着筷子问许先生："我再吃几个吗？"

因为鲁迅先生胃不大好，每饭后必吃"脾自美"药丸一二粒。

有一天下午鲁迅先生正在校对着瞿秋白的《海上述林》，我一走进卧室去，从那圆转椅上鲁迅先生转过来了，向着我，还微微站起了一点。

"好久不见，好久不见。"一边说着一边向我点头。

刚刚我不是来过了吗？怎么会好久不见？就是上午我来的那次周先生忘记了，可是我也每天来呀……怎么都忘记了吗？

周先生转身坐在躺椅上才自己笑起来，他是在开着玩笑。

梅雨季，很少有晴天，一天的上午刚一放晴，我高兴极了，就到鲁迅先生家去了，跑得上楼还喘着。鲁迅先生说：

"来啦！"

我说："来啦！"

我喘着连茶也喝不下。

鲁迅先生就问我：

"有什么事吗？"

我说："天晴啦，太阳出来啦。"

许先生和鲁迅先生都笑着，一种对于冲破忧郁心境的崭然的会心的笑。

海婴一看到我非拉我到院子里和他一道玩不可，拉我的头发或拉我的衣裳。

为什么他不拉别人呢？据周先生说："他看你梳着辫子，和他差不多，别人在他眼里都是大人，就看你小。"

许先生问着海婴："你为什么喜欢她呢？不喜欢别人？"

"她有小辫子。"说着就来拉我的头发。

鲁迅先生家生客人很少，几乎没有，尤其是住在他家里的人更没有。一个礼拜六的晚上，在二楼上鲁迅先生的卧室里摆好了晚饭，围着桌子坐满了人。每逢礼拜六晚上都是这样的，周建人先生带着全家来拜访。在桌子边坐着一个很瘦的很高的穿着中国小背心的人，鲁迅先生介绍说："这是位同乡，是商人。"

初看似乎对的，穿着中国裤子，头发剃的很短。当吃饭时，他还让别人酒，也给我倒一盅，态度很活泼，不大像个商人；等吃完了饭，又谈到《伪自由书》及《二心集》。这个商人，开明得很，在中国不常见。没有见过的就总不大放心。

下一次是在楼下客厅后的方桌上吃晚饭，那天很晴，一阵阵的刮着热风，虽然黄昏了，客厅后还不昏黑。鲁迅先生是新剪的头发，还能记得桌上有一盘黄花鱼，大概是顺着鲁迅先生的口味，是用油煎的。鲁迅先生前面摆着一碗酒，酒碗是扁扁的，好像用做吃饭的饭碗。那位商人先生也能喝酒，酒瓶就站在他的旁边。他说蒙古人什么样，苗人什么样，从西藏经过时，那西藏女人见了男人追她，她就如何如何。

这商人可真怪，怎么专门走地方，而不做买卖？并且鲁迅先生的书他也全读过，一开口这个，一开口那个。并且海婴叫他×先生，我一听那×字就明白他是谁了。×先生常常回来得很迟，从鲁迅先生家里出来，在弄堂里遇到了几次。

有一天晚上×先生从三楼下来，手里提着小箱子，身上穿着长袍子，站在鲁迅先生的面前，他说他要搬了。他告了辞，许先生送他下楼去了。这时候周先生在地板上绕了两个圈子，问我说：

"你看他到底是商人吗？"

"是的。"我说。

鲁迅先生很有意思的在地板上走几步，而后向我说："他是贩卖私货的商人，是贩卖精神上的……"

×先生走过二万五千里回来的。

青年人写信，写得太草率，鲁迅先生是深恶痛绝之的。

"字不一定要写得好，但必须得使人一看了就认识，年轻人现在都太忙了……他自己赶快胡乱写完了事，别人看了三遍五遍看不明白，这费了多少工夫，他不管。反正这费了工夫不是他的。这存心是不太好的。"

但他还是展读着每封由不同角落里投来的青年的信，眼睛不济时，便戴起眼镜来看，常常看到夜里很深的时光。

鲁迅先生坐在××电影院楼上的第一排，那片名忘记了，新闻片是苏联纪念五一节的红场。

"这个我怕看不到的……你们将来可以看得到。"鲁迅先生向我们周围的人说。

珂勒惠支①的画，鲁迅先生最佩服，同时也很佩服她的做人。珂勒惠支受希特拉②的压迫，不准她做教授，不准她画画，鲁迅先生常讲到她。

史沫特烈③，鲁迅先生也讲到，她是美国女子，帮助印度独立运动，现在又在援助中国。

鲁迅先生介绍人去看的电影：《夏伯阳》《复仇艳遇》……其余的如《人猿泰山》……

---

① 德国女版画家。
② 指希特勒。
③ 指史沫特莱，美国记者。

或者非洲的怪兽这一类的影片，也常介绍给人的。鲁迅先生说："电影没有什么好的，看看鸟兽之类倒可以增加些对于动物的知识。"

鲁迅先生不游公园，住在上海十年，兆丰公园没有进过。虹口公园这么近也没有进过。春天一到了，我常告诉周先生，我说公园里的土松软了，公园里的风多么柔和。周先生答应选个晴好的天气，选个礼拜日，海婴休假日，好一道去，坐一乘小汽车一直开到兆丰公园，也算是短途旅行。但这只是想着而未有做到，并且把公园给下了定义。鲁迅先生说："公园的样子我知道的……一进门分做两条路，一条通左边，一条通右边，沿着路种着点柳树什么树的，树下摆着几张长椅子，再远一点有个水池子。"

我是去过兆丰公园的，也去过虹口公园或是法国公园的，仿佛这个定义适用在任何国度的公园设计者。

鲁迅先生不戴手套，不围围巾，冬天穿着黑土蓝的棉布袍子，头上戴着灰色毡帽，脚穿黑帆布胶皮底鞋。

胶皮底鞋夏天特别热，冬天又凉又湿，鲁迅先生的身体不算好，大家都提议把这鞋子换掉。鲁迅先生不肯，他说胶皮底鞋子走路方便。

"周先生一天走多少路呢？也不就一转弯到×××书店走一趟吗？"

鲁迅先生笑而不答。

"周先生不是很好伤风吗？不围巾子，风一吹不就伤风了吗？"

鲁迅先生这些个都不习惯，他说：

"从小就没戴过手套围巾，戴不惯。"

鲁迅先生一推开门从家里出来时，两只手露在外边，很宽的袖口冲着风就向前走，腋下夹着个黑绸子印花的包袱，里边包着书或者是信，到老靶子路书店去了。

那包袱每天出去必带出去，回来必带回来。出去时带着给青年们的信，回来又从书店带来新的信和青年请鲁迅先生看的稿子。

鲁迅先生抱着印花包袱从外边回来，还提着一把伞，一进门客厅早坐着客人，把伞挂在衣架上就陪客人谈起话来。谈了很久了，伞上的水滴顺着伞杆在地板上已经聚了一堆水。

鲁迅先生上楼去拿香烟，抱着印花包袱，而那把伞也没有忘记，顺手也带到楼上去。

鲁迅先生的记忆力非常之强，他的东西从不随便散置在任何地方。鲁迅先生很喜欢北方口味。许先生想请一个北方厨子，鲁迅先生以为开销太大，请不得的，男佣人，至少要十五元钱的工钱。

所以买米买炭都是许先生下手。我问许先生为什么用两个女佣人都是年老的，都是六七十岁的？许先生说她们做惯了，海婴的保姆，海婴几个月时就在这里。

正说着那矮胖胖的保姆走下楼梯来了，和我们打了个迎面。

"先生，没吃茶吗？"她赶快拿了杯子去倒茶，那刚刚下楼时气喘的声音还在喉管里咕噜咕噜的，她确实年老了。

来了客人，许先生没有不下厨房的，菜食很丰富，鱼，肉……都是用大碗装着，起码四五碗，多则七八碗。可是平常就只三碗菜：一碗素炒豌豆苗，一碗笋炒咸菜，再一碗黄花鱼。

这菜简单到极点。

鲁迅先生的原稿，在拉都路一家炸油条的那里用着包油条，我得到了一张，是译《死魂灵》的原稿，写信告诉了鲁迅先生。鲁迅先生不以为希奇，许先生倒很生气。

鲁迅先生出书的校样，都用来揩桌，或做什么的。请客人在家里吃饭，吃到半道，鲁迅先生回身去拿来校样给大家分着。客人接到手里一看，这怎么可以？鲁迅先生说：

"擦一擦，拿着鸡吃，手是腻的。"

到洗澡间去，那边也摆着校样纸。

许先生从早晨忙到晚上，在楼下陪客人，一边还手里打着毛线。不然就是一边谈着话一边站起来用手摘掉花盆里花上已干枯了的叶子。许先生每送一个客人，都要送到楼下门口，替客人把门开开，客人走出去而后轻轻地关了门再上楼来。

来了客人还到街上去买鱼或买鸡，买回来还要到厨房里去工作。

鲁迅先生临时要寄一封信，就得许先生换起皮鞋子来到邮局或者大陆新村旁边信筒那里去。落着雨天，许先生就打起伞来。

许先生是忙的，许先生的笑是愉快的，但是头发有一些是白了的。

夜里去看电影，施高塔路的汽车房只有一辆车，鲁迅先生一定不坐，一定让我们坐。许先生，周建人夫人……海婴，周建人先生的三位女公子。我们上车了。

鲁迅先生和周建人先生，还有别的一二位朋友在后边。

看完了电影出来，又只叫到一部汽车，鲁迅先生又一定不肯坐，让周建人先生的全家坐着先走了。

鲁迅先生旁边走着海婴，过了苏州河的大桥去等电车去了。等了二三十分钟电车还没有来，鲁迅先生依着沿苏州河的铁栏杆坐在桥边的石围上了，并且拿出香烟来，装上烟嘴，悠然地吸着烟。

海婴不安地来回地乱跑，鲁迅先生还招呼他和自己并排坐下。

鲁迅先生坐在那和一个乡下的安静老人一样。

鲁迅先生吃的是清茶，其余不吃别的饮料。咖啡、可可、牛奶、汽水之类，家里都不预备。

鲁迅先生陪客人到深夜，必同客人一道吃些点心。那饼干就是从铺子里买来的，装在饼干盒子里，到夜深许先生拿着碟子取出来，摆在鲁迅先生的书桌上。吃完了，许先生打开立柜再取一碟。还有向日葵子差不多每来客人必不可少。鲁迅先生一边抽着烟，一边剥着瓜子吃，吃完了一碟鲁迅先生必请许先生再拿一碟来。

鲁迅先生备有两种纸烟，一种价钱贵的，一种便宜的。便宜的是绿听子的，我不认识那是什么牌子，只记得烟头上带着黄纸的嘴，每五十支的价钱大概是四角到五角，是鲁迅先生自己平日用的。另一种是白听子的，是前门烟，用来招待客人的，白听烟放在鲁迅先生书桌的抽屉里。来客人鲁迅先生下楼，把它带到楼下去，客人走了，又带回楼上来照样放在抽屉里。而绿听子的永远放在书桌上，是鲁迅先生随时吸着的。

鲁迅先生的休息，不听留声机，不出去散步，也不倒在床上睡觉，鲁迅先生自己说：

"坐在椅子上翻一翻书就是休息了。"

鲁迅先生从下午二三点钟起就陪客人，陪到五点钟，陪到六点钟，客人若在家吃饭，吃完饭又必要在一起喝茶，或者刚刚吃完茶走了，或者还没走又来了客人，于是又陪下去，陪到八点钟，十点钟，常常陪到十二点钟。从下午三点钟起，陪到夜里十二点，这么长的时间，鲁迅先生都是坐在藤躺椅上，不断地吸着烟。

客人一走，已经是下半夜了，本来已经是睡觉的时候了，可是鲁迅先生正要开始工作。

在工作之前，他稍微阖一阖眼睛，燃起一支烟来，躺在床边上，这一支烟还没有吸完，许先生差不多就在床里边睡着了。（许先生为什么睡得这样快？因为第二天早晨六七点钟就要来管理家务。）海婴这时在三楼和保姆一道睡着了。

全楼都寂静下去，窗外也一点声音没有了，鲁迅先生站起来，坐到书桌边，在那绿色的台灯下开始写文章了。许先生说鸡鸣的时候，鲁迅先生还是坐着，街上的汽车嘟嘟地叫起来了，鲁迅先生还是坐着。

有时许先生醒了，看着玻璃窗白萨萨的了，灯光也不显得怎么亮了，鲁迅先生的背影不像夜里那样高大。

鲁迅先生的背影是灰黑色的，仍旧坐在那里。

人家都起来了，鲁迅先生才睡下。

海婴从三楼下来了，背着书包，保姆送他到学校去，经过鲁迅先生的门前，保姆总是吩咐他说：

"轻一点走，轻一点走。"

鲁迅先生刚一睡下，太阳就高起来了，太阳照着隔院子的人家，明亮亮的，照着鲁迅先生花园的夹竹桃，明亮亮的。

鲁迅先生的书桌整整齐齐的，写好的文章压在书下边，毛笔在烧瓷的小龟背上站着。

一双拖鞋停在床下，鲁迅先生在枕头上边睡着了。

鲁迅先生喜欢吃一点酒，但是不多吃，吃半小碗或一碗。

鲁迅先生吃的是中国酒，多半是花雕。

老靶子路有一家小吃茶店，只有门面一间，在门面里边设座，座少，安静，光线不充足，有些冷落。鲁迅先生常到这里吃茶店来，有约会多半是在这里边，老板是犹太也许是白俄，胖胖的，中国话大概他听不懂。

鲁迅先生这一位老人，穿着布袍子，有时到这里来，泡一壶红茶，和青年人坐在一道谈了一两个钟头。

有一天鲁迅先生的背后那茶座里边坐着一位摩登女子，身穿紫裙子黄衣裳，头戴花帽子……那女子临走时，鲁迅先生一看她，用眼瞪着她，很生气地看了她半天。而后说：

"是做什么的呢？"

鲁迅先生对于穿着紫裙子黄衣裳，花帽子的人就是这样看法的。

鬼到底是有的没有的？传说上有人见过，还跟鬼说过话，还有人被鬼在后边追赶过，吊死鬼一见了人就贴在墙上。但没有一个人捉住一个鬼给大家看看。

鲁迅先生讲了他看见过鬼的故事给大家听：

"是在绍兴……"鲁迅先生说，"三十年前……"

那时鲁迅先生从日本读书回来，在一个师范学堂里也不知是什么学堂里教书，晚上没事时，鲁迅先生总是到朋友家去谈天。这朋友住的离学堂几里路，几里路不算远，但必得经过一片坟地。谈天有的时候就谈得晚了，十一二点钟才回学堂的事也常有，有一天鲁迅先生就回去得很晚，天空有很大的月亮。

鲁迅先生向着归路走得很起劲时，往远处一看，远远有一个白影。

鲁迅先生不相信鬼的，在日本留学时是学的医，常常把死人抬来解剖的，鲁迅先生解剖过二十几个，不但不怕鬼，对死人也不怕，所以对坟地也就根本不怕。仍旧是向前走的。

走了不几步，那远处的白影没有了，再看突然又有了。并且时小时大，时高时低，正和鬼一样。鬼不就是变幻无常的吗？

鲁迅先生有点踌躇了，到底向前走呢？还是回过头来走？

本来回学堂不止这一条路，这不过是最近的一条就是了。

鲁迅先生仍是向前走，到底要看一看鬼是什么样，虽然那时候也怕了。

鲁迅先生那时从日本回来不久，所以还穿着硬底皮鞋。鲁迅先生决心要给那鬼一个致命的打击，等走到那白影旁边时，那白影缩小了，蹲下了，一声不响地靠住了一个坟堆。

鲁迅先生就用了他的硬皮鞋踢了出去。

那白影噢的一声叫起来，随着就站起来，鲁迅先生定眼看去，他却是个人。

鲁迅先生说在他踢的时候，他是很害怕的，好像若一下不把那东西踢死，自己反而会遭殃的，所以用了全力踢出去。

原来是个盗墓子的人在坟场上半夜做着工作。

鲁迅先生说到这里就笑了起来。

"鬼也是怕踢的，踢他一脚就立刻变成人了。"

我想，倘若是鬼常常让鲁迅先生踢踢倒是好的，因为给了他一个做人的机会。

从福建菜馆叫的菜，有一碗鱼做的丸子。

海婴一吃就说不新鲜，许先生不信，别的人也都不信。因为那丸子有的新鲜，有的不新鲜，别人吃到嘴里的恰好都是没有改味的。

许先生又给海婴一个，海婴一吃，又不是好的，他又嚷嚷着。别人都不注意，鲁迅先生把海婴碟里的拿来尝尝，果然不是新鲜的。鲁迅先生说：

"他说不新鲜，一定也有他的道理，不加以查看就抹杀是不对的。"

以后我想起这件事来，私下和许先生谈过，许先生说："周先生的做人，真是我们学不了的。哪怕一点点小事。"

鲁迅先生包一个纸包也要包得整整齐齐，常常把要寄出的书，鲁迅先生从许先生手里拿过来自己包，许先生本来包得多么好，而鲁迅先生还要亲自动手。

鲁迅先生把书包好了，用细绳捆上，那包方方正正的，连一个角也不准歪一点或扁一点，而后拿着剪刀，把捆书的那绳头都剪得整整齐齐。

就是包这书的纸都不是新的，都是从街上买东西回来留下来的。许先生上街回来把买来的东西一打开随手就把包东西的牛皮纸折起来，随手把小细绳卷了一个卷。若小细绳上有一个疙瘩，也要随手把它解开的。准备着随时用随时方便。

鲁迅先生住的是大陆新村九号。

一进弄堂口，满地铺着大方块的水门汀，院子里不怎样嘈杂，从这院子出入的有时候是外国人，也能够看到外国小孩在院子里零星的玩着。

鲁迅先生隔壁挂着一块大的牌子，上面写着一个"茶"字。

在一九三五年十月一日。

鲁迅先生的客厅里摆着长桌，长桌是黑色的，油漆不十分新鲜，但也并不破旧，桌上没有铺什么桌布，只在长桌的当心摆着一个绿豆青色的花瓶，花瓶里长着几株大叶子的万年青。围着长桌有七八张木椅子。尤其是在夜里，全弄堂一点什么声音也听不到。

那夜，就和鲁迅先生和许先生一道坐在长桌旁边喝茶的。当夜谈了许多关于伪满洲国的事情，从饭后谈起，一直谈到九点钟十点钟而后到十一点钟。时时想退出来，让鲁迅先生好早点休息，因为我看出来鲁迅先生身体不大好，又加上听许先生说过，鲁迅先生伤风了一个多月，刚好了的。

但鲁迅先生并没有疲倦的样子。虽然客厅里也摆着一张可以卧倒的藤椅，我们劝他几次想让他坐在藤椅上休息一下，但是他没有去，仍旧坐在椅子上。并且还上楼一次，去加穿了一件皮袍子。

那夜鲁迅先生到底讲了些什么，现在记不起来了。也许想起来的不是那夜讲的而是以后讲的也说不定。过了十一点，天就落雨了，雨点淅沥淅沥地打在玻璃窗上，窗子没有窗帘，所以偶一回头，就看到玻璃窗上有小水流往下流。夜已深了，并且落了雨，心里十分着急，几次站起来想要走，但是鲁迅先生和许先生一再说再坐一下："十二点以前终归有车子可搭的。"所以一直坐到将近十二点，才穿起雨衣来，打开客厅外边的响着的铁门，鲁迅先生非要送到铁门外不可。我想为什么他一定要送呢？对于这样年轻的客人，这样的送是应该的吗？雨不会打湿了头发，受了寒伤风不又要继续下去吗？站在铁门外边，鲁迅先生说，并且指着隔壁那家写着"茶"字的大牌子："下次来记住这个'茶'字，就是这个'茶'的隔壁。"而且伸出手去，几乎是触到了钉在锁门旁边的那个九号的"九"字，"下次来记住茶的旁边九号。"

于是脚踏着方块的水门汀，走出弄堂来，回过身去往院子里边看了一看，鲁迅先生那一排房子统统是黑洞洞的，若不是告诉的那样清楚，下次来恐怕要记不住的。

鲁迅先生的卧室，一张铁架大床，床顶上遮着许先生亲手做的白布刺花的围子，顺着床的一边折着两床被子，都是很厚的，是花洋布的被面。挨着门口的床头的方面站着抽屉柜。一进门的左手摆着八仙桌，桌子的两旁藤椅各一，立柜站在和方桌一排的墙角，立柜本是挂衣服的，衣裳却很少，都让糖盒子、饼干桶子、瓜子罐给塞满了。有一次××老板的太太来拿版权的图章花，鲁迅先生就从立柜下边大抽屉里取出的。沿着墙角往窗子那边走，有一张装饰台，桌子上有一个方形的满浮着绿草的玻璃养鱼池，里边游着的不是金鱼而是灰色的扁肚子的小鱼。除了鱼池之外另有一只圆的表，其余那上边满装着书。铁床架靠窗子的那头的书柜里书柜外都是书。最后是鲁迅先生的写字台，那上边也都是书。

鲁迅先生家里，从楼上到楼下，没有一个沙发。鲁迅先生工作时坐的椅子是硬的，到楼下陪客人时坐的椅子又是硬的。

鲁迅先生的写字台面向着窗子，上海弄堂房子的窗子差不多满一面墙那么大，鲁迅先生把它关起来，因为鲁迅先生工作起来有一个习惯，怕吹风，风一吹，纸就动，时时防备着纸跑，文章就写不好。所以屋子里热得和蒸笼似的，请鲁迅先生到楼下去，他又不肯，鲁迅先生的习惯是不换地方。有时太阳照进来，许先生劝他把书桌移开一点都不肯。只有满身流汗。

鲁迅先生的写字桌，铺了张蓝格子的油漆布。四角都用图钉按着。桌子上有小砚台一方，墨一块，毛笔站在笔架上。笔架是烧瓷的，在我看来不很细致，是一个龟，龟背上带着好几个洞，笔就插在那洞里。鲁迅先生多半是用毛笔的，钢笔也不是没有，是放在抽屉里。桌上有一个方大的白瓷的烟灰盒，还有一个茶杯，杯子上戴着盖。

鲁迅先生的习惯与别人不同，写文章用的材料和来信都压在桌子上，把桌子都压得满满的，几乎只有写字的地方可以伸开手，其余桌子的一半被书或纸张占有着。

左手边的桌角上有一个带绿灯罩的台灯，那灯泡是横着装的，在上海那是极普通的台灯。

冬天在楼上吃饭，鲁迅先生自己拉着电线把台灯的机关从棚顶的灯头上拔下，而后装上灯泡子。等饭吃过，许先生再把电线装起来，鲁迅先生的台灯就是这样做成的，拖着一根长长的电线在棚顶上。

鲁迅先生的文章，多半是在这台灯下写。因为鲁迅先生的工作时间，多半是下半夜一两点起，天将明了休息。

卧室就是如此，墙上挂着海婴公子一个月婴孩的油画像。

挨着卧室的后楼里边，完全是书了，不十分整齐，报纸和杂志或洋装的书，都混在这间屋子里，一走进去多少还有些纸张气味。地板被书遮盖得太小了，几乎没有了，大网篮也堆在书中。墙上拉着一条绳子或者是铁丝，就在那上边系了小提盒、铁丝笼之类。风干荸荠就盛在铁丝笼，扯着的那铁丝几乎被压断了在弯弯着。一推开藏书室的窗子，窗子外边还挂着一筐风干荸荠。

"吃吧，多得很，风干的，格外甜。"许先生说。

楼下厨房传来了煎菜的锅铲的响声，并且两个年老的娘姨慢重重地在讲一些什么。

厨房是家庭最热闹的一部分。整个三层楼都是静静的，喊娘姨的声音没有，在楼梯上跑来跑去的声音没有。鲁迅先生家里五六间房子只住着五个人，三位是先生的全家，余下的二位是年老的女佣人。

来了客人都是许先生亲自倒茶，即或是麻烦到娘姨时，也是许先生下楼去吩咐，绝没有站到楼梯口就大声呼唤的时候。

所以整个的房子都在静悄悄之中。

只有厨房比较热闹了一点，自来水哗哗地流着，洋瓷盆在水门汀的水池子上每拖一下磨着嚓嚓地响，洗米的声音也是嚓嚓的。鲁迅先生很喜欢吃竹笋的，在菜板上切着笋片笋丝时，刀刃每划下去都是很响的。其实比起别人家的厨房来却冷清极了，所以洗米声和切笋声都分开来听得样样清清晰晰。

客厅的一边摆着并排的两个书架，书架是带玻璃橱的，里边有朵斯托益夫斯基①的全集和别的外国作家的全集，大半都是日文译本。地板上没有地毯，但擦得非常干净。

海婴公子的玩具橱也站在客厅里，里边是些毛猴子，橡皮人，火车汽车之类，里边装的满满的，别人是数不清的，只有海婴自己伸手到里边找些什么就有什么。过新年时在街上买的兔子灯，纸毛上已经落了灰尘了，仍摆在玩具橱顶上。

客厅只有一个灯头，大概五十烛光。客厅的后门对着上楼的楼梯，前门一打开有一个一方丈大小的花园，花园里没有什么花看，只有一株很高的七八尺高的小树，大概那树是柳桃，一到了春天，喜欢生长蚜虫，忙得许先生拿着喷蚊虫的机器，一边陪着谈话，一边喷着杀虫药水。沿着墙根，种了一排玉米，许先生说："这玉米长不大的，这土是没有养料的，海婴一定要种。"

春天，海婴在花园里掘着泥沙，培植着各种玩艺。

三楼则特别静了，向着太阳开着两扇玻璃门，门外有一个水门汀的突出的小廊子，春天很温暖的抚摸着门口长垂着的帘子，有时帘子被风打得很高，飘扬的饱满的和大鱼泡似的。那时候隔院的绿树照进玻璃门扇里边来了。

海婴坐在地板上装着小工程师在修着一座楼房，他那楼房是用椅子横倒了架起来修的，而后遮起一张被单来算作屋瓦，全个房子在他自己拍着手的赞誉声中完成了。

---

① 指俄罗斯大作家陀思妥耶夫斯基。

这间屋感到些空旷和寂寞,既不像女工住的屋子,又不像儿童室。海婴的眠床靠着屋子的一边放着,那大圆顶帐子日里也不打起来,长拖拖的好像从栅顶一直拖到地板上,那床是非常讲究的,属于刻花的木器一类的。许先生讲过,租这房子时,从前一个房客转留下来的。海婴和他的保姆,就睡在五六尺宽的大床上。

冬天烧过的火炉,三月里还冷冰冰的在地板上站着。

海婴不大在三楼上玩的,除了到学校去,就是在院里踏脚踏车,他非常欢喜跑跳,所以厨房,客厅,二楼,他是无处不跑的。

三楼整天在高处空着,三楼的后楼住着另一个老女工,一天很少上楼来,所以楼梯擦过之后,一天到晚干净的溜明。

一九三六年三月里鲁迅先生病了,靠在二楼的躺椅上,心脏跳动得比平日厉害,脸色微灰了一点。

许先生正相反的,脸色是红的,眼睛显得大了,讲话的声音是平静的,态度并没有比平日慌张。在楼下一走进客厅来许先生就告诉说:

"周先生病了,气喘……喘得厉害,在楼上靠在躺椅上。"

鲁迅先生呼喘的声音,不用走到他的旁边,一进了卧室就听得到的。鼻子和胡须在扇着,胸部一起一落。眼睛闭着,差不多永久不离开手的纸烟,也放弃了。藤椅后边靠着枕头,鲁迅先生的头有些向后,两只手空闲地垂着。眉头仍和平日一样没有聚皱,脸上是平静的,舒展的,似乎并没有任何痛苦加在身上。

"来了吧?"鲁迅先生睁一睁眼睛,"不小心,着了凉呼吸困难……到藏书的房子去翻一翻书……那房子因为没有人住,特别凉……回来就……"

许先生看周先生说话吃力,赶紧接着说周先生是怎样气喘的。

医生看过了,吃了药,但喘并未停。下午医生又来过,刚刚走。

卧室在黄昏里边一点一点地暗下去,外边起了一点小风,隔院的树被风摇着发响。别人家的窗子有的被风打着发出自动关开的响声,家家的流水道都是哗啦哗啦的响着水声，一定是晚餐之后洗着杯盘的剩水。晚餐后该散步的散步去了，该会朋友的会友去了，弄堂里来去的稀疏不断地走着人，而娘姨们还没有解掉围裙呢，就依着后门彼此搭讪起来。小孩子们三五一伙前门后门地跑着，弄堂外汽车穿来穿去。

鲁迅先生坐在躺椅上，沉静地，不动地阖着眼睛，略微灰了的脸色被炉里的火染红了一点。纸烟听子蹲在书桌上，盖着盖子，茶杯也蹲在桌子上。

许先生轻轻地在楼梯上走着，许先生一到楼下去，二楼就只剩了鲁迅先生一个人坐在椅子上，呼喘把鲁迅先生的胸部有规律性的抬得高高的。

"鲁迅先生必得休息的，"须藤医生这样说的。可是鲁迅先生从此不但没有休息，并且脑子里所想的更多了，要做的事情都像非立刻就做不可，校《海上述林》的校样，印珂勒惠支的画，翻译《死魂灵》下部，刚好了，这些就都一起开始了，还计算着出三十年集（即鲁迅全集）。

鲁迅先生感到自己的身体不好，就更没有时间注意身体，所以要多做，赶快做。当时大家不解其中的意思，都以为鲁迅先生不加以休息不以为然，后来读了鲁迅先生《死》的那篇文章才了然了。

鲁迅先生知道自己的健康不成了，工作的时间没有几年了，死了是不要紧的，只要留给人类更多，鲁迅先生就是这样。

不久书桌上德文字典和日文字典都摆起来了，果戈理的《死魂灵》，又开始翻译了。

鲁迅先生的身体不大好，容易伤风，伤风之后，照常要陪客人，回信，校稿子。所以伤风之后总要拖下去一个月或半个月的。

瞿秋白的《海上述林》校样，一九三五年冬，一九三六年的春天，鲁迅先生不断地校着，几十万字的校样，要看三遍，而印刷所送校样来总是十页八页的，并不是统统一道地送来，所以鲁迅先生不断地被这校样催索着，鲁迅先生竟说：

"看吧，一边陪着你们谈话，一边看校样，眼睛可以看，耳朵可以听……"

有时客人来了，一边说着笑话，鲁迅先生一边放下了笔。

有的时候也说："几个字了……请坐一坐……"

一九三五年冬天许先生说：

"周先生的身体是不如从前了。"

有一次鲁迅先生到饭馆里去请客，来的时候兴致很好，还记得那次吃了一只烤鸭子，整个的鸭子用大钢叉子叉上来时，大家看这鸭子烤的又油又亮的，鲁迅先生也笑了。

菜刚上满了，鲁迅先生就到躺椅上吸一支烟，并且阖一阖眼睛。一吃完了饭，有的喝了酒的，大家都闹乱了起来，彼此抢着苹果，彼此讽刺着玩，说着一些人可笑的话。而鲁迅先生这时候，坐在躺椅上，阖着眼睛，很庄严地在沉默着，让拿在手上纸烟的烟丝，袅袅地上升着。

别人以为鲁迅先生也是喝多了酒吧！

许先生说，并不的。

"周先生的身体是不如从前了，吃过了饭总要闭一闭眼睛稍微休息一下，从前一向没有这习惯。"

周先生从椅子上站起来了，大概说他喝多了酒的话让他听到了。

"我不多喝酒的。小的时候，母亲常提到父亲喝了酒，脾气怎样坏，母亲说，长大了不要喝酒，不要像父亲那样子……所以我不多喝的……从来没喝醉过……"

鲁迅先生休息好了，换了一支烟，站起来也去拿苹果吃，可是苹果没有了。鲁迅先生说：

"我争不过你们了，苹果让你们抢没了。"

有人抢到手的还在保存着的苹果，奉献出来，鲁迅先生没有吃，只在吸烟。

一九三六年春，鲁迅先生的身体不大好，但没有什么病，吃过了夜饭，坐在躺椅上，总要闭一闭眼睛沉静一会。

许先生对我说，周先生在北平时，有时开着玩笑，手按着桌子一跃就能够跃过去，而近年来没有这么做过。大概没有以前那么灵便了。

这话许先生和我是私下讲的，鲁迅先生没有听见，仍靠在躺椅上沉默着呢。

许先生开了火炉门，装着煤炭哗哗地响，把鲁迅先生震醒了。一讲起话来鲁迅先生的精神又照常一样。

鲁迅先生睡在二楼的床上已经一个多月了，气喘虽然停止，但每天发热，尤其是在下午热度总在三十八度三十九度之间，有时也到三十九度多，那时鲁迅先生的脸是微红的，目力是疲弱的，不吃东西，不大多睡，没有一些呻吟，似乎全身都没有什么痛楚的地方。躺在床上的时候张开眼睛看着，有的时候似睡非睡的安静地躺着，茶吃得很少。差不多一刻也不停地吸烟，而今几乎完全放弃了，纸烟听子不放在床边，而仍很远的蹲在书桌上，若想吸一支，是请许先生付给的。

许先生从鲁迅先生病起，更过度地忙了。按着时间给鲁迅先生吃药，按着时间给鲁迅先生试温度表，试过了之后还要把一张医生发给的表格填好，那表格是一张硬纸，上面画了无数根线，许先生就在这张纸上拿着米度尺画着度数，那表画得和尖尖的小山丘似的，又像尖尖的水晶石，高的低的一排连地站着。许先生虽每天画，但那像是一条接连不断的线，不过从低处到高处，从高处到低处，这高峰越高越不好，也就是鲁迅先生的热度越高了。

来看鲁迅先生的人，多半都不到楼上来了，为的请鲁迅先生好好地静养，所以把客人这些事也推到许先生身上来了。还有书、报、信，都要许先生看过，必要的就告诉鲁迅先生，不十分必要的，就先把它放在一处放一放，等鲁迅先生好些了再取出来交给他。然而这家庭里边还有许多琐事，比方年老的娘姨病了，要请两天假；海婴的牙齿脱掉一个要到牙医那里去看过，但是带他去的人没有，又得许先生。海婴在幼稚园里读书，又是买铅笔，买皮球，还有临时出些个花头，跑上楼来了，说要吃什么花生糖，什么牛奶糖，他上楼来是一边跑着一边喊着，许先生连忙拉住了他，拉他下了楼才跟他讲：

"爸爸病啦，"而后拿出钱来，嘱咐好了娘姨，只买几块糖而不准让他格外的多买。

收电灯费的来了，在楼下一打门，许先生就得赶快往楼下跑，怕的是再多打几下，就要惊醒了鲁迅先生。

海婴最喜欢听讲故事，这也是无限的麻烦，许先生除了陪海婴讲故事，还要在长桌上偷一点工夫来看鲁迅先生为有病耽搁下来尚未校完的校样。

在这期间，许先生比鲁迅先生更要担当一切了。

鲁迅先生吃饭，是在楼上单开一桌，那仅仅是一个方木桌，许先生每餐亲手端到楼上去，每样都用小吃碟盛着，那小吃碟直径不过二寸，一碟豌豆苗或菠菜或苋菜，把黄花鱼或者鸡之类也放在小碟里端上楼去。若是鸡，那鸡也是全鸡身上最好的一块地方拣下来的肉；若是鱼，也是鱼身上最好一部分，许先生才把它拣下放在小碟里。

许先生用筷子来回地翻着楼下的饭桌上菜碗里的东西，菜拣嫩的，不要茎，只要叶，鱼肉之类，拣烧得软的，没有骨头没有刺的。

心里存着无限的期望，无限的要求，用了比祈祷更虔诚的目光，许先生看着她自己手里选得精精致致的菜盘子，而后脚板触了楼梯上了楼。

希望鲁迅先生多吃一口，多动一动筷，多喝一口鸡汤。鸡汤和牛奶是医生所嘱的，一定要多吃一些的。

把饭送上去，有时许先生陪在旁边，有时走下楼来又做些别的事，半个钟头之后，到楼上去取这盘子。这盘子装的满满的，有时竟照原样一动也没有动又端下来了，这时候许先生的眉头微微地皱了一点。旁边若有什么朋友，许先生就说："周先生的热度高，什么也吃不落，连茶也不愿意吃，人很苦，人很吃力。"

有一天许先生用波浪式的专门切面包的刀切着面包，是在客厅后边方桌上切的，许先生一边切着一边对我说：

"劝周先生多吃东西，周先生说，人好了再保养，现在勉强吃也是没有用的。"

许先生接着似乎问着我：

"这也是对的？"

而后把牛奶面包送上楼去了。一碗烧好的鸡汤，从方盘里许先生把它端出来了，就摆在客厅后的方桌上。许先生上楼去了，那碗热的鸡汤在方桌上自己悠然地冒着热气。

许先生由楼上回来还说呢：

"周先生平常就不喜欢吃汤之类，在病里，更勉强不下了。"

许先生似乎安慰着自己似的。

"周先生人强，喜欢吃硬的，油炸的，就是吃饭也喜欢吃硬饭……"

许先生楼上楼下地跑，呼吸有些不平静，坐在她旁边，似乎可以听到她心脏的跳动。

鲁迅先生开始独桌吃饭以后，客人多半不上楼来了，经许先生婉言把鲁迅先生健康的经过报告了之后就走了。

鲁迅先生在楼上一天一天地睡下去，睡了许多日子，都寂寞了，有时大概热度低了点就问许先生：

"什么人来过吗？"

看鲁迅先生好些，就一一地报告过。

有时也问到有什么刊物来吗？

鲁迅先生病了一个多月了。

证明了鲁迅先生是肺病，并且是肋膜炎，须藤老医生每天来了，为鲁迅先生把肋膜积水用打针的方法抽净，共抽过两三次。

这样的病，为什么鲁迅先生一点也不晓得呢？许先生说，周先生有时觉得肋痛了就自己忍着不说，所以连许先生也不知道，鲁迅先生怕别人晓得了又要不放心，又要看医生，医生一定又要说休息。鲁迅先生自己知道做不到的。

福民医院美国医生的检查，说鲁迅先生肺病已经二十年了。这次发了怕是很严重。

医生规定个日子，请鲁迅先生到福民医院去详细检查，要照 X 光的。但鲁迅先生当时就下楼是下不得的，又过了许多天，鲁迅先生到福民医院去检查病去了。照 X 光后给鲁迅先生照了一个全部的肺部的照片。

这照片取来的那天许先生在楼下给大家看了，右肺的上尖是黑的，中部也黑了一块，左肺的下半部都不大好，而沿着左肺的边边黑了一大圈。

这之后，鲁迅先生的热度仍高，若再这样热度不退，就很难抵抗了。

那查病的美国医生，只查病，而不给药吃，他相信药是没有用的。

须藤老医生，鲁迅先生早就认识，所以每天来，他给鲁迅先生吃了些退热药，还吃停止肺病菌活动的药。他说若肺不再坏下去，就停止在这里，热自然就退了，人是不危险的。

在楼下的客厅里，许先生哭了。许先生手里拿着一团毛线，那是海婴的毛线衣拆了洗过之后又团起来的。

鲁迅先生在无欲望状态中，什么也不吃，什么也不想，睡觉似睡非睡的。

天气热起来了，客厅的门窗都打开着，阳光跳跃在门外的花园里。麻雀来了停在夹竹桃上叫了三两声就飞去，院子里的小孩们叽叽喳喳地玩耍着，风吹进来好像带着热气，扑到人的身上，天气刚刚发芽的春天，变为夏天了。

楼上老医生和鲁迅先生谈话的声音隐约可以听到。

楼下又来了客人，来的人总要问：

"周先生好一点吗？"

许先生照常说："还是那样子。"

但今天说了眼泪又流了满脸。一边拿起杯子来给客人倒茶，一边用左手拿着手帕按着鼻子。

客人问：

"周先生又不大好吗？"

许先生说：

"没有的，是我心窄。"

过了一会鲁迅先生要找什么东西，喊许先生上楼去，许先生连忙擦着眼睛，想说她不上楼的，但左右看了一看，没有人能代替了她，于是带着她那团还没有缠完的毛线球上楼去了。

楼上坐着老医生，还有两位探望鲁迅先生的客人。许先生一看了他们就自己低了头不好意思地笑了，她不敢到鲁迅先生的面前去，背转着身问鲁迅先生要什么呢，而后又是慌忙地把线缕挂在手上缠了起来。

一直到送老医生下楼,许先生都是把背向着鲁迅先生而站着的。

每次老医生走,许先生都是替老医生提着皮提包送到前门外的。许先生愉快地、沉静地带着笑容打开铁门闩,很恭敬地把皮包交给老医生,眼看着老医生走了才进来关了门。

这老医生出入在鲁迅先生的家里,连老娘姨对他都是尊敬的,医生从楼上下来时,娘姨若在楼梯的半道,赶快下来躲开,站到楼梯的旁边。有一天老娘姨端着一个杯子上楼,楼上医生和许先生一道下来了,那老娘姨躲闪不灵,急得把杯里的茶都颠出来了。等医生走过去,已经走出了前门,老娘姨还在那里呆呆地望着。

"周先生好了点吧?"

有一天许先生不在家,我问着老娘姨。她说:

"谁晓得,医生天天看过了不声不响地就走了。"

可见老娘姨对医生每天是怀着期望的眼光看着他的。

许先生很镇静,没有紊乱的神色,虽然说那天当着人哭过一次,但该做什么,仍是做什么,毛线该洗的已经洗了,晒的已经晒起,晒干了的随手就把它团起团子。

"海婴的毛线衣,每年拆一次,洗过之后再重打起,人一年一年地长,衣裳一年穿过,一年就小了。"

在楼下陪着熟的客人,一边谈着,一边开始手里动着竹针。

这种事情许先生是偷空就做的,夏天就开始预备着冬天的,冬天就做夏天的。

许先生自己常常说:

"我是无事忙。"

这话很客气,但忙是真的,每一餐饭,都好像没有安静地吃过。海婴一会要这个,要那个;若一有客人,上街临时买菜,下厨房煎炒还不说,就是摆到桌子上来,还要从菜碗里为着客人选好的夹过去。饭后又是吃水果,若吃苹果还要把皮削掉,若吃荸荠看客人削得慢而不好也要削了送给客人吃,那时鲁迅先生还没有生病。

许先生除了打毛线衣之外，还用机器缝衣裳，剪裁了许多件海婴的内衫裤在窗下缝。

因此许先生对自己忽略了，每天上下楼跑着，所穿的衣裳都是旧的，次数洗得太多，纽扣都洗脱了，也磨破了，都是几年前的旧衣裳，春天时许先生穿了一个紫红宁绸袍子，那料子是海婴在婴孩时候别人送给海婴做被子的礼物。做被子，许先生说很可惜，就拣起来做一件袍子。正说着，海婴来了，许先生使眼神，且不要提到，若提到海婴又要麻烦起来了，一要说是他的，他就要要。

许先生冬天穿一双大棉鞋，是她自己做的。一直到二三月早晚冷时还穿着。

有一次我和许先生在小花园里拍一张照片，许先生说她的纽扣掉了，还拉着我站在她前边遮着她。

许先生买东西也总是到便宜的店铺去买，再不然，到减价的地方去买。

处处俭省，把俭省下来的钱，都印了书和印了画。

现在许先生在窗下缝着衣裳，机器声格哒格哒的，震着玻璃门有些颤抖。

窗外的黄昏，窗内许先生低着的头，楼上鲁迅先生的咳嗽声，都搅混在一起了，重续着、埋藏着力量。在痛苦中，在悲哀中，一种对于生的强烈的愿望站得和强烈的火焰那样坚定。

许先生的手指把捉了在缝的那张布片，头有时随着机器的力量低沉了一两下。

许先生的面容是宁静的、庄严的、没有恐惧的，她坦荡的在使用着机器。

海婴在玩着一大堆黄色的小药瓶，用一个纸盒子盛着，端起来楼上楼下地跑。向着阳光照是金色的，平放着是咖啡色的，他召集了小朋友来，他向他们展览，向他们夸耀，这种玩艺只有他有而别人不能有。他说：

"这是爸爸打药针的药瓶，你们有吗？"

别人不能有，于是他拍着手骄傲地呼叫起来。

许先生一边招呼着他，不叫他喊，一边下楼来了。

"周先生好了些？"

见了许先生大家都是这样问的。

"还是那样子,"许先生说,随手抓起一个海婴的药瓶来:"这不是么,这许多瓶子,每天打针,药瓶也积了一大堆。"

许先生一拿起那药瓶,海婴上来就要过去,很宝贵地赶快把那小瓶摆到纸盒里。

在长桌上摆着许先生自己亲手做的蒙着茶壶的棉罩子,从那蓝缎子的花罩下拿着茶壶倒着茶。

楼上楼下都是静的了,只有海婴快活的和小朋友们的吵嚷躲在太阳里跳荡。

海婴每晚临睡时必向爸爸妈妈说:"明朝会!"

有一天他站在上三楼去的楼梯口上喊着:

"爸爸,明朝会!"

鲁迅先生那时正病的沉重,喉咙里边似乎有痰,那回答的声音很小,海婴没有听到,于是他又喊:

"爸爸,明朝会!"他等一等,听不到回答的声音,他就大声地连串地喊起来:

"爸爸,明朝会,爸爸,明朝会……爸爸,明朝会……"

他的保姆在前边往楼上拖他,说是爸爸睡下了,不要喊了。可是他怎么能够听呢,仍旧喊。

这时鲁迅先生说"明朝会",还没有说出来喉咙里边就像有东西在那里堵塞着,声音无论如何放不大。到后来,鲁迅先生挣扎着把头抬起来才很大声地说出:

"明朝会,明朝会。"

说完了就咳嗽起来。

许先生被惊动得从楼下跑来了,不住地训斥着海婴。

海婴一边哭着一边上楼去了,嘴里唠叨着:

"爸爸是个聋人哪!"

鲁迅先生没有听到海婴的话,还在那里咳嗽着。

鲁迅先生在四月里,曾经好了一点,有一天下楼去赴一个约会,把衣裳穿的整整齐齐，手下夹着黑花布包袱，戴起帽子来，出门就走。

许先生在楼下正陪客人，看鲁迅先生下来了，赶快说：

"走不得吧，还是坐车子去吧。"

鲁迅先生说："不要紧，走得动的。"

许先生再加以劝说，又去拿零钱给鲁迅先生带着。

鲁迅先生说不要不要，坚决地走了。

"鲁迅先生的脾气很刚强。"

许先生无可奈何的，只说了这一句。

鲁迅先生晚上回来，热度增高了。

鲁迅先生说：

"坐车子实在麻烦，没有几步路，一走就到。还有，好久不出去，愿意走走……动一动就出毛病……还是动不得……"

病压服着鲁迅先生又躺下了。

七月里，鲁迅先生又好些。

药每天吃，记温度的表格照例每天好几次在那里画，老医生还是照常地来，说鲁迅先生就要好起来了。说肺部的菌已经停止了一大半，肋膜也好了。

客人来差不多都要到楼上来拜望拜望。鲁迅先生带着久病初愈的心情，又谈起话来，披了一张毛巾子坐在躺椅上，纸烟又拿在手里了，又谈翻译，又谈某刊物。

一个月没有上楼去，忽然上楼还有些心不安，我一进卧室的门，觉得站也没地方站，坐也不知坐在哪里。

许先生让我吃茶，我就依着桌子边站着。好像没有看见那茶杯似的。

鲁迅先生大概看出我的不安来了，便说：

"人瘦了，这样瘦是不成的，要多吃点。"

鲁迅先生又在说玩笑话了。

"多吃就胖了，那么周先生为什么不多吃点？"

鲁迅先生听了这话就笑了，笑声是明朗的。

从七月以后鲁迅先生一天天地好起来了，牛奶，鸡汤之类，为了医生所嘱也隔三差五地吃着，人虽是瘦了，但精神是好的。

鲁迅先生说自己体质的本质是好的，若差一点的，就让病打倒了。

这一次鲁迅先生保持了很长时间，没有下楼更没有到外边去过。

在病中，鲁迅先生不看报，不看书，只是安静地躺着。但有一张小画是鲁迅先生放在床边上不断看着的。

那张画，鲁迅先生未生病时，和许多画一道拿给大家看过的，小得和纸烟包里抽出来的那画片差不多。那上边画着一个穿大长裙子飞散着头发的女人在大风里边跑，在她旁边的地面上还有小小的红玫瑰的花朵。

记得是一张苏联某画家着色的木刻。

鲁迅先生有很多画，为什么只选了这张放在枕边。

许先生告诉我的，她也不知道鲁迅先生为什么常常看这小画。

有人来问他这样那样的，他说：

"你们自己学着做，若没有我呢！"

这一次鲁迅先生好了。

还有一样不同的，觉得做事要多做……

鲁迅先生以为自己好了，别人也以为鲁迅先生好了。

准备冬天要庆祝鲁迅先生工作三十年。

又过了三个月。

一九三六年十月十七日，鲁迅先生病又发了，又是气喘。

十七日，一夜未眠。

十八日，终日喘着。

十九日的下半夜，人衰弱到极点了。天将发白时，鲁迅先生就像他平日一样，工作完了，他休息了。

导读
鲁迅先生的脾气很刚强

　　这篇文章初选时，因为太长，我曾打算拿掉。后来又读，看鲁迅先生不断校对，不断看来信，不断回信，于我有很大的触动，因为我干的也是这样的事情。搁置了一段时间，忍不住又看了一遍，放进来了。主要是写得太好。从没有看到一个人写纪念文章，写得如此的长，如此的细致，如此的深情。难以想象的细节，每一个细节，都很合适，没有不合适的细节。

　　那是六年前，我觉得自己还年轻。现在新版校对，又从头到尾细细地读一遍，不知道怎么的，竟然眼眶里有点泪水。在这么远的地方，我读着这篇文章，仿佛回到了极其熟悉的上海，极其熟悉的、几乎天天走过的旧时法租界（虽然不是旧时的日租界），那些关于水门汀的描述，关于联排房子的描述，于我是太熟悉了。在我工作单位旁边，一百多米处，有一个胡同，徐志摩先生和陆小曼的旧居就在那，那也曾招待过泰戈尔。为了修延安路高架桥，这一处的房子都拆掉了。现在仅弄堂的一面墙壁上，有一块灰白泥板，上面刻着几行呆板的字，好多个名字，说这里是他们的旧居所在地。现在的弄堂，实在是不复旧模样，很拥挤，头顶上电线密密麻麻，乱成一团。

　　萧红用很长的篇幅，写鲁迅先生的三层小楼，他的卧室、他的书桌、他的书架，几乎事无巨细。唯如此，现在的读者才可以知道那时候的知识分子的生存状态、他们的日常状况。鲁迅先生的稿费不低，他的住房状况尚可，朋友很多，他每天下午两三点钟开始会客，一直到五六点钟，有时到八点钟、十点钟、十二点钟；然后看青年们的来信，看后还要给青年们回信——有些青年字写得潦草，他对萧红略加抱怨，不过他照样仔细读来信，然后认真回信；凌晨一两点开始工作，天亮了才休息。

　　鲁迅家里，许广平先生是最忙碌的，什么都亲力亲为，鲁迅生病后，更加忙了。他家的三楼，到了春天，阳光很好，气氛很好：

"……三楼则特别静了,向着太阳开着两扇玻璃门,门外有一个水门汀的突出的小廊子,春天很温暖的抚摸着门口长垂着的帘子,有时帘子被风打得很高,飘扬的饱满的和大鱼泡似的。那时候隔院的绿树照进玻璃门扇里边来了。"

这么精妙的描写,是萧红的笔法,只有她写得出来。

萧红写鲁迅,与林徽因写徐志摩,是完全不同的笔法。

林徽因对徐志摩是深感于心的情谊,需要写出来,发散出来。她对徐志摩的评价,有个人情感在内。萧红写鲁迅,是一种极尊敬的态度,也极自然的态度。萧红对鲁迅的敬与爱,也有极深的个人情感在内。但不同的作家,不同的人,表现真是完全不一样。林徽因文字是飞扬的、发散的,萧红文字是轻缓的、内敛的。林徽因不惮于直接论说、褒扬,萧红则以她观察到的鲁迅的生活细节,来展现鲁迅不同一般的性格和工作态度。

这篇文章很长,但萧红行文如水,四下轻泻,读起来很清晰,很生动。

总结起来,鲁迅先生的特点有如下几种:

一、待人真诚。对青年人尤其友好,热心。他议论萧红的穿着,很有意思,也体现出他学识广杂,爱好鲜明。他吸烟厉害,有两种烟,好的给朋友,差的自己吸。

二、待物潇洒。他对用过的校样并不很珍惜,常用来擦东西,包东西,甚至擦手。

三、交友广泛。与瞿秋白是好友,瞿秋白被杀后,他一直认真校对瞿秋白的作品,感觉是一种自我的重托。他又有神秘的×先生朋友,×先生说是商人,但萧红怎么看都不像是商人。有人考证,那是左联的冯雪峰,参加过长征,又回到上海的。

四、做事认真。校样都要看三四遍,每刻都在工作。他批判年轻人做事不认真,写字潦草,但是对青年人的通信还是很热情。

五、他不信鬼的故事,表示他是一个无神论者。

六、生病之后鲁迅处之泰然。

这些,都是研究鲁迅先生的重要材料。其中,还穿插对鲁迅儿子海婴的描写,对操持家务忙个不停的许广平的描写。这些,都是丰富鲁迅先生形象的侧面材料。

这篇文章,以细腻生动的细节描写取胜。若非有过人观察力,有良好记忆力,很难写出这么多细节。连鲁迅先生用什么纸张、毛笔、笔架、写作习惯，都了解得清清楚楚。以细节写文章，如果详略不当，容易造成材料过多，淤积文字，节奏过慢，读起来会憋闷。

文字运用上简明迅捷，结构上多分段，从而推进行文速度，让缓慢变得快速。虽然是一万六千多字的长文，但是因为行文极有趣味，所以读起来并不苦涩。

2014年，香港导演许鞍华执导，李樯编剧，汤唯、冯绍峰、王志文等主演的电影《黄金时代》，大量运用这篇文章里的材料。鲁迅对萧红穿着的点评，更是照搬。鲁迅送萧红出门，教她怎么找到自己家，电影里也有呈现。萧红和许广平一起包饺子的细节，电影里也有。

萧红是现代文学中少有的天才女作家，她的小说成就很高，可以说是现代文学中水平最高那层，《呼兰河传》确实是一部了不起的杰作。就像记录自己少年时代呼兰河的社会风貌，萧红眼中的鲁迅，也是生动、细腻，有质感的存在。这些都需要用特别精炼的、平实的文字来呈现。

思考

萧红回忆鲁迅，几乎是贴着事实本身写的，这样，一个性格特异的鲁迅生活形象就跃然纸上了。写一个人，用他的行动、态度、处事、待人的细节来展现，是写好文章的关键之一。但是你要学会分类——态度、性格、处事、工作，分开来写。

延伸阅读

林语堂《鲁迅之死》。

编末后记

这一编选入六篇纪念性文章，风格各异。每一篇的文字风格、叙事风格，都极其鲜明，可谓文如其人。你不会把林徽因和萧红的文风混淆，也不会把徐志摩的文风和夏丏尊的混淆。只有陆小曼的文字略乏个性，但她写到泰戈尔第二次访华，是一篇重要的记录。

这里选入的六篇文章，有两篇是纪念徐志摩的，一篇是徐志摩写托马斯·哈代的，这样一来，就有三篇跟徐志摩有关。

对于中小学学生，我针对性地提出一个"深阅读"的概念，小读者在尽可能少的时间内，学会分类式阅读，把同类内容文章尽可能找来学习，然后顺藤摸瓜深入学习，慢慢扩展为一个系统的知识。

"深阅读"的理论是"一本书、一名作家、一个时代"。这算是我提出的新概念。

我们处在信息爆炸、印刷品过分丰富的时代，不可能再如"文艺复兴"那时来个"百科全书式"阅读。现在的知识含量远超文艺复兴时期千万倍，每一学科门类的纵深，都是无限的知识累积。一名学者，能在自己的学科门类里深入下去，到了少有人到达的境地，就是大家了。如能在此基础上，推出新理论，那就是划时代的大师。

互联网+人工智能时代人类知识呈现指数级加速上升状态，知识，真正地成了浩瀚的海洋。因此，学会分类式深阅读，做某类知识的小专家，就特别重要。

以徐志摩为例，读完这三篇文章，还可以去找其他作家纪念徐志摩的文章来读（"延伸阅读"部分就有很多），那么你对徐志摩就有更多了解，比泛泛而读的读者，要懂得多。接着继续找徐志摩的诗歌和散文来深阅读，纵向深阅读就拓展到了第二层。再接着，可以阅读专业人士写的徐志摩传记、徐志摩评论等。第四层是疯魔级别，花费更多的时间和精力来研究徐志摩及关于他的一切，一般读者无须达到这个层面。这时，可以寻找与徐志摩相关的朋友的作品来读，如林徽因的、梁思成的、胡适之的、沈从文的。甚至沿着徐志摩走过的路线，去美国克莱克大学、哥伦比亚大学寻访他的行踪，去英国伦敦政治经济学院、剑桥大学，感受他的学习状况。重走徐志摩走过的草坪、小道、河岸，按照他在散文中提到的名字——寻找国王学院、三一学院、克莱尔学院等建筑的影子，并且如很多人那样去寻找奈何桥，甚至在下雨时，浑身湿淋淋地去等待那个彩虹的重现。自然，流畅背诵《再别康桥》，是资深"摩丝"之必备神器……

特别喜欢萧红的读者，要把萧红所有的作品都读了，要知道她的籍贯是黑龙江省呼兰县（今哈尔滨市呼兰区），知道她的曾用笔名悄吟，她和萧军认识的那个旅馆在哪里……这样，你基本就是发烧级"红粉"啦。如果你积累到一定程度，决定提笔来写一篇关于萧红的论文，甚至写一本关于萧红的书，你就是"专家"了。

深阅读，是聚集相关的文章、材料，纵向积累，形成有效知识层积的过程。碎片化的阅读不能有效累积知识，更难以提升一个人的内在修养。那些转瞬即逝的信息可以消遣，却不可以成为有效的深知识——专门研究信息传播的传播学者或许可以除外。

这些纪念文章，每一篇末尾，我都写有简明的"导读"，帮助大家学习不同作者的思想风格和语言特征。

纸质阅读，是最有效的深阅读方式。其他如看电影、看连续剧、看演讲视频或慕课[1]，都只是一种情感和知识的碰撞、激发，是情致和视野的开拓。甚至，是某种心灵的碰撞，但是还不能形成有效的知识积累。因此，即使是观看电影，资深的影迷，还是需要借助专业书籍的阅读，真正深入到某一门类电影底层，才能真正了解这些电影的前世今生，来龙去脉和精华所在。也唯有这样，才能成为真正的专家。

以"深阅读"的方式，积累某一种深知识，再加以消化输出，对写作和表达，帮助很大。

2020年6月9日于多伦多

---

[1] 慕课（MOOC），即大规模开放在线课程。

第三编 记忆故人

写朋友的散文可以从不同角度出发，也可以有各种不同的情感。

朋友包括故友和健在的友人。故友的一切都是过去时，他们和时代的关系、冲突，他们的性格特征，都很鲜明。他们的命运也是已定的。从已经确定了的命运出发去想、去写，感觉是不一样的。那是写过去的事。而写一名正在生活着、变化着的友人，落笔和感觉又有不同。一名正在生活着的友人，他今后的人生可能还会变化，而且这种变化不一定能从人物性格中推知。因此，写这些友人时，细节的选择和性格的判断都要慎重。

本编选择的三篇文章，都出自文章高手，严锋、张辛欣、王璞也都是我熟悉的学者和作家朋友，他们的写作、文风和为人，我都很熟悉，选择他们的作品时，我是选之又选，可选择的好文章太多，每一篇都舍不得放弃。

每一位的文章，我都选了四五篇，选出篇目后又反复比较斟酌，最终定下现在的篇目。并不意味落选的不好，而是限于篇幅忍痛割爱。

《好声》写一位发烧级耳机DIY方面的大神级人物。作者严锋也是资深耳机发烧友，可谓行家，因此写起来轻车熟路。作者深入了这个普通读者不一定熟悉和关心的特殊世界，呈现出一个沉醉于自己天地中的专业技术人员的各种令人惊讶的美好。我之前对此行业也很陌生，读了严锋这篇妙作，忍不住叹绝。

《零消费主义者凯瑟琳》是一篇极为独特的作品，作者张辛欣是20世纪80年代中国的风云作家，兼导演。后来她去了美国，长期生活在美国，对那个国家有了很深的体会。她笔下的凯瑟琳是美国一位环保主义者、生活极简主义者。然而，她的自我选择，以及由此带来的困窘生活，并没有影响她父亲——一位文学教授，对她保持着的令人感动的爱。这个世界的爱，似乎更加深沉。

《孙桂琴》则是作家王璞对自己年轻时代身处困苦时期结识的一位小伙伴的深情回忆，我每次读这篇文章都被深深打动。

这些文章都是文字生动、叙事自然、情感真挚、表达准确的好作品。

好 声

严锋

作者简介

严锋，男，江苏南通人，生于1964年。复旦大学中国语言文学系教授、科学杂志《新发现》主编。1982年考入复旦大学中国语言文学系，1986年随贾植芳教授攻读比较文学专业硕士学位，1991年随贾植芳教授攻读中国现当代文学专业博士学位，1994年留校任教至今，其间曾做过国外多所大学的访问学者。严锋教授兴趣广泛，涉猎丰富，是资深电子阅读器发烧友、电脑游戏资深玩家、天文爱好者、音乐评论家、音响器材发烧友。著有《雕虫缀网录》《感官的盛宴》《瘾的世纪》《现代话语》，译作有《权力的眼睛——福柯访谈录》《三人同舟》等。

在一个喧嚣纷乱的世界中，静静地寻找自己想要的声音。

一

电影《无间道》里，梁朝伟与刘德华的第一次见面是在一家音响店。他们之间有一段经典的对话：

华仔：请问，有没有人啊？

伟仔：什么事啊？

华仔：哦，没有没有，我想试试这个。

伟仔：你用什么喇叭？

华仔：没有，有什么好介绍？

伟仔：这部，标准的港产货，一万多，加上一千多的本地线，抵得上十几万的欧洲货，高音挺，中音纯，低音沉。总之一句话，就是通透。来，过来。

音乐声：（蔡琴《被遗忘的时光》）

伟仔：感觉到没有，就好像在你面前唱一样。

华仔（从一边拿了另一个喇叭）：来，你试试这个，听老音乐呢，用这个比较好。

任何一个音响发烧友看到这里，相信都会别有一番滋味在心头。音响，如同影片里黑帮贩卖的毒品，一旦沾上，就会变成一种《无间道》主人公之间的那种宿命。在起步的时候，也许仅仅只不过是数百元的WALKMAN或MP3，终点呢？没有终点。从整机的CD、功放、喇叭、信号线、电源线，一直到机子里的保险丝、电位器、电容、电阻，每一个环节都有不断升级和无穷折腾的余地，以满足耳朵对声音的越来越夸张的欲望。花几千块钱买三只木头钉子，垫在CD机的下面，这会被视为非常理性的行为。香港的烧友，用超导材料做信号线，价值一百多万港币。梁朝伟向刘德华介绍的那万把块钱的器材，在老烧的眼里只能是个笑话。看来，长在身上的任何一个感觉器官，只要给它一线机会，就会孜孜不倦地寻找有效突破。

我也勉强可以算个半吊子音响迷，属于音响发烧群体中的一个子集：耳机发烧友。不要小看这支队伍，它应该是今天发烧友中最活跃、发展最快的一支队伍了。也不要小看小小一副耳机潜藏的巨大能量。德国森海塞尔公司出品的奥菲斯耳机，连原配的耳机放大器在内，价值二十万人民币。据一位听过的朋友说，他用奥菲斯耳机听贝多芬的第九交响曲，那个声音一出来，他的眼泪也就跟着出来了。音响界著名人士、台湾权威杂志《音响论坛》总编刘汉盛先生写过一篇广为流传的文章，叫《以耳机为师》，他说："并非语出惊人，耳机的音质更美更正确。"

我很相信弗洛伊德的那个看上去既粗糙又荒诞其实却深刻无比的"原初场景"理论。冤有头，债有主嘛。成人以后的一切，从不良嗜好、强迫行为到各种变态的性取向，统统可以追溯到童年的遭遇。就本人而言，对声音的迷恋，可以清晰地定位到1975年我在南通县五窑公社小学读四年级时候的某一天，一个同学从家里带来一本叫作《矿石收音机》的书。不要小看那个时候的农村，也不要小看那个时候的小学生。我们相互换看的书，从《林海雪原》《关于胡风反革命集团的材料》到《计划生育手册》，品种相当齐全。这本《矿石收音机》里面讲，到中药店里买一种叫作"自然铜"的药材，用一根细针顶住，一头接一根天线，另一头接耳机，就可以听到远方电台的广播。天下竟有这等神奇之事？天线在铁叉子上绕两圈就可以了。"自然铜"用几块水果糖的价钱就可以买到，困难的是耳机，实在是难找啊。就在我四处打听，几陷绝望之际，有个同学竟然主动找上我，向我出示一只百裂千创、里面的线圈都暴露在外的旧耳机。我想都没想就掏出了自己收藏的所有宝贝（大致包括弹弓、火柴枪、钢珠、香烟壳子等），把它换为己有。

我的第一只矿石机不太成功，声音轻得像蚊子一样，可是我第一次听到的时候，还是激动得浑身发抖：这是从天上传过来的声音啊，远隔千山万水，没有形状没有味道，可是我竟然用自己的双手把它捕捉到了。这样的第一次，这样的成就感，一生当中能有几回？其实即使是用今天的眼光来看，当年最原始的矿石机的声音也还是有它极端HIFI的一面，因为不用电源，没有放大，失真度比今天最高级的音响都要小。

1976年，我父亲平反恢复名誉，那一年暑假把我放到南京章品镇伯伯家里。我已经读过不少《少年电工》《少年无线电制作》之类的书了，可都是纸上谈兵，没有钱，没有零件，一切都无从着手，而心中的渴望却被一知半解的制作原理和线路图刺激得更加旺盛。那时候南京夫子庙有个电子元件市场，我每天都会冒着酷暑从鼓楼青云巷走到新街口，去夫子庙瞻仰我心中的神灵：电容、电阻、二极管、三极管、磁棒、变压器。无限向往，无限期待，无限无奈。我没有能力在夫子庙买任何一样零件，因为我没有一分钱。

后来家搬到南通城里，经济条件有所好转，我陆续添置了万用电表、电烙铁和各种电子元器件。我从单管来复再生机、双管机，一直做到七管超外差收音机，那个阶段我整个人生所追求的目标是:怎样把声音弄得更响。

成年以后,迷上音乐的同时,我也结识了一些音响发烧友,非常惊奇地发现与我年龄接近的发烧友几乎毫无例外都是小时候从"矿石机"起步,然后是单管机、双管机一路做上来,最后陷入HIFI的泥潭。我们这些人,只要一说起2AP9、"啸叫"、"推挽输出"这些古旧的术语,就会呼吸变粗,眼睛闪闪发亮,仿佛是对上了黑社会里的江湖切口,终于找到了失散多年的同志。按理说,HIFI是全世界共有的热潮,比如大名鼎鼎的李欧梵先生就是一位发烧友。但是我们中国大陆的HIFI客都有如此共同的前HIFI的土烧经验,这就是普遍性中的特殊性了。或者说,可不可以算是全球化中的地区性差异?我们当年迷恋矿石机,正是精神和物质都极度贫瘠的年代,很多地方都像极了中世纪。可就在那种闭关锁国的形势下,一群群的孩子,用他们省下来的硬币,捧回来一块块的"矿石",在晾衣服的架子上装起天线,痴迷地捕捉着来自天空的一波波微弱的信息。你也可以说这是贪玩,也可以说这是HIFI的萌芽,也可以说这是知识探究的本能,但我更愿意说那是一种对天空和声音的永恒的渴望。

二

我做收音机,和父亲的支持也是分不开的。其实我父亲自己也可以算半个音响发烧友。当然他自己是决不承认的,因为他是所谓的"音乐发烧友"。此类"音乐发烧友"多认为自己重精神不重物质,重音乐不重器材,甚至会对所谓的"器材发烧友"产生偏见。但是他就亲口告诉过我,"文革"前在福州的时候,他一共买过五只电唱机。后来被开除党籍,下放劳改的时候,竟然不知死活,把其中的一只剥掉外壳,剩下机芯,藏在纸板箱里,带到了农村。他自己回忆的时候也说这样做真是疯了,因为所有的唱片(将近一千张)都已经"处理"掉了,空留着机芯又有什么用呢?

"文革"一结束,他立刻故态复萌。韩国有一个短波台,每天有七八个钟头的古典音乐,他为此买了一只当时最高品质的"海燕"收音机。光听一遍是不过瘾的,于是又买了一台上海录音器材厂的601型盘式录音机,一个在当年骇人听闻的奢侈品,要四百多元一台(那时候平均月工资也就几十元)。为了整理录下来的节目,竟然又去买了一台一模一样的601。

再过两年,街上开始出现所谓的四喇叭立体声收录机。父亲去老朋友家听过一次之后,心里滚上滚下的,不能忘怀。终于,在辗转托人之后,一台夏普AP9292从厦门走私者那里来到我家。那天晚上,父亲基本上没有睡觉,他半夜里爬起来把随机的试音带(一些火车的声音和"绿袖子")听了一遍又一遍,完完全全被那机器上大大小小闪烁跳动的红灯和两尺宽的"立体声"给彻底迷住了。我还记得该机的一些参数,比如说性噪比是50DB,这在当时已经相当可观了。韩国电台和601们完全失宠,一台送给我表哥,另一台随着笨重的磁盘被我扛到了大学的寝室,成为室友们天天诅咒的对象,最后竟不知所终。

但是,父亲的音响"发烧",在此后的十几年中就定格在这台夏普四喇叭收录机上了。补发的工资逐渐被书籍、磁带和家用耗尽,当物价开始起飞的时候,他的退休金就更加跟不上形势了,要到1994年,他才拥有了第一台CD唱机——还是Walkman的,只能用耳机来欣赏!因为过度的使用,那台夏普收录机后来的模样惨不忍睹,几乎所有按钮都已歪歪斜斜,机壳由原来的银色变作漆黑——感谢他在家里伺候了多年的蜂窝煤球炉里发出的煤气。

他周围有几个朋友逐渐开始拥有真正意义上的发烧音响。他们知道他非常迷恋音乐,总是热情邀请他去他们家中欣赏。或者,干脆愿意把音响搬到我家中来给他听。对此他一律严词拒绝。他说,害怕听了以后没法再听自己的设备,那就糟了。我想,这就暴露了他并非真正的"音乐派",因为真正的"音乐派"应该是无所畏惧,无视一切器材的存在的。也许根本就不存在什么真正的"音乐派"?

这时候,他成名了,在七十岁左右的年龄,因为一本叫《乐迷闲话》的小册子和《读书》杂志上"如是我闻"的专栏。我呢,也已经工作了两年,小有积蓄,咬咬牙齿,到苏州河边的国际音响广场买了一台英国的剑桥功放和一对加拿大的丰韵音箱,总共花了四千块钱。十年前这对工薪阶层来说实在不是一笔小数目啊。那时候我力气也比现在大，一口气急匆匆扛回南通，孝敬老爸。当时恐怕也是意识到像他这样国家级的音乐爱好者，如果再接着听收录机和随身听的话，会对国家名声有所不利。至于CD机，我实在是无力购买了，在那一刻，我已经为国为家用尽了自己全部的力气。

三

我的音响发烧，从耳机开始，最终又回归耳机，这应该也是一种宿命吧。曾经有一段时间飘零在外，考虑到回国时的携带问题，就把目标锁定在轻便之物上。那时候周末常去秋叶原的一些音响店逛，那里摆着各式各样的耳机、随便听。一开始我很惊奇有些耳机竟然能卖到上万元人民币的价格，但是一听之下，也就理解了。它们值这个价。最后，我买了一副SONY的CD3000，算是SONY的次旗舰耳机，在它上面还有R10，那就是可遇而不可求的名器了。

这是我耳机发烧的起点，也是后来无穷折腾的开始。因为要让耳机发出更美更正确的声音，不是一件容易的事。这里面有档次的问题，风格的问题，匹配的问题。比如我最初买的CD3000，名则名矣，实在不适合听古典，低频太强，高频太亮，有失平衡。我换来换去，最后换成森海塞尔的HD650，这才是听古典的耳机。但是，事情还远远没有结束。还有一个重要的环节，就是耳机放大器的选择和配置。一般的CD机、MP3播放器或声卡都难以提供足够的电压和电流来驱动耳机，需要所谓的耳放来产生对耳机的推力和控制力，以获得较为理想的声场、动态、解析和三频（高频、低频、中频）。一台优秀的耳放，在国外动辄上千甚至上万美元。国内的耳放市场也是名目繁多，令人眼花缭乱。在追寻终极耳放的过程中，我逐渐开始接触到一个庞大的、疯狂迷恋耳机的群体，在这个群体中，有一个闪闪发光的名字：叶立和他的8P系列耳放。

这是一个近乎被神话了的人物。他的制作涵盖发烧音响的众多领域，包括解码器、电子管功率放大器、耳机放大器、电源净化器等，在每一个领域的作品都取得了辉煌的名声，被称之为"神器"。拥趸们甚至在网上专门为他设立了论坛。但是，听他的作品的人并不多，能有幸拥有的人就更少了。原因很简单，叶老师的作品是不对外卖的，只提供给极少数他认为值得拥有的人。

在国内某著名耳机论坛努力打拼两年多以后，我终于搞到了一台叶老师亲手制作的8PR耳机放大器。我甚至赢得了一个耳烧界的高层人士的信任，通过他牵线搭桥，在一个冬日的下午，我敲响了叶老师家的门。初一照面，我简直不敢相信自己的眼睛。传说中的叶老师，是一个饱经沧桑、德高望重的老人，而我眼前站立的，却是一个满头黑发、英姿焕发的中年人，亲切、和蔼、温润的笑容中蕴含着高华的气度。但是，传说是对的，叶老师告诉我，他确实已经到了退休的年龄。

环顾四周，我的疑惑立刻被敬畏和艳羡所替代。小小的屋子，朴素简洁，没有时下人们追逐的任何时尚的痕迹。但，这是一座确凿无疑的宝库。所有我们在论坛上好奇的、传闻的、争论不休、可遇而不可求的那些叶氏作品，都随便地散落在各个角落：冰箱旁、餐桌下、书架上。他的工作间，也就是听音室、会客室和卧室。工作台上堆满零件、工具和各类测试仪器，还有那只有着茶垢、上书"为人民服务"的搪瓷杯，其照片曾在网上广为流传。床边上是两只硕大无朋的High End级别的B&W801音箱，其尺寸与斗室的大小完全不成比例。一代名机马兰仕CD15，在这里只能当转盘，输出数码信号，通过叶老师自制的8C解码器，输出到自制的作为前级放大器的8PR，再接到自制的四分体8A后级放大器。

这个8A，我没有见到前就很熟悉，早有网友多人被它惊倒，堪称叶老师登峰造极的怪兽级作品，每个声道单独放大，单独供电，所以需要四只巨大的机箱，里面用到的电子管，数都数不清（要知道市售的高档胆机，一般也就用数只电子管而已），耗电超过一千瓦，冬天可以代替取暖器，夏天则经常必须休息，因为与空调一同开的话，家里的供电会跳断。

不能忍了，立刻就开始听吧。叶老师拿出一只奥地利AKG公司出品的K1000耳机，插在令人难以置信的8A上。这K1000也是一只充满传奇色彩的耳机，不是因为它的价格（现已绝版，市价八千元左右），而是因为它出奇地难以驱动，难出好声。K1000阻抗为120欧，灵敏度仅有76db/mw，一般的耳机放大器根本无法将其制服，出来的声音干涩、单薄、绵软。然而，一旦驱动成功，其品质极为优异。所以，耳烧友们对K1000都是爱恨交织，视为畏途，又难以抵御它那强大的诱惑。叶老师的8A推动的K1000，早被人们评为难以超越的绝配，真实的效果又如何呢？

当场放的是一张小提琴家穆特的名碟，《卡门幻想曲》。穆特不是我喜欢的演奏家，第一首《流浪者之歌》也不是我喜欢的音乐。可是那个声音一出来，我心中一片空白，剩下的唯有难以言表的震惊和感动。刹那间，耳机消失了，8A消失了，只有音乐在流动。我还能够听到穆特的手臂在上下挥弓，她的身子在前后摇动（叶老师后来告诉我，这不是幻觉，而是多普勒效应、高次谐波的成分和相位等因素综合形成的效果）。毫不夸张地说，这是一种比现场还要现场的感觉，因为穆特不是在遥远的舞台上，而是在我的眼前。那种灵动的感觉，那种鲜活的印象，那种声音造就的虚拟现实！不要说在中国，就是在全世界，又有多少人听过推到这种程度的K1000？

不能再听了，否则回家后会无法面对自己的设备（父亲永远是正确的！）。我得提醒自己这样的耳放世上只有一台，那是不计时间、不计心力、不计成本的概念作品。放下K1000，回到现实，我如梦初醒，心有所失，一片茫然。

四

叶老师告诉我，他从20世纪50年代，小学四年级的时候就开始迷上无线电。那时候考试很少，学生负担不重，学校里有各种兴趣小组，鼓励孩子们的业余爱好。也因为这个爱好，他一鼓作气考上了南开大学的物理系无线电专业。毕业后分配到电子部北京无线电专用设备厂。这是个军工企业，一个车间就生产一个产品，叶老师后来做到车间主任。这主任非同一般，手下有三百多号人，从设计到生产加工的所有程序都在里面。他们专门生产控制导弹发射车角度的装备，做的时候还不知道那是个什么东西，等到后来看国庆阅兵才恍然大悟。干了二十年，他对电路、电器设备、自动控制的各个环节了如指掌。我想，这恐怕也是为叶老师后来的音响DIY打下了充分的技术基础。叶老师的作品整体感强，这也同他当年统筹全面掌握生产环节的经验有关吧。

叶老师结婚的时候，他母亲给了两千块钱，对媳妇说，存着，利息给叶立玩无线电。那时候利息高，每年有一百多块钱。其他方面，抽大众烟，喝便宜茶，就尽量省吃俭用啦。他买来喇叭纸盆，自制音箱，自己设计和制作放大器，家里的收音机和电视机也全是自己动手做的。到20世纪70年代末，也就是差不多我父亲购入夏普录音机的同时，叶老师以他自己的方式与我父亲殊途同归了。他弄到磁头，自己设计电路，做了一只小砖头机，后来又升级到立体声磁头和立体声放大器。

20世纪80年代中期，北京图书馆扩建，叶老师被调进去，分配到音像资料组。他自嘲在里面是个高级打杂，从设备维护、会议扩音、采编、咨询、外事活动、现场录音，什么都干。遇到某些关键时刻，更是非叶老师不用。比如中央领导来开会讲话，音响系统是绝对不能出一点差错的。馆长说：老叶掌握得好，领导不挑刺。在北图，叶老师近水楼台，把世界音乐史、唱片史、音响技术史细细捋了个遍。

对于耳机和耳机放大器，叶老师坦言接触较晚，也经历了一个认识的过程。最早是在1995年，看香港音响杂志，介绍美国HEADROOM公司出的电池耳放，很迷你的形状，接随身听用。当时很奇怪：耳机直接连到音源不就能出声吗，要耳放干什么？很好奇，想看看效果到底怎么样。再看那篇文章，里面说电子管做的耳放效果更好，也更昂贵。好吧，那就先做电子管的吧。用的是EL42的管子，给自己的作品随便编了个号叫TA26，完全自己设计，也没什么参照。然后自己买了个耳机，森海塞尔当时的旗舰HD580，一听之后，果然觉得声音很不错。朋友听了也喜欢，就帮他们也做，但是EL42的管子不好搞，就换成EL91。

在音响界大刮复古风，无"胆"（电子管）不欢的今天，某些20世纪五六十年代生产的古董电子管成为发烧友疯狂追逐的对象，有的一对就被炒到上万元的天价。叶老师也是电子管的终身爱好者，但是他使用的电子管其实都相当普通，并不难找，价格也相对平易近人。但是他对管子的参数和配对值要求极高，尽可能要挑选同一时期、同一批次的产品，以保证其老化程度的一致性。通过仪器精心检测，一大堆的电子管挑选下来，只有极少数能够满足他的苛刻要求。

这样的制作理念，当然就与批量生产无缘了。网络上对叶老师最大的批评，莫过于他不愿意把自己的作品推向市场，不能造福于更广大的音响发烧友。这真是对叶老师的莫大误解。本来他搞音响就不是为了卖钱，而是为了满足自己的好奇心，探究声音的可能性。在设计上，他几十年精研OTL电路，独树一帜，在圈子里被称为"OTL教父"；对于元器件，他千挑万选，决不妥协；在制作上，他完全靠自己的手工，精工细作，根本不考虑时间的成本。这样搞出来的作品，想要不好都难，但这也就注定难以满足大家的需求了。

叶老师基本上不用昂贵的元器件，也就是许多发烧友津津乐道的所谓"补品"。他相信这并不是好声的关键。据叶老师说，这也是受到中医的启发。1990年，他得了类风湿，这个病很不好治，家里找了个姓刘的老大夫，这是北京中医界泰斗级的名医。中医把类风湿看成是冷热寒湿不调，他的治法就是慢慢来调整，都是很普通的药，一次也就用一两味。有一次他开一大包，叶老师问他怎么熬，老先生说，把洗脸盆刷干净了就行。这就是因症施药，而不是乱补一气。这对叶老师后来选配元器件影响很大。

叶老师不迷信补品，但是重视物理学基本定律，在设计和制作的时候，努力使元件的排列符合这些定律的要求。假如把8PR的盖子打开，可以看到里面的线都捆得结结实实的，边上有白色的信号线，用塑料夹子固定住在机壳上，这也是从物理学的基本原理引申而来的。根据最原始的电磁转换原理，变化的磁场产生电流。机器里一通电，这么多的线周围都有磁场，一旦出现颤动的导线或震动的元件，就会有电流。这电流可不是唱片产生的信号电流，而是干扰。导线捆起来，不光是好看，这里面有科学，是减少噪音和失真的手段之一。

这样的做法是拼工夫的事。批量生产的商品机就不一定舍得这么干，因为必须考虑时间成本和效率，质量当然就难以保证了。在很多现代化的行业里，最精细的工作还是要手工来做，汽车制造业里顶级的劳斯莱斯，至今仍是纯手工操作，一台散热器需要一个工人一整天时间才能制造出来，然后还需要五个小时对它进行加工打磨。人性的因素和科学原理不是对立的，在高级音响的领域，物理定律往往需要精细的手工来得到贯彻。

不错，这样说来，在一个高度自动化的时代，我们的双手还没有被万能的机器完全超越，这还是颇为令人欣慰的。看来，人们对手工制品的迷恋也并非仅仅出于一种怀旧的心态。在音响发烧领域，有一个非常奇怪的现象，那就是怀旧的情绪格外浓烈。不仅是怀念过去的音乐和演奏，也是怀念过去的技术和器材。这乍一看简直不可思议，在一个高科技日新月异、无所不能的时代，我们使用的音响器材难道还不如五六十年代的老古董？老烧会斩钉截铁告诉你：晶体管的声音不如电子管，CD的音质不如LP（黑胶唱片），而人手一只的MP3播放器，更是CD的一种堕落（所传达的信息被大幅度压缩）形式。这纯属新一代技术九斤老太的悲鸣，还是反映了一种深刻的现实？

对此，叶老师提供了非常有意思的解读。他说，早期的电子器材，比如电子管，更从物理学的基本原理和基本定律出发。那时候的电路依据的是电动力学。在此基础上衍生出的器材制作，应该说是和那些最原始的定律最接近。后面出来的东西，则变成参量接近。比如说，电子管中电流的形成，来自电子在真空中的运动，这是比较原始的电流方式。后起的半导体就不一样了，是依靠自由电子和空穴两种载流子导电的，也可以说这是一种更"先进"的电流方式吧。晶体管是对电子管的一种替代，效率高，成本低，但晶体管并不能完全模拟电子管，更不能完全超越它。

从LP到CD的"发展"也是如此，LP是对声音震动的直接记录，也可以说，它与真实的声音有着最原始的联系。CD呢？技术上是"提高"了，但增加了一些数/模转换的环节，其实是离开原初的声音更遥远了。LP是模拟的，因而是连续性的。CD是数码的，也就是非连续性的。从理论上说，LP携带的信息量要比CD更大，所以LP的声音要比CD细腻，高档LP播放机的高频频响极限几乎是CD机的两倍。引伸开来说，这里面甚至还有文化上的意义。为什么现代人如此急切地要怀旧？为什么他们总是谈论"回归"？为什么要弄出一波一波的"寻根"热潮？为什么在哲学上会有"回到事物本身"的命题？技术，使我们更加接近事实真相，还是不断远离世界的本原？

这大概也是叶老师始终坚守电子管的原因之一。他说自己从小就和电子管打交道，折腾了几十年，对它的脾性算是摸得比较透了。另一方面，他又有一种好奇，想看看这些20世纪的老古董身上，是否还有可以继续挖掘的潜力。确实，胆机（电子管机）的声音既醇厚大气，又宛转雅致，有一种难以言喻的华美和光泽，也可以说那是一种温暖阳光、非常人性化的声音吧。在一个廉价的"数码声"日渐泛滥的世上，人们怀念和重新追寻那种更加自然的"胆味"或者说"模拟声"，也是情有可原的。也许是和"胆"们相处日久的缘故，我总觉得叶老师身上也有一种"胆"味，人"胆"相照，莫逆于心。那是一种沉着自然的气质，一种与时光相互守望的毅力和决心。在和叶老师交谈的过程中，他反复提到"最基本的""最直接的""最原始的"这样一些词。我想我应该是弄懂了他的意思。叶老师设计制作的电子管机，已经达到一个公认的高度，但他始终是一个真正自得其乐、超越功利的DIYer，他依据的是最基本的物理学原理，使用的是最普通的材料和工具，与自己的作品之间当然更是最直接的亲手制作的关系。也许，就在这些最纯粹的关系之中，他获得了最良好的心态，这也是他看上去显得如此年轻的原因吧。

一个人，无视时代大潮的奔涌，在一个喧嚣纷乱的世界中，静静地寻找自己想要的声音。他得到的是安宁，听见的是幸福。

> 导读
那是一种对天空和声音的永恒的渴望

《好声》这篇文章有一个独特的描写对象:"耳烧界"的大神叶立。

严锋教授是擅长写散文的。对于"大神",不是直接描写,而是先从自己的经历和经验开始,从自身对音响器材的熟悉和对音乐的欣赏理解写起,让读者知道,他本人就是一个行家,而且是相当的高手——20世纪70年代还是小学生时就已经是矿石机的资深发烧友了。

证据之一,小学时代就自己动手制作"矿石收音机";

证据之二,有一位国宝级音乐评论家的父亲;

证据之三,对耳机如数家珍。

过去大官出巡之前,都有差使锣鼓开道,渲染气氛。金庸的武侠小说里,真正的绝世高手很少一开始就出现,通常是那些武功一般的江湖人士先在什么山、什么峰、什么洞、什么庄,拳脚相加,扭作一团,斗得难解难分,然后高手出场,摘一片叶子扔过去,那些使蛮力的人士纷纷倒下。《天龙八部》里,无量洞和七十二岛主就是这样斗殴的,但他们玩命地打斗,是为了从天山童姥的使者那里得到解药。然而,解药是什么呢?不是各种中药熬制的药丸,而是使者用手运功凝水成冰……这简直太坑爹了!天山童姥还没有亲自出马呢,这些人就已经斗得天昏地暗。

这是大神出场的一种经典方式,最经典的是长篇章回神魔小说《封神演义》,没有读过的同学赶紧读一下,该小说里顶级的五位大神:太上老君、元始天尊、灵宝天尊、接引道人、准提道人,是最后才出场的。一开始,都是一些小仙小怪在斗法。

运用武侠小说的写作技法,是本文的特色之一。

文章以电影对白起首,情景独特,分析也顺水而下,一下子就把发烧友的概念说得通通透透:"长在身上的任何一个感觉器官,只要给它一线机会,就会孜孜不倦地寻找有效突破。"

其中一段，严锋教授写了很多发烧友才懂的专业术语，用以表明作者究竟有多资深。从写作来说，把自己的能力、底牌、位置先定位好，这很重要。接着去见更牛的人，发现一山还比一山高，这样才有基础和底气。不然，双方就缺乏交流的基础。

另外，严锋教授的父亲辛丰年是著名的乐评家，他当年撰写的《读书》杂志上的专栏"如是我闻"影响巨大。这样的家传，使得严锋教授既有器材发烧友的硬件嗜好，又有"音乐派"的音乐修养。

严锋先生先把自己渲染成一位小学就做"矿石收音机"的骨灰级玩家，又有著名痴迷派国宝级音乐评论家辛丰年先生的家传，看起来完全可以行走江湖，打遍天下无敌手。然后他话锋一转，写在国内某著名耳机论坛打拼两年多之后，才得到"耳烧界"一位高层人士的信任，通过他牵线搭桥，有机会登门拜访"耳烧界"大神。这就是"一山还比一山高"。

把人物传记写得跟武侠小说似的，这也是一种高明。

如此这般自我"发烧级"定位，由他来写发烧友中的大神叶立，太合适不过了。下面，有请大神隆重登场。

高手出场，得先写他活动的场所，渲染气场到了"疯癫"的程度："耗电超过一千瓦，冬天可以代替取暖器，夏天则经常必须休息，因为与空调一同开的话，家里的供电会跳断。"

再介绍大神出身不凡，经历不凡，有各种高级"养料"喂着。这是给"大神"继续"贴金"，非有不可的"生涯传奇"介绍。然后继续深入写大神的专业、钻研、痴迷和敬业。不计成本、决不妥协和纯手工制作，是叶立大神的种种标签。

从音响器材回归到对人性、对真实、对自然的追问。也不一定要都同意，而是看看作者怎么思考问题。比如，我就是"向前主义"者，不是"向后主义"者。虽然显得简单粗暴，但是我紧跟潮流（流行什么就用什么，不跟潮流作对），自然而然，也乐在其中。这是我的观点。

什么是幸福？叶立先生的自得其乐，是幸福的一种。

感谢互联网的飞速发展，六年后再校对这篇文章，我在苹果手机的"音乐"里找到了严锋教授提到的在叶立大神家听的小提琴家穆特的那首小提琴曲，戴上苹果无线耳机听起来了。我不通音乐，也没有大追求，这个小耳机就够好了。

严锋教授写这篇文章，好就好在他本人就是一位音响发烧友，常年浸淫于此；另一个好处是，他是文学教授，长于文字表达，并且兴趣广泛，涉猎广博，可以说是老顽童般的人物。

合适的人写合适的文章，这也不常有，所以，好文章不常有。

思考

一个人能有自己独立的爱好，且不受外界影响去追求，并自得其乐，是一种幸福。你的爱好是什么？

延伸阅读

严锋《感官的盛宴》。

零消费主义者凯瑟琳

张辛欣

作者简介

张辛欣，女，1953年生于南京，毕业于中央戏剧学院导演系，曾任北京人民艺术剧院导演。早期代表作品有《在同一地平线上》《我们这个年纪的梦》《疯狂的君子兰》等。1986年出版现代中国第一部大型口述历史作品《北京人——一百个普通中国人的自述》，该书后来被译成十多种语言出版。随后，她开始了海外游学生涯，曾为法国文化部访问学者、美国康奈尔大学访问学者，并最终定居于美国。张辛欣既是作家，也是导演、摄影师、舞台设计师、制景工和数码剪接师。现在，她还迷恋制作多媒体数码书、画连环画。

凯瑟琳和我丈夫斯蒂夫大学时共事，念法学院的斯蒂夫是校刊主编，主修人类学的本科生凯瑟琳是校刊摄影师，脖子上成天挂着相机。三十年前一起做杂志的同学，成了医生、律师、教授、广告商、华盛顿官员；而凯瑟琳，打各种零工糊口，端盘子，给所有本地小报拍照片，坚持拍摄。她熟悉本地每一条小路，熟悉本地每一支小乐队，熟悉色情业和贩毒动态，甚至超过做犯罪案件的斯蒂夫。后来，她把最后一个固定的活儿也辞掉了，对自己说，看连一份职业都没有到底能坚持多久？！

她觉得很幸运，总是有人找她拍点儿什么，挣点儿小钱，她给阔人们拍肖像，阔人照片和捐款钱数印在各种慈善机构的年度报告里，一张阔人捐款照的报酬是六百块。而"野小子"凯瑟琳醉心的是艺术构图的静态树叶，说大自然本身是无数的完美几何。为了得到一幅理想画面，她像猎人一样耐心地观察等待好多天。她使用的照相机还是大学毕业时买的，添一个两千块的镜头对于她来说是要勒紧裤腰带的大件。她完全靠传统相机，用传统暗房技术做效果。而传统摄影，你知道，在人人数码相机的这个世纪，是绝对末路之中。有时候，凯瑟琳饭都吃不上，拿最后一点儿钱给狗买狗食，自己到商场后门扒拉过期罐头吃。但是，凯瑟琳拍出来了，作品上了《滚石》《史密斯学会杂志》《众生相》。她的作品开始有私人收藏了，她有代理商了，一张一米尺寸的照片卖到一千二百美金，代理商拿走一半，她得一半。像美国梦的基本归宿，凯瑟琳终于能为买个小房子支付头款了。

那是八年前，刚好是感恩节。我们总是跟凯瑟琳一块儿过感恩节。斯蒂夫烤火鸡，凯瑟琳做核桃派，我做春卷。从前是在我们家过，那一次特意去她的新家过。家在一个破败地段，斯蒂夫帮着凯瑟琳处理相关法律文件，先去拜访过。那个房子，被房主遗弃很久了，只有小偷和耗子光顾，按照斯蒂夫的形容，那小房子活活就是凯瑟琳，是一片"恐怖的混乱"。

不过，端着春卷走近，我觉得，这里每个细节都体现着洁癖的凯瑟琳，一切在走向新秩序的进程之中。房子前面是一堆锯末山，因为砍倒一棵死去的老橡树，一小段一小段橡木块铺出田园风情的路沿。尽管，一进门我就看到过道的墙皮撕裂，但是破墙被一张全美国森林自然保护区地图遮住一小半。厕所墙上掏着洞，露着龇牙咧嘴的砖头，小偷挖走了闸盒。凯瑟琳把盗洞当供龛，在里面点起带香味的小蜡烛。凯瑟琳把原本是餐室的房间，改成洗照片的暗房，于是我们得坐在地上吃东西。周围堆着她的音响、她的山地自行车、四个废品回收箱，整齐排成一列，严格地分类：塑料、废纸、易拉罐玻璃——象征着秩序的终结。

我们和凯瑟琳的两条狗一起吃，两条狗都是凯瑟琳捡来的，一条是在本地捡的，一条是她去亚拉巴马州国家公园拍摄时捡回来的。两条大狗守在凯瑟琳的左右，凯瑟琳看起来好像埃及墓穴壁画上的女王。而我们吃着，从狗和人类的关系讨论人类社会在"新石器革命"后的大退化。这个对新石器革命质疑的理论，是凯瑟琳念人类学的20世纪80年代出现的。此理论认为，从集体狩猎进化到农业社会，其实是人类种群的极大倒退。"新石器革命大倒退"的理论一出现,校刊编辑部的斯蒂夫们都很着迷。这理论推测说,狩猎期的人类,每礼拜干二十小时活儿足够饱肚子,集体狩猎还有游戏娱乐成分,当人类进入农耕化,看似飞跃,但是,成为农民的人类每天都得干活,靠天吃饭,一场暴雨,一次大旱,一阵虫灾,轻易毁掉一年的辛苦劳作,一年到头不得休息,人类的生活质量其实是大大地退化了。

我联想到这段闲聊,因为那是我第一次听说这个理论。听着长在后工业社会、毫无农业劳作经验的他俩高谈阔论,我觉得这理论和我十分亲近。不仅因为我干过农活儿,是中国农业社会向工业社会过渡的体验者和见证人,我想起我叔叔说的。他一辈子在地里干活,雇农——自耕农——合作化社员——自耕农,每一次去老家看望他,总是在地里找到他。小时候听叔叔跟我叹息,"累得我直生气!"累了要生气?我那时候不明白,年纪越长,我越来越理解了体力劳作(创作也是)和焦虑和忧愤之间的关系。叔叔前几年过世了,但是,这句农人话深深地埋入我的心底。我的农人叔叔不知道这个"农业化倒退论"进而指出,由于农耕让口粮大增,人口的繁殖也大增,于是要生产的更多,以养活更多人口,人类落入自己造下的大陷阱。

记得在凯瑟琳家地板上他俩说道,考古学证明,现代人类身高比狩猎时期的人类身高矮不少,那时候男人平均身高一米八,如今大吃大喝,但是退化指征毫无恢复的迹象。骨骼遗骸分析表明,农业革命之后人类贫血,维生素水平不如远祖,农民要比狩猎者寿命短。我听着心想,后工业时代斯蒂夫偏爱这类考据,因为不想投入早九晚五的中产阶级轮回吧?

而凯瑟琳那时候说,"农业社会起源于人类跟家禽住在一起了,于是各种疾病大大增加,这一切都是你俩引起的!"她双手搂抱她的两条大狗,"人类社会退化到如今,开端是人类驯化了你们狗!"凯瑟琳说着,亲昵地揉着狗脑袋,而狗快意地接受批判。

凯瑟琳从来不求律师斯蒂夫的帮助,除非是为了狗——她经常呼吁斯蒂夫其他朋友领养被人扔的狗——要不,就是为那条她从三百英里外国家公园捡回来的巴蒂。巴蒂十分凶猛,遇到生人狂叫,看到穿制服的猛咬。因为咬女巡警,巴蒂被抓进狗监狱,斯蒂夫代理巴蒂的案子，幸亏女巡警也是养狗人，巴蒂无罪释放。凯瑟琳和斯蒂夫分析说，巴蒂走失之前可能给非法种大麻的人看大麻园地，那个地方有此恶名，"不良少年"巴蒂被人训练见到穿警服的人就咬。下一次，巴蒂把前来查电表的制服女跟警察制服弄混了，又扑上来咬人，又进了狗监狱，凯瑟琳也面临服刑和巨额罚款。狗律师斯蒂夫动用了一串人：狗心理医生、狗训练师等，巴蒂得到保释，但是，巴蒂外出散步时必须带嚼头，凯瑟琳必须在后院安铁栅栏，巴蒂可以在家坐牢。

孤独的凯瑟琳离不开她的咬人狗。我认识凯瑟琳十多年了，她总是一个人，我从来没看到她有女友或者男友，也许她一直在失恋，或者她对两性活动没有兴趣。

我面前的凯瑟琳，无修饰的短发，身体干瘪到无性别，她常年在野外、在暗房独自劳作，人消瘦得好像衬衫里面没有一副身体，要不是脚上蹬着一双厚重的越野靴，我看着她总是怀疑，一阵风就能把她吹走。也许，凯瑟琳在意的、追求的，只是创作。有一次看着月亮，她跟我轻轻说道，人何必为糊口活着？什么都可以不要，只看能不能拍出一点有意思的东西……说的时候，眼中闪着泪光，朦胧追求之光。

这些年下来，穷艺术家凯瑟琳和律师斯蒂夫一直走得近，也因为她老爸和斯蒂夫离奇的"文学关系"。

凯瑟琳的爸爸和斯蒂夫出自同一个波士顿小镇，两代人先后是同一位高中老师的学生，那位普通的中学教书匠，最先发现了女诗人普拉斯（Sylvia Plath），她也是他的学生。接着，中学教书匠启发了凯瑟琳爸爸的文学观察力，继续教着下一代，启悟了斯蒂夫的写作认知。师姐女诗人忧郁自杀了，凯瑟琳爸爸成了文学教授。斯蒂夫在大学玩杂志时，文学教授爸爸到学校看望凯瑟琳，拜访校刊，斯蒂夫还跟他展露狂想，说想当记者，开发新的"水门事件"，把新闻稿写成摇滚乐。后来，凯瑟琳爸爸找到自己高中时的作文，特意给小同学斯蒂夫邮来，想着共同缅怀文学启蒙，然而斯蒂夫已然成了奸诈的律师，甚至能为狗咬人振振有词地辩护！

而凯瑟琳和爸爸一直保持距离，因为爸爸一直不能接受她的生活方式。她跟斯蒂夫批评教授爸爸："一辈子躲在学院当教书匠，这是缺乏安全感的表现，缺乏创作自信！"

2011年的感恩节，还是我们几人一起过，加上凯瑟琳的弟弟里默。我们在背后担心凯瑟琳，不过，吃着火鸡，斯蒂夫只是委婉地问一句业务如何？凯瑟琳口气干脆，"跌到地板！"大家转移了话题。凯瑟琳面临困境，这是不言自明的，她的艺术摄影照片买主不是超级富人，是有艺术品位的中上产阶级，经济大萧条，最先饿死的是艺术。假如，只是凯瑟琳的职业面临危机，你也会想到的，因为全部古典手艺都在消亡中，看看你身边，多少老手艺消失了。不过，在我这边的世界，凯瑟琳的弟弟里默也面临着危机。

里默，曾经跟凯瑟琳和斯蒂夫上同一所大学，低姐姐两级，不是校刊人，但是成天跟斯蒂夫这伙人混，是闷声不响的"跟屁虫"，是那种不善交友的Nerd（宅男）。里默和姐姐一样，也是自由职业者，蹲在家里做网页设计，自学做动漫，接了航天署宇宙飞船动画的活。和姐姐一样，里默也是零消费主义者。他住在小城市，因为小城市的房租低廉，里默消费的全部内容：动漫游戏软件和装备升级，大宗消费还包括收藏经典电影碟，再就是给他的狗买玩具。效仿姐姐凯瑟琳，里默也跟一条大狗做伴儿，而里默走动最近的人类朋友就是姐姐凯瑟琳。每年感恩节，里默开长途车，带着狗，到姐姐这里来过，姐姐没房子的时候，姐弟俩带着狗来跟斯蒂夫和我过节，四个人三条狗的感恩节年复一年，成了传统。然而，经济大萧条来了，美国航天署计划削减了，美国人的登月梦想狠狠降落地面，里默给航天署做的动漫小活儿突然没影儿了，没有收入了。他先卖掉了多台电脑，然后卖掉了电影经典收藏，在感恩节之前退掉了小城公寓，开着车，带着狗，路过姐姐住的这个城市，和我们一起吃了火鸡，继续开车，返回二十五年前的出发地，回到爸爸妈妈家。

斯蒂夫看着蔫乎乎的里默，感觉很酸楚，因为里默这样的"美国孩子"就像他自己，像凯瑟琳一样，当你离开家——离开父母家的时刻，也是成人的标志，再返回父母家是极丢脸的，也是最后的无奈。不过，如今这时候，返回父母家的成年人是这么多，当红脱口秀主持人艾伦正在电视里戏谑说，"你们很多人返回父母家了，是吧？"

电视里现场观众热情响应。"那我给大家一点儿我的体会和忠告（电视里的观众凝神听，电视外的我们也凝神听）：第一，一有机会赶紧搬离！"（观众哈哈大笑）；"第二，有机会就搬离！"（观众大笑）；"第三，搬离！"（观众笑）。我们也都笑了，然后，好像中国你我的饭桌表现，赶紧说，"吃啊，吃啊……"但是，那时我们并不知道，凯瑟琳已经山穷水尽了。

闷头不响的里默一走，凯瑟琳来电话了，说需要斯蒂夫帮助。我们以为巴蒂又咬人了，凯瑟琳说，她的房子眼看就要被银行收回了。

赶紧地，我们上凯瑟琳家去。开车走近看到，有的房子前面竖着银行出售标志，这是这个地段房价危象的明标！斯蒂夫说，这个地段的早期住户是白人，20世纪30年代大萧条时住户破产了，全都逃走了，荒掉了，穷黑人搬入，一直到世纪末经济起飞的时候，雅痞和一度有点儿小钱的比如艺术家凯瑟琳，搬进来了，把地段房价抬起来了，而原住户黑人本来不存在房屋贷款，在刺激消费和房价大涨的普遍幻觉感下，拿拥有的房子当抵押借债消费，在后院修游泳池，买巨大电视，天天吃餐馆，加入豪华船旅游天下，现在，无言的银行出售牌子在哭诉，房价和债务向大家一起塌下来！

凯瑟琳的门锁着，一条狗在后院叫，一条狗在门里叫，斯蒂夫吆喝，狗听出是他，停息了。门上有一张凯瑟琳手写的小条，说"东西"在门底下。斯蒂夫在门垫子下面找到一份快递件。斯蒂夫从里面取出来的东西，是他很熟悉的，他为好多顾客看过这份东西，这是银行收回房子的通知。曾经，通知是由郡治安官亲手送上门，因为拖欠贷款被扫地出门的房主要用法律手段通知。经济大萧条，要送的通知太多了，银行怕郡治安官来不及送到，于是银行改用快递，由房主签收。这份通知标明这座房子被拍卖的日期，一算日子，就是下礼拜。斯蒂夫看着门锁，打凯瑟琳手机。凯瑟琳说，她人在乡间工作室，有一个可能的顾客想买一张照片，她得赶紧做出来，顾客说要去那里取货。

凯瑟琳的举动让我们觉得怪怪的，卖出一张照片能救眼看要被拍卖的房子？！

前几天感恩节见面的时候，这张通知分明已经来了，她一声不吱！闷虫弟弟在这里过夜也没有说到！艺术家凯瑟琳处理现实是太糊涂了！我们赶紧到乡下去找凯瑟琳。这个所谓的乡下，曾经是真乡下，开发成了高级乡下。高尔夫球场、骑马农场、大捆卷草、木仓库和风车。仿古设施围绕古风小镇，维多利亚式房子，房子自然也都是新建的。扩建者的野心被大萧条的洪水阻止了。这里，那里，建了一半的房子袒露着支撑木架。

爬上一座旧楼，在暗房外头我大喊凯瑟琳。听到她应声，等她提着一张湿漉漉的照片出来，这是一张森林照片，做成超现实主义的风格，凯瑟琳不满意，用三色片看小样，再看大片，并且让斯蒂夫和我看，我提醒她说房子，于是这才知道，必须按月支付的房屋贷款已然滞纳半年了，所以银行收回房子了。说着，三人一起慌忙下楼，突然，凯瑟琳停住了脚，并且伸手拦住了斯蒂夫和我。她弯下腰去，跟着她的身和手，我好不容易看到，在楼梯旧木板中间趴着一只褐色小蛾，拇指盖大小。她轻轻拿起褐色小蛾，放在手心里说，"它以为相近的颜色能保护自己呢。"然后，凯瑟琳继续跟斯蒂夫请教房子可怎么办呢！

斯蒂夫说他必须看文件。而那个说要买照片的潜在顾客却始终没有出现。我们必须走了，走之前，凯瑟琳把一直捧在手心里的小蛾子放在砖墙角边，"人就踩不到了。"

我不由叹息："凯瑟琳，你真是佛教徒转世！"

虽然她自己的现实日子明明在末世。

我们一起回凯瑟琳的房子。门前的橡木路依旧，沿路精心种植了草药和香料：九层塔、百里香、薄荷，而房子里面空空的。凯瑟琳卖掉了音响，卖掉了山地自行车，暗房里的放大设备进了当铺。这是她为什么让我们在门外看银行通知，不想让我们看到她的凄惨。

斯蒂夫在空暗房的大工作台前坐下来，仔细阅读凯瑟琳和银行的材料。斯蒂夫说，他可以帮凯瑟琳，用银行手续不够完备当作借口，拖延赎回的时间。"但是，"斯蒂夫看着凯瑟琳，口气冷静地继续说，"从纯技术层面说，这个房子你不值得保留。你买房时借了十二万的贷款，三十年分期还清，八年还下来，总是利息先还的，银行早就算好了，银行不能吃亏，你贷款欠额还有九万多，看一下周围的房价……"斯蒂夫上网，敲入凯瑟琳居住地的邮政编码，查看这里房屋的买卖价位。同类房子在这个地段要价现在才六万，斯蒂夫冷酷地计算，"在这个买主价位上，要减掉百分之十讨价还价，是成交价。这个现在价值五万的房子，欠银行贷款九万多，周围还有被银行收回的房子，什么时候这房子能值回借贷？在这种经济大环境下没有任何可能。"

不知道凯瑟琳听懂了多少，只见她的嘴唇一直在哆嗦。

斯蒂夫继续说，"我能帮着你拖延几天，但是你必须做好准备：放弃房子。虽然道德上这样做不好，但是放弃房子，是最明智的策略。不少人弃房逃走了。"

凯瑟琳"哇"地哭起来，消瘦的肩膀剧烈抖动。

"我不能放弃。我搬出去，我的狗怎么办？"

这就是凯瑟琳苦苦坚持的！都到这时候了，不想自己会落到哪儿，先想她的狗！于是，我们不得不讨论狗。两条流浪狗，习惯有个家，猛然再换个新环境，狗会感觉很恐怖。而巴蒂被法庭命令必须住有铁丝网的地方，一旦凯瑟琳失去房子，戴罪的巴蒂就得进狗收容所。

在一边听人话的狗，完全不明白自己面临的处境，狗只知道，凯瑟琳在哭，狗直觉着大事不好了，一条狗把身子紧紧藏入墙角，呜呜地也哭开了，巴蒂极其愤怒，却不知道抗争的是什么，它扬起脖子，对空狂吼，狗声在空房子里回荡，格外地凄厉。我看着空房的地面。四个废品回收箱，仍然严格地分放：塑料、废纸、易拉罐、玻璃。

多亏圣诞节来临了。凯瑟琳拿到一个小活儿。圣诞节意味着狂消费，商家全要靠圣诞节赚钱，每年最大狂消费从感恩节之后开始杀价。

美国是世界消费主义的领头羊，消费主义是美国文化的一大象征，消费主义代替并掩盖了美国仍然具有的相信勤劳自有好报的美德。曾经，美国和欧洲一样，周末的时候商店不开门。（欧洲现在如何呢？）80年代，美国改为一礼拜七天商店都开门，消费无喘息！去年经济大萧条，感恩节—圣诞节消费极其不好，传统的感恩节第二天大杀价，去年的时候商家比赛，有的半夜就开门，今年有的干脆把开门时间提前到头天晚上，吃过火鸡就来拼杀采购吧！人们冲入商场，冲撞疯抢，发生抢劫，于是警察也来了……看着电视报道，我真不知道，美国大众哪儿来的钱，也许是消费成性了，憋着不花银行里根本没有的存款，人就要疯！凯瑟琳拿到的小活儿是为商场拍摄采购风姿，在圣诞装饰中，采购景象更华丽！

商场的巨大停车场根本找不到停车位，我们把车直接开到商场大门口。凯瑟琳搬运拍摄器材，拍摄照片，我守着她可能用到的更多器材，坐在商场角落里，看着满眼人，满眼的肥肉乱颤，十人九个超重，满眼是撑得鼓鼓的购物大口袋。

我看着我眼前的中国制造的产品，衣服、鞋帽、圣诞树在我眼前充斥，能够充斥是我们中国的大福分似的，你知道中国制造在转移，转移到劳工更廉价的周边国家，而美国这个世界消费主义的大家伙，要是不消费了，不狂购了，世界经济就倒退了，世界就不能保持周转了，美国为保持世界经济循环，在大陷阱里挣扎得多尽力啊！凯瑟琳拍热了，在我脚边扔下她的外套，又跑走了。我看着她，野外靴，短背心，瘦小的身影在大商场里窜着，像是一位末日狩猎者，个人在失败，奋勇地捕捉疯狂采购的同类。我试图透过她的镜头（我不敢形容是她的枪口）捕捉我眼前的人类，是的，人类，好像九零后网络写手，好像考古学家，从什么时候起，人类，我们普遍使用"人类"——我们都有了间离化地自我审视的眼力？

凯瑟琳房子的拍卖拖延了一个月还是到来了。按照我们州的法规，拍卖的日子是每个月的第一个星期二。凯瑟琳的房子在新年之后的第一个星期二拍卖，之前我有事出城，我从机场直接赶到拍卖的地方，心想陪凯瑟琳默默站一会儿。

房子在房产所属的行政地拍卖，就在市法院大门前的台阶上。不只是凯瑟琳的房产在这里被拍卖，还有被没收的资产。在法院的大台阶下面，停着凯迪拉克汽车，摆着家具，挂着裘皮大衣，地上一长溜电脑。破产的人被扣押的资产在法院门前一起被公开拍卖，这是一种美国常规景象。

远远的，我看到斯蒂夫和凯瑟琳站在一起，奇怪地，我看到了凯瑟琳的弟弟里默！

在他们中间，还有一位白发老人，我不认识。我从人群中挤过去。斯蒂夫给我介绍说，这老人是凯瑟琳的爸爸。

一定是闷头里默跟爸爸开口了，凯瑟琳的爸爸赶来，和银行争房子。

拍卖开始了。先是拍东西，汽车、裘皮衣、电脑。由法院的人起叫，任人争，全都三钱不值两子，我什么都不需要，都忍不住动心了。成交钱和支票交给法院的人，回头给债主。斯蒂夫五块钱买下一副棒球手套，虽然他很多年不打棒球了。然后，房子拍卖开始了。看着有点儿怪怪的，房子拍卖是银行的人自己起叫，银行的人自己收叫。我听银行的人喊："×××地段房子三万！"然后，银行的人再喊："三万。""成交！"银行的人再喊——

经济大萧条时，谁跟银行争夺价位大跌在欠贷款之下的房子？！

轮到凯瑟琳的房子了。

银行的人起叫："九万。"

凯瑟琳爸爸举起手："九万零一块。"

银行的人愣了一下。显然，这场面极是罕见。

我看凯瑟琳的爸爸。他从西装里面的口袋中掏出一张银行备案支票。这种特别支票证实持有人有能力当场支付全款。支票在老爸手中微微地抖动，老爸的白发在寒风中轻轻吹动，老爸拿出退休积蓄买下房子，成为价值不抵贷款的房产持有人。

法学院毕业之后，斯蒂夫再没见过凯瑟琳的爸爸。

斯蒂夫提议说，"聚一下？"

我补充说，"我订了一个小店，是品酒店，开胃品很别致。"我们想过拍卖房子后如何陪凯瑟琳一会儿……这时候，带着凯瑟琳的爸爸，大家一起走进品酒店，我和斯蒂夫不由得愣住了。两个月没有来，电话订位的时候品酒店也不说，这里改装修了，本来古色古香的气氛，改成后现代简约派风格，品酒店一定是易手了，我在前台拿起新菜单和新酒单一看，内容全都换了！品种少了，价格升了。走也不好，我们只好坐下来。

这个品酒店，在本城最豪华商场的一个门边，狂采购过去了，吧台前只有一对年轻人，正在购物大口袋里忙着找退货收据，过了一会儿，两人提起退货大包走了。新年后的第一个星期，这家品酒店里，只有我们几个人聚在一张桌边。我和斯蒂夫觉得十分尴尬，因为是预订的，人家不能因为没有别的顾客干脆关门。新厨师、年轻侍者、中年经理，还有带位女孩，一应齐全。酒店尽头一张昏暗的桌边坐着一位面目不清的男人，我猜想，那是新主人。有罪感升起来，能说什么呢？新接手的店会败的，美国商场边的小馆子一批批地倒闭着，这也是无须说的。我们坐着，看一脸学生气的侍者轮流倒酒。

我不由得看凯瑟琳。烛光下，她多年不变的短发，已经完全白了，枯干的圣洁感依旧。

拥有小房子的老爸微笑着对女儿说，"每月支付我一点，三十年贷款，无利息，做自己想做的事。"

我鼻子发酸。我看这位爸爸，快八十岁了，三十年之后，做爸爸的还在人世吗？我知道很多美国老人在帮助成年子女……我是在报纸上读到，在电视里看到，没有想到会出现在眼前。

我们举起酒杯，他们跟我学中文的"干杯"。"干杯"，我们纷纷说着，但是没人一饮而尽。

凯瑟琳爸爸问斯蒂夫，"有什么写作练习？"

斯蒂夫犹豫了一下，不好意思地说，在写作，写一个中世纪的长篇小说，跟我一起写，他写中东、欧洲和美国部分，我写中国到帕米尔高原这边，以及帕米尔那边的塔拉斯……我也加入说故事，说是真故事，一对寻找珍奇版本的宗教异端修士……我和斯蒂夫轮流地说，努力地说，我们没商量，但是试图制造一种临时的幻觉感，假如，只是假如，能够让从外乡前来救女儿和狗的住处的孤寡退休文学老人有一会儿温暖的感觉……

导读
零消费主义者的父亲

重新校读《零消费主义者凯瑟琳》，六年过去了，我也老了很多。

2012年，张辛欣从美国回来，说要来我家做客。她自己摸路，搭乘地铁准确地到了站。我和太太去站口的天桥接她。远远看见一个十分时髦的女子过来，很潮的短发，前刘海半月形，左高右低地倾斜。有点卡通、很潮的发型，以我庸见，年轻女孩子才能驾驭，没想到年近六十的张辛欣依然驾驭得住。

张辛欣很有主见，一生闯荡天下，从不停息，令人敬佩。

她的自传体长篇小说《我BOOK 1》，写到小时候在北京的胡同里，见到各种人物，大人物小人物。如做过粮食部部长的章乃器先生，他主张中国人要放弃中餐，吃西餐，吃大食堂，节省出吃饭时间建设社会主义。她后来去黑龙江插队，专门找到著名女作家丁玲。她震惊地发现，主席曾欣赏过的大红人已经变成一个老太太，正在冰天雪地中费力地掀着锄头刨粪。零下二三十度，粪堆冻得铁硬，刨下来的粪点落在身上，化了，臭气坚硬，久久不散。

那部长篇小说写得很好，但后来流传不广，很遗憾。

张辛欣很有才华，人也比较灵活，什么都能干。她在文学上有天赋，成名也早，20世纪80年代很受老前辈们欣赏。后来，她说走就走，突然离开中国去了法国，又从法国去了美国，在美国遇到了斯蒂夫，一位曾经热爱文学的律师。

斯蒂夫的同学、热爱摄影艺术、采用传统暗房技术洗印照片的凯瑟琳，是一位反潮流者，在数码相机大行其道的当时非常另类。凯瑟琳的另一个另类之举是：三十年没有一个固定职业。这样的生活，居然也可以，可见美国之"自由"。

凯瑟琳已经不小了，应该有五十出头了，才刚刚在一个破败的地段得到一个破败的房子。该房子就是这名摄影艺术家和两条捡来的狗的陋室。

这里写凯瑟琳的极简生活态度，极简到了"令人发指"的程度。她对物质的要求少到令人震惊，她自己几乎不向自然索求，不向任何事物索求。她的观点竟然是：人何必为糊口活着？而斯蒂夫"甚至能为狗咬人振振有词地辩护"。人生的际遇各有不同，对自己的先生稍加讽刺，也是很好的。

然而很不幸，社会是一体化的，2008年经济萧条之后，普通人的生活陷入了困窘——"零消费主义者"多少也是要有一点点消费的，于是就更加困窘。

世事轮回，在修订这部书稿时，不巧碰到了新冠大流行，飞机停航，我被隔在大洋另一岸。这次疫情令全世界的经济损失超大。

此时此刻，我深有所感。

女摄影家凯瑟琳与现实的关系总是处理不好，现实交际能力几乎等于零——零消费主义者，人际关系能力也是零。凯瑟琳对一只"褐色小蛾"都满怀善意，要呵护它的生命。而她自己，因为还不起贷款，房子要被银行拍卖。这段写得尤其辛酸。凯瑟琳在即将无家可归时，关心的却是两条流浪狗，"我搬出去，我的狗怎么办？"

然后，凯瑟琳找到了一个活——为商场拍摄采购风姿。即使在经济衰退期，人们还是要继续圣诞节消费狂欢。而这些物品，大多是中国制造的。世界经济一体化就是这么奇妙或者怪异。这个六年前看着还没有什么质疑的观察，现在看忽然出现了大问题——种种原因，一言难尽，全球一体化看来要逐渐变成新的"关门主义"了。

凯瑟琳将被扫地出门了，她的那幢仅值几万块钱的破败房子，将被银行回收并拍卖。一个人买下了这幢房子——凯瑟琳的爸爸、一位文学教授拿出自己几十年的退休金，拍下女儿这幢价值不抵贷款的房子。

我每次读到这里，眼中都饱含泪水。这是真正的父爱，超越了一切的父爱，不能再说什么了。

张辛欣笔下这位"零消费主义者"凯瑟琳是她现实中的朋友，这篇文章是我责编过的她为《收获》杂志撰写的专栏"占领华尔街"中的一篇。

这个专栏相当于命题作文。当时发生了一个短暂的"占领华尔街"运动，主编李小林老师约张辛欣写六期专栏文章。这个运动比较单薄，要写六期长文未免困难，很可能写到第二期运动就偃旗息鼓了。所以还是要放开写，一直写到美国生活的深处……之前我跟张辛欣一直在讨论各种问题，包括对我们这些小人物来说大而无当的大问题，如环保、世界经济贸易一体化等。网络时代很方便，我们用E-mail通信，张辛欣有时从中找到灵感，起头又写一篇。关于环保，我认为是一个世界性的问题。人类在第二次工业革命之后大量消耗化石能源并造成巨大的环境破坏，20世纪60年代起，一些有识之士开始呼吁全世界正视日益突出的地球环境问题，如大气污染、温室效应、生物多样性减少，等等。于是，环保成了一篇文章的"中心思想"。

"零消费主义者"凯瑟琳是环保主义者之一，而且是真正的身体力行者。恰好，她还是张辛欣的朋友、张辛欣的先生斯蒂夫律师的同学——用中国话说，是同过窗的。

世界经济贸易一体化、跨国公司和跨国生产等，使世界各国纳入一个巨大的经济网络之中。从网上下载一张世界航运图表，会发现蜘蛛网般的线条链接了欧、亚、美、拉、非、澳各大陆。这些蛛网，让我们具象地明白，世界已逐渐被"盘丝洞蜘蛛精吐的丝"缠绕到了一起，谁也不能分离出去，谁也不能独善其身——零消费主义者凯瑟琳和她弟弟里默也深陷美国金融危机之中。姐弟俩，一个失去了主顾，借贷的房屋面临拍卖；一个失去了美国航天署的小活儿，开车返回父母家里。

在这一切困顿之中，凯瑟琳的快八十岁的文学教授父亲出现了。

把散文小说化，不是严锋先生的专利，在这篇文章里，张辛欣也运用了这种技巧。

今日我重读此文，发现当时很起劲地探讨全球化、环境保护、温室效应等，都还是太时髦了，也太表面了。这个世界隐藏着更深刻的问题，或许正在爆发，正在重塑整个世界。而个人，在这样的大时代中，几乎无能为力。然而，这篇文章也显示出了自己的独特魅力。人类的问题似乎永远无法消除，几乎每隔十年，都被激发一次，要阵痛一次。这次，看起来还是一次大阵痛。

可以说"零消费主义者"凯瑟琳做的大部分是自己愿意做的事情。她不是很有艺术天分，但是痴迷于摄影艺术，弄得年过五十，贫困潦倒，身无分文。虽然于外物似乎无所取，但是，最终还是要靠年近八十岁的父亲、一位退休的文学教授来资助。说起来，这真是深爱，也让我这个资深爸爸深为感慨。

我跟太太开玩笑说："我要做一个有钱的爸爸。"

思考

人有志向、有理想是好的，能找到适合自己天赋发展的事情，就更好了。你发现自己的爱好了吗？

延伸阅读

张辛欣《我BOOK1》。

孙桂琴

王璞

作者简介

王璞，女，文学博士，作家。1950年出生于香港，20世纪50年代初，当记者的父亲带领全家返回内地，曾在北京居住。50年代末，父亲被划成"右派"发配到黑龙江偏远地区西尼气小镇劳动。60年代初，母亲带领孩子们回到湖南老家。王璞从小热爱阅读，高中毕业之后，在伙伴中流传的那些"地下"名著，她只要拿到手就如饥似渴地阅读。她做过工人、编辑，并坚持写作。90年代初，她回到香港，在香港岭南学院任教。王璞的小说多从自己的切身感受出发，写大时代中的人与人的关系，语言细腻，情节逼真，具有独特的感染力。主要作品有：中篇小说《沉默》，长篇小说《我爸爸是好人》《猫部落》《补充记忆》《幺舅传奇》等。

我在好几篇小说和散文里写到过孙桂琴。好几次用的还是她的真名，她是唯一一位我在小说里敢用其真名的人物，我想，这是因为我有把握，孙桂琴绝对不会看到我写的书，即便是看到了，不管她觉得我把她刻画得如何不准确，也不会向我提出抗议。而只是会用那种化石般稳定的笑容看着我，对我说："好着呢。"

孙桂琴是我们班上唯一住在铁道东的女孩子。当刘老师得知我们家从林业局大院搬到铁道东去了时，便在课堂上向全班同学查问：

"谁住铁道东？住铁道东的举手！"

四五条手臂举了起来，刘老师一眼就选定了其中的一条：

"噢，就一个女同学，孙桂琴，那就是你了！以后你负责送你这小邻居回家。记住啦！她出了事唯你是问。"

没人质疑刘老师这种偏心眼的口气，孙桂琴自己更是忙不迭地点头。事情明摆着，我跟比我大三岁的孙桂琴站在一起，她高高壮壮的简直可以把我背起来（她后来也的确背过我）。这且不说，我与她之间的差异也好像是明摆在那儿的。孙桂琴是个土生土长的本地人，在那个有六个孩子的伐木工家庭里，她是老大，下面五个全是弟弟。所以她有干不完的家务事，整天灰头土脸脏兮兮的，学习成绩也老是危乎其危地徘徊在及格线上下；我却是来自于北京的传奇人物，自从同学们知道我曾住在天安门旁边，他们便都用一种几乎是敬慕的目光注视着我。怎么！那印在课本第一页彩图上的神圣之地，竟然就在这家伙的家门口！听上去就好像这人是住在云端里似的不可思议呀！我们班上的同学，甚至都觉得沾了我的光，他们老是指点着我跟外班同学炫耀：

"瞧，她是我们班的，北京来的！"

"知道她住哪儿吗？嗨，天安门！"

我的形象和表现也不孚众望。母亲每天都给我精心梳头，将我那一头长发梳成各种漂亮的花样，让那些爱美的女老师，都跑过来观赏学习。衣服虽是姐姐穿过一轮的旧衣，但总是洗得干干净净。各门功课则永远都是五分，总之，我堪称学习的标兵，纪律的模范。还只刚刚八岁，老师就破格让我加入少先队。并立即指派我做中队学习委员。

在孙桂琴没被指定为我的护送人之前，我和她几乎没说过一句话，我甚至没注意到她的存在。她沉默寡言，即便是被老师指名回答问题，也或张口结舌，或一言不发。一放学，她就很快不见了人影。我们成为朋友以后，我才知道，她是赶回家做饭去了，她爸爸在山里伐木队，她妈妈在储木场做临时工，照顾五个弟弟的责任，自然都落在了她的身上。

做了我的护送人之后，她不能飞快奔跑回家了。因为我放学之后还要参加各种课外活动，文艺队啦，朗诵队啦，即便没有团体活动，我也要在学校多玩一会儿。所以孙桂琴只好站在一边等我。她一般在放学时先跑到我身边问我："回吗？"要是我说等一等，她就一声不响地站在一边等。

如果是搞活动，孙桂琴那如影随形的身影倒没什么，但要是我留下来只不过为了多跟同学玩一会儿，她那沉默的存在便成了一道阴影，弄得我心里怪不舒服，好像亏欠了她什么似的。我便对她说："孙桂琴你先回吧！一会儿我自己回去。"

孙桂琴不响，也不动。

刘淑琴便道："你回吧，待会儿我们送她。"

孙桂琴摇头："刘老师让我送她。"

这里有必要交代一下孙桂琴的形象。应当说，孙桂琴其实是个俊秀的女孩，眼睛大大的，嘴巴小小的，甚至连脸形都是标准的瓜子脸，只是一张脸老像没洗干净似的红不是红白不是白的，而脸上的那种表情，实在是一言难尽。也许以下这个细节可以将之稍稍形容。

有一天，她没交家庭作业，老师朝她喝骂："孙桂琴你真厚颜无耻！你还笑你还笑！"

大家都朝她看去，果真她脸上浮着笑意。被老师这样痛骂还能笑得出来，好像被斥为厚颜无耻也不算太过分似的。其实只要稍加留意，便会发现她眼睛里含着泪水。可大概是由于眉梢眼角天生就有点朝下弯吧，那张脸就看上去总有笑意。老师大概是气坏了也太忙了，没有发现这个细节。

起先，我也跟大家一样没注意到这一点，尤其是当她站在那里木呆呆盯着我的一举一动，她脸上浮动着的那笑意，便让我有了假笑、嘲笑、苦笑的感觉。身边有个这么苦巴巴的笑在晃动着，游戏的快感自然遭到了腐蚀，我的负疚变成了气恼，可是孙桂琴无论如何都不肯先走，我便往往只好放弃游戏跟她回家。我心里不开心，便把气往她身上撒：

"孙桂琴你自己不玩还让我玩不成，我不用你送！你以后别送我。"

孙桂琴一般沉默不语，被我唠叨多了就还是那一句："刘老师让我送的。"

她这一说，我也没了话，因为我也跟她一样，把刘老师的话当圣旨。便只好气冲冲跟在她后面往家走。她说是送我,却多半一路小跑地走在我前边,别说像刘淑琴那样跟我谈天说地了,就连话也说不上两句。

有一天,放了学我正在跳房子,孙桂琴竟然一反她平日的耐心,跑过来拉我道:"回吧回吧!"

我说跳完这盘就走,她却出乎意外地态度强硬,不仅拉着我的胳膊不放,嘴里还一个劲儿地说:"回吧回吧!"

这一来,我的犟脾气也上来了。我说:"你比我妈还厉害啦!我就要玩。我就不回。你走你走!"

大家也都帮着我赶她,孙桂琴却还是拉着我不放,嘴里还是那句话:"刘老师要我送你的。"

我火大了,脚一跺,狠狠把她的手从我胳膊上甩开,喝道:"你再不走,我去找刘老师!我不要你送了!"

孙桂琴呆住了。旁边的人也呆住了。因为从没见我发过这大的脾气。孙桂琴呆呆瞪了我片刻,猛然把身子一转,朝校门那边跑了。

身边没了孙桂琴幽怨的目光,我玩得痛快多了。跟我玩的同学都住在学校附近,所以没人急着要回家。不记得我们又玩儿了多久,记得起来的,只是夜色中校门口的那盏在寒风中抖颤的路灯,那根路灯杆早已像个醉汉歪歪斜斜立在那里,只是平时我看见它都是在白天,看上去没有这股诡异之气。我不由得打了个寒颤,铁道东那条荒凉冷寂的小路,倏然跃上心头,而几乎与此同时,我看见了孙桂琴那张青白的面孔。她一直都站在那里等着我!

孙桂琴,写到这里我又看见了你,你那在那一刻显得分外高壮的身影,你那总是含笑的面庞,你过得还好吗?你还记得那个早春的寒夜吗?你一直在前面跑着,我虽然又急又气,却因为恐惧,因为负疚,也不得不在后面紧跟。那天,我第一次见识了你的倔强。不管我在后面怎么叫你,你都不肯回过头来看我一眼,远处传来凄厉的一声长嗥,是狼嗥吧?我哭了,我叫着:"等等我呀孙桂琴!"你停下了脚步,可还是不肯回头看我，一待我赶到你身旁，便起步就跑。就这样，一直把我送到家门口，也不等我跟你说声再见，转眼间就消失在夜幕中。你为什么不告诉我五个弟弟在等着你回家做饭？你为什么不告诉我最小的弟弟病在了炕上？你为什么总是那样默然无语？当你妈拖着嘴角流着血的你敲开我家房门，你也还是那样默然无语，只是低着头无声地啜泣。我也哭了，我说："对不起对不起！"你妈惊慌失措了，忙不迭地对我妈解释："这死孩一说就哭，三棍子打不出个屁来，早知道真是跟你家闺女玩去了，我不会揍她的。"即便是在这时，你也还是没为自己分辩一声。是怕连累我也被打一顿？还是你仍然不肯原谅我？之后，你从来没跟我再说起过这件事。但自打那天开始，我们就成了好朋友，我妈也跟你妈成了好朋友。

我妈第二天带着我上门去感谢孙桂琴，为了表示诚意和歉意，她带上了我家的粮本。那是饥饿的一九五九年，家家粮食都不够吃。我家要算是个异数，由于我们个个食量都很小，加之吃不惯粗粮，每个月粮食定量都吃不完。当我妈把还剩有数十斤定量的粮本给孙大妈递过去并让她把上面剩下的定量都买光时。孙大妈呆住了，好像天上掉下来个大馅饼似的张大个嘴，可是紧接着她的下一个动作，却令我妈目瞪口呆了。只见孙大妈如梦初醒般一大转身，手中便魔术般地出现了另一个粮本，她把这粮本朝我妈手里使劲塞：

"王大妈您打这上面的油吧！"

那时候每人每月只有二两油的定量，我家每月都不够吃。到了月底，我们就只好吃红锅菜，菜里连颗油星也见不到。我从小就肠胃不好，天天吃苞米楂子饭，再加上没油吃，我得了胃病，已经住过两次院了。所以我妈接到这个意外的回礼，第一反应是紧紧抓在手里，那种表情，大概跟现在的人中了六合彩时的表情一样。但接着，她觉得有点不妥了，她看着围坐在炕桌旁那帮脸黄黄眼光光的孩子，犯了踌躇：

"这……怎么可以？你们不是没得油吃了？"

孙大妈把我妈的手使劲往回推："我们不吃油，我们北方人不吃炒菜。再说你们知识人多金贵呐，没油咋弄！您不要我这油我也不能要您这粮！"

我们家和孙桂琴的家，从此就形成了这种交换粮本的互利互惠关系。而我和孙桂琴，也在两家大人的支持下，你上我家玩我上你家玩地走动起来。她家与我家之间就隔着两趟房。现在，她不止是跟我一道回家，每天早上我还去叫她一块上学。放学之后，我也总是先跟她上她家，孙桂琴忙家务活时，我就在她家门口的菜地看她的弟弟们种菜。后来，我家也学他们在门前开辟了一块菜地，种上了萝卜、白菜和土豆。

　　秋天里到公家菜地去趟土豆，也是孙桂琴领我去的。所谓的"趟"，即是在收获过的土地上挖那些没收尽的小土豆。我们一人挎着个筐，孙桂琴那个筐很大，我那个筐很小。她不像我是来玩玩的，她还指望用挖来的土豆填补家中粮食缺口。如今我还清晰地记得孙桂琴挖到一个大土豆时那眉开眼笑的模样，我说："孙桂琴你笑起来多好看！"

　　到了冬天，孙桂琴就领着我上山捡柴禾，到储木场去扒桦树皮；春暖花开时，我们是多么开心！因为可以一道满世界地去挖野菜，我俩沿着铁道一直往南边走往南边走，阳光也一寸寸地温暖起来。有一天，我们挖着挖着野菜抬起头来，发现四周围一片翠绿，而头顶是宝石般的一片天蓝，"妈呀这是不是到了北京呀！"孙桂琴傻傻地发出一声惊叹，笑得我满地打起滚来。不过大兴安岭最好的时光还是夏天，夏天我跟孙桂琴去大森林采都柿和牙格达，每一种可吃的草木孙桂琴都认识，我最爱吃的是那种名叫酸不溜的草根。孙桂琴却只爱都柿，她说可以用来酿酒，给她爸喝。

　　我只在逢年过节见到孙桂琴的爸，印象中他是个庞然大物，一个人就盘踞住了大半边炕桌，可他脸上的笑容却跟孙桂琴的笑容一样叫人安心，而且跟孙桂琴一样，他永远是在笑着。"家来啦！"他脸带着这样的笑容对我道，"吃了没？吃个窝头！"

　　他喜欢我，因为我是孙桂琴的好朋友，而孙桂琴是他最喜欢的孩子。孙桂琴说，过年时就算全家都穿不上新衣，也一定要她妈给孙桂琴缝上一件。"咱就这一个闺女，可得金贵着。"

　　我们去了长沙之后父亲的第一封来信中，就提到了孙桂琴的爸，大意是这样的：

昨天我去了一趟铁道东，到水房老郭家去拿搬剩下的那些东西。碰到了孙桂琴的爸。他人特别热情，一定要拉我上他家吃饭。盛情难却，结果我就在他家吃的晚饭。他们把我当成贵客，特意给我蒸了一整箩白面馒头，走的时候，还一定要让我带上些。多不容易呀，大概把他们一整年的白面都吃光了，这家人真是大好人！

也是父亲告诉的我，孙桂琴的爸是党员，在伐木队还当着个队长。没错，这话就是在我在铁道上与他相遇的那一晚说的。饭桌上，也许父亲终于想起今晚我们的遭遇有点蹊跷，问道："咦，今天怎么没见孙桂琴？"

我一愣，装作若无其事地回答："她今天要做值日。"

就在这时，父亲说起了孙桂琴父亲的事吧？总之，我装作没听见，没搭腔，而心里面却在翻江倒海。

其实，全班所有的同学中，只有孙桂琴不知那场突变的缘由，因为昨天刘老师让我提前放学时，也让她跟我一块走了。孙桂琴当时还特别开心，说沾了我的光可以早点回家。而且，孙桂琴虽跟我好，平时在学校里却不跟我玩。在学校我永远不缺玩伴，特别是有刘淑琴。刘淑琴不喜欢孙桂琴，说她埋里埋汰、笨手笨脚，"玩什么跟她一边儿都准输。"刘淑琴道。我虽觉得这一评价对孙桂琴有欠公平，但私心里也承认，在学校里，刘淑琴这个朋友的确比孙桂琴体面。无论从穿着打扮上来看，还是从学习成绩上看，刘淑琴与我都更为接近。

刘淑琴对我不顾而去的一幕，孙桂琴大概看到了，她朝我走了过来，她走到我身边正要叫我，从旁伸出了个穿着翻毛皮靴的大脚，一脚踢过去把她差点扫倒在地。随之而来的是一声吼叫：

"不许搭理她！"

这是我们班上那个朝鲜男孩，平时老被其他同学欺负，没想到自己欺负起人来比其他同学更甚。

孙桂琴摇晃着身子站稳，愤然道："咋啦！你咋踢人？"

朝鲜男孩道："就踢啦，踢你怎么啦？我还踢她呢！"说着真的朝我狠狠踢过来一脚。还嚷道："你不是爱告状吗？去告呀！去告刘老师呀，就是她让我踢的。"

"胡说八道！"一个名叫王大力的男孩插进来道，"高丽棒子！刘老师可没叫你踢人，刘老师只叫我们别信她说的那一套，她撒谎，她爸不是北京干部，她爸是劳改犯。劳改犯！"他恶狠狠地冲我喝道。

那一刹那，我一定是面无人色了，我不再是平时那个我了。因为我看见孙桂琴那样惊异地看着我，就好像我是个陌生人，就跟今早很多同学看我的目光差不多。她也鄙视我吗？她也可怜我吗？

我一言不发，扭头就跑。好不容易熬到放学，老师一喊下课，我立即直奔校门。我不想看到孙桂琴那样的目光，我也不想让任何人可怜我。

第二天是轮到我生炉子的一天。按照班上的规定，全班每人轮流提早一小时到校，给教室那只大铁炉生火。这样教室才能在上课之前达至能够坐人的温度。平时每逢我值日，孙桂琴都让我叫上她一块儿去。一是路上给我壮胆，二是知道我不会生炉子，她去帮帮我。可是那天，我没有去叫她。

母亲把我送出门时不放心地问道："天这样黑！又下雪了，你去找孙桂琴吧，要不，我跟你一块去找？"

我忙拦住她。我不想她知道昨天学校里发生的事。独自一人，我走上那条通向铁道的小路。四下里静悄悄的，天上没有一颗星，地上也没有一盏灯，世界又只剩下了我一个人，我听见我自己的呼吸声在这白色的旷野流荡。但突然，一个黑影窜到我跟前，吓了我一大跳，正要大叫出声，就听见了那个熟悉的声音："是我。"

是孙桂琴！

在听到这声音的一刹那，我就知道了，其实我一直都知道，孙桂琴会出现的，她会守候在我跋涉的路上，让我知道我不是一个人，不管什么时候，我永远可以指靠上她，她是我的守护神。我是幸运的，从八岁这年遇到孙桂琴开始，在我这一生中，无论我遇到什么样的困境,在我最艰难最绝望的时候,都会有这样一张面孔出现在我的面前,以她毫无私心毫无瑕疵的爱,搀扶起我支撑着我。"我的确愿意哀伤吗?哀伤吧!"只要心中有着这样一张面孔和这一抹地老天荒的微笑。

在路上,我终于大声哭了出来,我说:"我没撒谎,我真的是从北京来的,我们家真的住在天安门旁边……我……"

孙桂琴挽着我的胳膊,一个劲儿地说:"我知道我知道。"

"你会跟我玩儿吗?"

"我会跟你玩儿,我跟你玩儿。"

我最后一次见到孙挂琴,是在西尼气火车站的站台上,我们离开西尼气的那天夜里,只有她和她妈来给我们送站。火车开动了,她还站在站台上,虽然我根本看不见她,窗玻璃结了厚厚的一层冰,无论我怎么朝上面呵气也还是冰板一块,像铁道东的雪原。我却知道她在那里,只要我活着一天,她一直都在那里,用那副地老天荒的微笑,使我安心。

导读

患难中得到的友情最珍贵

这篇文章写小时候的一个小伙伴,写小伙伴们在那个特殊年代难能可贵的友情。这是我读过的最真挚、最感人的散文。

读完散文集《红房子 灰房子》后,我给王璞打电话,对她表示衷心的祝贺,特别提到《孙桂琴》这篇散文。《孙桂琴》这篇散文比我在中小学课本里读过的所有散文都感人肺腑。孙桂琴沉默、倔强、善良、友好的形象,深深地印在我的记忆里。

王璞和孙桂琴两个人的巨大差别,令我想起萧红小说里的人物。从萧红笔下的人物到王璞笔下的人物,时间过去了半个多世纪,东北人的生活,竟然还是这个样子,我不禁产生各种感慨。

王璞善于抓人物特点进行细节描写，例如孙桂琴天生的"笑"，细节描写让人物形象饱满生动。这种写作手法在散文和小说中都很重要。

文中王璞专门写到因为误解而产生的伤害，从中可以看到孙桂琴的尽职尽责。虽然她家里有那么多事情要做，但为了护送贪玩的"我"，她竟然在"荒凉冷寂的小路"上一直等着"我"。而她虽然因为晚归遭到了母亲的痛打，却不解释。

再进一步深入，就出现了"定量""粮本"等"专有名词"。这些票证如今都不见了，现在的孩子很难想象食品、用品紧缺时代的生活。在那个粮食短缺的年代，吃饱是极大的奢望。"孙大妈"和"王大妈"互换粮本，体现了普通人的淳朴和善良。同时，也能发现那时粮食和食用油基本都短缺，难以想象的贫穷。票证的使用一直延续到20世纪90年代初，1993年前后，才取消这些票证。1987年秋天，我从家乡广东省雷州半岛搭乘长途火车去上海上学，随身携带的最珍贵的东西就是"粮票"。没有粮票，就买不到粮食。孙桂琴家里，人口那么多，令人震惊的是，他们的"油票"居然"过剩"了！原因是他们穷到了不敢吃油的程度。

后来，"我"和孙桂琴的误解消除，友情加深。春暖花开时，"我"跟随孙桂琴去美丽的大兴安岭采野菜，那自然的山林，是小朋友们粮食的来源地。

最后，孙桂琴还成了"挽救"王璞的"英雄"。作为被下放的"右派"的孩子，"我"因说爸爸是北京干部，同学们说"我"撒谎，这使"我"受到了严重的伤害。当其他孩子欺负"我"时，孙桂琴却对"我"依然保持善意。这种患难中的友情最珍贵。

沉默寡言、倔强、心地善良的人物形象，在这件事情之后，跃然纸上。

过去了这么多年，重读这篇作品我还是感慨万千。

认识王璞很久，我都不知道她的身世如此复杂。后来读了她的一部散文集我才发现，她家的经历太复杂了。她父亲是一位先锋记者，20世纪50年代初，带着太太和孩子，从香港回到内地工作。不到十年，她的父亲被打成"右派"，全家下放到遥远的黑龙江。一个出生在香港、湖南籍的人，被发配到东北大兴安岭那个极寒冷的地方，她的少女时代是在最艰苦的岁月中度过的。后来，她妈妈带着孩子们先返回了湖南老家。

有一年，我跟王璞等几个人一起吃饭。吃饭间，她提起曾回过大兴安岭很多次，但没有找到孙桂琴。说到孙桂琴，王璞眼睛里仍然有泪花。

情感真挚，细节动人，处处散发着人性与善之光，让这篇散文充满了魅力。

散文写作，写人记事的文章贵在真情实感，并用准确、生动的语言表达出来。这篇散文里也有小说笔法，尤其是"我"使性子拼命玩而导致孙桂琴受冤枉，以及"我"受委屈之后孙桂琴金子般的友情两处。

思考

写一个特殊时期的好朋友，从陌生到认识并且成为好朋友的过程，这是一种难得的、难忘的记忆。童年有这样一个朋友，确实是金子般的记忆。如果让你写一个童年的好朋友，你会如何写呢？

延伸阅读

王璞《红房子 灰房子》。

北大感旧录

周作人

作者简介

周作人（1885—1967），原名周櫆寿，后改名周作人，字启明，晚年改名遐寿，浙江绍兴人，鲁迅（周树人）之弟，周建人之兄。中国现代著名散文家、文学理论家、评论家、诗人、翻译家、思想家，中国民俗学开拓人，新文化运动杰出代表。研究日本文化五十余年，深得日本文学理念精髓。历任国立北京大学教授、东方文学系主任，燕京大学新文学系主任、客座教授。"五四运动"之后，与郑振铎、沈雁冰、叶绍钧、许地山等人发起成立"文学研究会"；与鲁迅、林语堂、孙伏园等人创办《语丝》周刊，任主编和主要撰稿人。还曾担任北平世界语学会会长。周作人是"新文化运动"之后非常有成就的散文大家之一，也是卓有成就的翻译家。翻译《石川啄木诗歌集》《平家物语》等多部日本作品，《希腊拟曲》《伊索寓言》等多部古希腊作品，与人合译《阿里斯托芬喜剧集》《欧里庇得斯悲剧集》（共三集）。个人著作有《自己的园地》《雨天的书》《瓜豆集》《谈虎集》《谈龙集》《中国新文学的源流》《知堂回想录》等，其中有多篇写鲁迅的文章。《北大感旧录》选自周作人先生晚年之作《知堂回想录》。

我于民国六年（一九一七）初到北大，及至民国十六年暑假，已经十足十年了，恰巧张作霖称大元帅，将北大取消，改为京师大学，于是我们遂不得不与北京大学暂时脱离关系了。但是大元帅的寿命也不长久，不到一年光景，情形就很不像样，只能退回东北去，于六月中遇炸而死，不久东三省问题也就解决，所谓北伐遂告成功了。经过了一段曲折之后，北京大学旋告恢复，外观虽是依然如故，可是已经没有从前的"古今中外"的那种精神了，所以将这十年作为一段落，算作北大的前期，也是合于事实的。我在学校里是向来没有什么活动的，与别人接触并不多，但是在文科里边也有些见闻，特别这些人物是已经去世的，记录了下来作为纪念，而且根据佛教的想法，这样的做也即是一种功德供养，至于下一辈的人以及现在还健在的老辈悉不阑入，但是这种老辈现今也是不多，真正可以说是寥落有如晨星了。

一　辜鸿铭

北大顶古怪的人物，恐怕众口一词的要推辜鸿铭①了吧。他是福建闽南人，大概先代是华侨吧，所以他的母亲是西洋人，他生得一副深眼睛高鼻子的洋人相貌，头上一撮黄头毛，却编了一条小辫子，冬天穿枣红宁绸的大袖方马褂，上戴瓜皮小帽；不要说在民国十年前后的北京，就是在前清时代，马路上遇见这样一位小城市里的华装教士似的人物，大家也不免要张大了眼睛看得出神的吧。尤其妙的是他那包车的车夫，不知是从哪里乡下去特地找了来的，或者是徐州辫子兵的余留亦未可知，也是一个背拖大辫子的汉子，正同课堂上的主人是好一对，他在红楼的大门外坐在车兜上等着，也不失为车夫队中一个特出的人物。辜鸿铭早年留学英国，在那有名的苏格兰大学毕业②，归国后有一时也是断发西装革履，出入于湖广总督衙门（依据

---

① 辜鸿铭（1857—1928），名汤生，字鸿铭，号立诚，祖籍福建省惠安县，生于南洋英属马来西亚槟榔屿。学博中西，号称"清末怪杰"，通晓英、法、德、拉丁、希腊、马来西亚等九种语言。翻译了"四书"中的三部——《论语》《中庸》《大学》，并以英文出版了《中国的牛津运动》《中国人的精神》，这两本书在西方读者中有很大影响。自称"一生四洋"，即"生在南洋，学在西洋，婚在东洋，仕在北洋"。

② 辜鸿铭1873年考入爱丁堡大学文学院攻读西方文学专业，得到时任校长著名作家、历史学家、哲学家托马斯·卡莱尔的赏识，1877年以优异成绩获得同校文学硕士学位。

传说如此，真伪待考）。可是后来却不晓得什么缘故变成那一副怪相，满口"春秋大义"，成了十足的保皇派了。但是他似乎只是广泛的主张要皇帝，与实际运动无关，所以洪宪帝制与宣统复辟两回事件里都没有他的关系。他在北大教的是拉丁文等功课，不能发挥他的正统思想，他就随时随地想要找机会发泄。我只在会议席上遇到他两次，每次总是如此。有一次是北大开文科教授会讨论功课，各人纷纷发言，蔡校长也站起来预备说话，辜鸿铭一眼看见首先大声说道："现在请大家听校长的吩咐！"这是他原来的语气，他的精神也就充分的表现在里边了。又有一次是五四运动时，六三事件以后，大概是一九一九年的六月五日左右吧，北大教授在红楼第二层临街的一间教室里开临时会议，除应付事件外有一件是挽留蔡校长，各人照例说了好些话，反正对于挽留是没有什么异议的，问题只是怎么办，打电报呢，还是派代表南下。辜鸿铭也走上讲台，赞成挽留校长，却有他自己的特别理由，他说道："校长是我们学校的皇帝，所以非得挽留不可。"《新青年》的反帝反封建的朋友们有好些都在座，但是因为他是赞成挽留蔡校长的，所以也没有人再来和他抬杠。可是他后边的一个人出来说话，却于无意中闹了一个大乱子，也是很好笑的一件事。这位是理教科教授，姓丁，是江苏省人，本来能讲普通话，可是这回他一上讲台去，说了一大串叫人听了难懂，而且又非常难过的单句。那时天气本是炎热，时在下午，又在高楼上一间房里，聚集了许多人，大家已经很是烦躁的了。这丁先生的话是字字可以听得清，可是几乎没有两个字以上连得起来的，只听得他单调的断续的说，我们，今天，今天，我们，北大，今天，北大，我们，如是者约略有一两分钟，不，或者简直只有半分钟也说不定，但是人们仿佛觉得已经很是长久，在热闷的空气中，听了这单调的断续的单语，有如在头顶上滴着屋漏水，实在令人不容易忍受。大家正在焦躁，不知道怎么办才好的时候，忽然的教室的门开了一点，有人伸头进来把刘半农叫了出去。不久就听到刘君在门外顿足大声骂道："混账！"里边的人都愕然出惊，丁先生以为是在骂他，也便匆匆的下了讲台，退回原位去了。这样会议就中途停顿，等到刘半农进来报告，才知道是怎的一回事，这所骂的当然并不是丁先生，却是法科学长王某，他的名字忘记了，仿佛其中有一个祖字。六三的那一天，北京的中小学生都列队出来讲演，援助五四被捕的学生，北京政府便派军警把这些中小学生一队队的捉了来，都监禁在北大法科校舍内。各方面纷纷援助，赠送食物，北大方面略尽地主之谊，预备茶水食料之类，也就在法科支用了若干款项。这数目记不清楚了，大约也不会多，或者是一二百元吧；北大教授会决定请学校核销此款，归入正式开销之内。可是法科学长不答应，于是事务员跑来找刘半农，因为那时他是教授会的干事负责人，刘君听了不禁发起火来，破口大喝一声。后来大概法科方面也得了着落，而在当时解决了丁先生的纠纷，其功劳实在也是很大的。因为假如没有他这一喝，会场里说不定会要发生很严重的结果。看那时的形势，在丁先生一边暂时并无自动停止的意思，而这样的讲下去，听的人又忍受不了，立刻就得有铤而走险的可能。当日刘文典也在场，据他日后对人说，其时若不因了刘半农的一声喝而停止讲话，他就要奔上讲台去，先打一个耳光，随后再叩头谢罪，因为他实在再也忍受不下去了。——关于丁君因说话受窘的事，此外也有些传闻，然而那是属于"正人君子"所谓的"流言"，所以似乎也不值得加以引用了。

二　刘申叔

北大教授中畸人，第二个大概要推刘申叔①了吧。说也奇怪，我与申叔早就有些关系，所谓"神交已久"。在丁未（一九○七）前后他在东京办《天义报》的时候，

---

①　刘师培（1884—1919），字申叔，号左盦，江苏仪征人，经学家。曾撰写《黄帝纪年论》，反对年号制和康有为的孔子纪年。1904年经蔡元培介绍加入光复会。1907年，因积极参加反清运动受到通缉，携妻何震逃亡日本，加入中国同盟会。1908年与章太炎反目，回国投奔两江总督端方幕府，背离反清阵营。1917年应北京大学校长蔡元培之聘，任北京大学文科教授，先后开设"六朝文学""文选学"等课程，有《中国中古文学史》讲义传世，为近现代中国文学史研究首屈一指之巨著。另著有《左盦集》八卷、《左盦外集》二十卷、《左盦诗录》四卷、《词录》一卷。

我投寄过好些诗文，但是多由陶望潮间接交去；后来我们给《河南》写文章，也是他做总编辑，不过那时经手的是孙竹丹，也没有直接交涉过。后来他来到北大，同在国文系里任课，可是一直没有见过面，总计只有一次，即是上面所说的文科教授会里，远远的望见他，那时大约他的肺病已经很是严重，所以身体瘦弱，简单的说了几句话，声音也很低微，完全是个病夫模样，其后也就没有再见到他了。申叔写起文章来，真是"下笔千言"，细注引证，头头是道，没有做不好的文章，可是字写的实在可怕，几乎像小孩子的描红相似，而且不讲笔顺——北方书房里的学童写字，辄叫口号，例如"永"字，叫道："点，横，竖，钩，挑，劈，剔，捺。"他却是全不管这些个，只看方便有可以连写之处，就一直连起来，所以简直不成字样。当时北大文科教员里，以恶札而论，申叔要算第一，我就是第二名了。从前在南京学堂里的时候，管轮堂同学中写字的成绩我也是倒数第二，第一名乃是我的同班同乡而且又是同房间居住的柯采卿，他的字也毕瑟可怜，像是寒颤的样子，但还不至于不成字罢了。倏忽五十年，第一名的人都已归了道山，到如今这榜首的光荣却不得不属于我一个人了。关于刘申叔及其夫人何震，最初因为苏曼殊寄居他们的家里，所以传有许多佚事，由龚未生转述给我们听，民国以后则由钱玄同所讲，及申叔死后，复由其弟子刘叔雅讲了些，但叔雅口多微词，似乎不好据为典要，因此便把传闻的故事都不著录了。只是汪公权的事却不妨提一提，因为那是我们直接见到的。在戊申（一九〇八）年夏天，我们开始学俄文的时候，当初是鲁迅许季茀陈子英陶望潮和我五个人，经望潮介绍刘申叔的一个亲戚来参加，这人便是汪公权。我们也不知道他的底细，上课时匆匆遇见也没有谈过什么，只见他全副和服，似乎很朴实，可是俄语却学的不大好，往往连发音都不能读，似乎他回去一点都不预备似的。后来这一班散了伙，也就走散了事，但是同盟会中间似乎对于刘申叔一伙很有怀疑，不久听说汪公权归国，在上海什么地方被人所暗杀了。

三　黄季刚

要想讲北大名人的故事，这似乎断不可缺少黄季刚[1]，因为他不但是章太炎门下的大弟子，乃是我们的大师兄，他的国学是数一数二的，可是他的脾气乖僻，和他的学问成正比例，说起有些事情来，着实令人不能恭维。而且上文我说与刘申叔只见过一面，已经很是希奇了，但与黄季刚却一面都没有见过。关于他的事情只是听人传说，所以我现在觉得单凭了听来的话，不好就来说他的短长。这怎么办才好呢？如不是利用这些传说，那么我便没有直接的材料可用了，所以只得来经过一番筛，择取可以用得的来充数吧。

这话须还得说回去，大概是前清光绪末年的事情吧，约略估计年岁当是戊申（一九○八）的左右，还在陈独秀办《新青年》，进北大的十年前，章太炎在东京民报社里来的一位客人，名叫陈仲甫，这人便是后来的独秀，那时也是搞汉学，写隶书的人。这时候适值钱玄同（其时名叫钱夏，字德潜）黄季刚在座，听见客来，只好躲入隔壁的房里去，可是只隔着两扇纸糊的拉门，所以什么都听得清清楚楚的。主客谈起清朝汉学的发达，列举戴段王诸人，多出在安徽江苏，后来不晓得怎么一转，陈仲甫忽而提起湖北，说那里没有出过什么大学者，主人也敷衍着说，是呀，没有出什么人。这时黄季刚大声答应道：

"湖北固然没有学者，然而这不就是区区，安徽固然多有学者，然而这也未必就是足下。"主客闻之索然扫兴，随即别去。十年之后黄季刚在北大拥皋比[2]了，可是陈

---

[1] 黄侃（1886—1935），初名乔鼐，后更名乔馨，最后改为侃，字季刚，又字季子，晚年自号量守居士，湖北省蕲春县人。中国近代民主革命家、辛亥革命先驱、著名语言文字学家。1905年留学日本，在东京师事章太炎，受小学、经学，为章氏门下大弟子。曾在北京大学、中央大学、金陵大学、山西大学等任教授。后人称他与章太炎、刘师培为"国学大师"，称他与章太炎为"乾嘉以来小学的集大成者""传统语言文字学的承前启后人"。

[2] 皋比（gāo pí），铺设有虎皮的座位。古代将帅军帐、儒师讲堂、文人书斋中每用之。后因称任教为"坐拥皋比"。

仲甫也赶了来任文科学长，且办《新青年》，搞起新文学运动来，风靡一世了。这两者的旗帜分明，冲突是免不了的了。当时在北大的章门的同学做柏梁台体①的诗分咏校内的名人，关于他们的两句恰巧都还记得。陈仲甫的一句是"毁孔子庙罢其祀"，说的很得要领；黄季刚的一句则是"八部书外皆狗屁"，也是很能传达他的精神的。所谓八部书者，是他所信奉的经典，即是《毛诗》《左传》《周礼》《说文解字》《广韵》《史记》《汉书》和《文选》，不过还有一部《文心雕龙》，似乎也应该加了上去才对。他的攻击异己者的方法完全利用谩骂，便是在讲堂上的骂街，它的骚扰力很不少，但是只能够煽动几个听他的讲的人，讲到实际的蛊惑力量，没有及得后来专说闲话的"正人君子"的十一号了。

四　林公铎

林公铎②名损，也是北大的一位有名人物，其脾气的怪僻也与黄季刚差不多，但是一般对人还是和平，比较容易接近得多。他的态度很是直率，有点近于不客气，我记得有一件事，觉得实在有点可以佩服。有一年我到学校去上第一时的课，这是八点至九点，普通总是空着，不大有人愿意这么早去上课的，所以功课顶容易安排。在这时候常与林公铎碰在一起。我们有些人不去像候车似的挤坐在教员休息室里，却到国

---

①"柏梁体"又称"柏梁台体""柏梁台诗"。一般古体诗只要求双句押韵，近体诗则多是首句入韵，隔句押韵。这种诗每句七言，都押平声韵，全篇不换韵。柏梁体是七言诗的先河。据说汉武帝筑柏梁台，与群臣联句赋诗，句句用韵，所以这种诗称为柏梁体。

② 林公铎（1891—1940），即林损，经史学家、国学名家。字公铎，学名存中，浙江瑞安人。1912年到上海任共和建设讨论会文案，兼《黄报》编辑，启用林损名字。二十四岁任北京大学、南京中央大学等教授。五四运动期间，他站在"以保存国粹为宗旨"的《国故》月刊派刘师培、黄侃一边，与马叙伦、黄节、吴梅等一道被聘为特别编辑，与胡适、钱玄同等人提倡的"白话文"针锋相对，反对"全盘西化"，提出"撷新扩故"的观点。他的性格耿介率直，导致处境日渐困难，于是以酒浇愁，性格也越趋"怪特"，被称为北大怪人之一。终年五十岁。著有《伦理正名论》《老子通义》《庄子微》《辨墨》《永嘉学派通论》等。

文系主任的办公室去坐，我遇见他就在那里。这天因为到得略早，距上课还有些时间，便坐了等着，这时一位名叫甘大文的毕业生走来找主任说话，可是主任还没有到来，甘君等久了觉得无聊，便去同林先生搭讪说话，桌上适值摆着一本北大三十几周年纪念册，就拿起来说道：

"林先生看过这册子么？里边的文章怎么样？"林先生微微摇头道："不通，不通。"这本来已经够了，可是甘君还不肯干休，翻开册内自己的一篇文章，指着说道："林先生，看我这篇怎样？"林先生从容的笑道："亦不通，亦不通。"当时的确是说"亦"字，不是说"也"的，这事还清楚的记得。甘君本来在中国大学读书，因听了胡博士的讲演，转到北大哲学系来，成为胡适之的嫡系弟子，能作万言的洋洋大文，曾在孙伏园的《晨报副刊》上登载《陶渊明与托尔斯泰》一文，接连登了有两三个月之久，读者看了都又头痛又佩服。甘君的应酬交际工夫十二分的绵密，许多教授都为之惶恐退避，可是他一遇着了林公铎，也就一败涂地了。

说起甘君的交际工夫，似乎这里也值得一说，他的做法第一是请客，第二是送礼。请客倒还容易对付，只要辞谢不去好了，但是送礼却更麻烦了，他是要送到家里来的，主人一定不收，自然也可以拒绝；可是客人丢下就跑，不等主人的回话，那就不好办了。那时雇用汽车很是便宜，他在过节的前几天便雇一辆汽车，专供送礼之用，走到一家人家，急忙将货物放在门房，随即上车飞奔而去。有一回竟因此而大为人家的包车夫所窘，据说这是在沈兼士的家里，值甘君去送节礼，兼做听差的包车夫接收了，不料大大的触怒主人，怪他接受了不被欢迎的人的东西，因此几乎打破了他拉车的饭碗。所以他的交际工夫越好，越被许多人所厌恶，自教授以至工友，没有人敢于请教他，教不到一点钟的功课。也有人同情他的，如北大的单不庵，忠告他千万不要再请客再送礼了，只要他安静过一个时期，说是半年吧，那时人家就会自动的来请他，不但空口说，并且实际的帮助他，在自己的薪水提出一部分钱来津贴他的生活，邀他在图书馆里给他做事。但是这有什么用呢，一个人的脾气是很不容易改变的。论甘君的学力，在大学里教教国文，总是可以的，但他过于自信，其态度也颇不客气，所以终于失败。钱玄同在师范大学担任国文系主任，曾经叫他到那里教"大一国文"（即大学一年级的必修国文），他的选本第一篇是韩愈的《进学解》，第二篇以下至于第末篇都是他自己的大作，学期末了，学生便去要求主任把他撤换了。甘君的故事实在说来话长，只是这里未免有点喧宾夺主，所以这里只好姑且从略了。

林公铎爱喝酒，平常遇见总是脸红红的，有一个时候不是因为黄酒价贵，便是学校欠薪，他便喝那廉价的劣质的酒。黄季刚得知了大不以为然，曾当面对林公铎说道："这是你自己在作死了！"这一次算是他对于友人的道地的忠告。后来听说林公铎在南京车站上晕倒，这实在是与他的喝酒有关的。他讲学问写文章因此都不免有爱使气的地方。一天我在国文系办公室遇见他，问在北大外还有兼课么？答说在中国大学有两小时。是什么功课呢？说是唐诗。我又好奇的追问道，林先生讲哪些人的诗呢？他的答覆很出意外，他说是讲陶渊明。大家知道陶渊明与唐朝之间还整个的隔着一个南北朝，可是他就是那样的讲的。这个原因是，北大有陶渊明诗这一种功课，是沈尹默担任的，林公铎大概很不满意，所以在别处也讲这个，至于文不对题，也就不管了。他算是北大老教授中旧派之一人，在民国二十年顷，北大改组时标榜革新，他和许之衡一起被学校所辞退了。北大旧例，教授试教一年，第二学年改送正式聘书，只简单的说聘为教授，并无年限及薪水数目，因为这聘任是无限期的，假如不因特别事故有一方预先声明解约，这便永久有效。十八年以后始改为每年送聘书，在学校方面生怕照从前的办法，有不讲理的人拿着无限期的聘书，要解约时硬不肯走，所以改了每年送新聘书的方法。其实这也不尽然，这原是在人不在办法，和平的人就是拿着无限期聘书，也会不则一声的走了，激烈的虽是期限已满也还要争执，不肯罢休的。许之衡便是前者的好例，林公铎则属于后者，他大写其抗议的文章，在《世界日报》上发表的致胡博士（其时任文学院长兼国文系主任）的信中，有"遗我一矢"之语，但是胡适之并不回答，所以这事也就不久平息了。

五　许守白

上文牵连的说到了许之衡①，现在便来讲他的事情吧。许守白是在北大教戏曲的，他的前任也便是第一任的戏曲教授是吴梅。当时上海大报上还大惊小怪的，以为大学里居然讲起戏曲来，是破天荒的大奇事。吴翟安教了几年，因为南人吃不惯北方的东西，后来转任南京大学，推荐了许守白做他的后任。许君与林公铎正是反对，对人是异常的客气，或者可以说是本来不必那样的有礼，普通到了公众场所，对于在场的许多人只要一总的点一点头就行了，等到发见特别接近的人再另行招呼，他却是不然。进得门来，他就一个一个找人鞠躬，有时那边不看见，还要从新鞠过。看他模样是个老学究，可是打扮却有点特别，穿了一套西服，推光和尚头，脑门上留下手掌大的一片头发，状如桃子，长约四五分，不知是何取义，有好挖苦的人便送给他一个绰号，叫做"余桃公"，这句话是有历史背景的。他这副样子在北大还好，因为他们见过世面，曾看见过辜鸿铭那个样子，可是到女学校去上课的时候，就不免要稍受欺侮了。其实那里的学生倒也并不什么特别去窘他，只是从上课的情形上可以看出他的一点儿窘状来而已。北伐成功以后，女子大学划归北京大学，改为文学理学分院，随后又成为女子文理学院，我在那里一时给刘半农代理国文系主任的时候，为一二年级学生开过一班散文习作，有一回作文叫写教室里印象，其中一篇写得颇妙，即是讲许守白的，虽然不曾说出姓名来。她说有一位教师进来，身穿西服，光头，前面留着一个桃子，走上讲台，深深的一鞠躬，随后翻开书来讲。学生们有编织东西的，有写信看小说的，有三三两两低声说话的。起初说话的声音很低，可是逐渐响起来，教师的话

---

① 许之衡（1877—1935），字守白，广东番禺人。1903年岁贡生。毕业于日本明治大学。历任北京大学国文系教授兼研究所国学门导师、北京师范大学讲师。一生对中国古典词曲声律颇有研究，亦擅刻印。著有《中国音乐小史》《曲律易知》《守白词》《饮流斋说瓷》等。

有点不大听得出了，于是教师用力提高声音，于嗡嗡声的上面又零零落落的听到讲义的词句，但这也只是暂时的，因为学生的说话相应的也加响，又将教师的声音沉没到里边去了。这样一直到了下课的钟声响了，教师乃又深深的一躬，踱下了讲台，这事才告一段落。鲁迅的小说集《彷徨》里边有一篇《高老夫子》，说高尔础老夫子往女学校去上历史课，向讲堂下一望，看见满屋子蓬松的头发，和许多鼻孔与眼睛，使他大发生其恐慌，《袁了凡纲鉴》本来没有预备充分，因此更着了忙，匆匆的逃了出去。这位慕高尔基而改名的老夫子尚且不免如此慌张，别人自然也是一样，但是许先生却还忍耐得住，所以教得下去，不过窘也总是难免的了。

六　黄晦闻

关于黄晦闻[①]的事，说起来都是很严肃的，因为他是严肃规矩的人，所以绝少滑稽性的传闻。前清光绪年间，上海出版《国粹学报》，黄节的名字同邓实（秋枚）刘师培（申叔）马叙伦（夷初）等常常出现，跟了黄梨洲吕晚村的路线，以复古来讲革命，灌输民族思想，在知识阶级中间很有些势力。及至民国成立以后，虽然他是革命老同志，在国民党中不乏有力的朋友，可是他只做了一回广东教育厅长，以后就回到北大来仍旧教他的书，不复再出。北伐成功以来，所谓吃五四饭的都飞黄腾达起来，做上了新官僚，黄君是老辈却那样的退隐下来，岂不正是落伍之尤，但是他自有他的见地。他平常愤世嫉俗，觉得现时很像明季，为人写字常钤一印章，文曰"如此江山"。又于民国二十三年（一九三四）秋季在北大讲顾亭林诗，感念往昔，常对诸生慨然言之。一九三五年一月二十四日病卒，所注亭林诗终未完成，所作诗集曰《蒹葭楼

[①] 黄晦闻（1873—1935），字玉昆，号纯熙，别号甘竹滩洗石人，笔名黄节，广东顺德人。因乡试时抑于主笔，遂废举业。曾在上海主笔《国粹学报》，编辑《政议通报》等。1917年后执教于北京大学、清华大学等，一度出任广东省教育厅厅长，越岁辞去，授书终生。有诗集《蒹葭楼诗》行世。

诗》，曾见有仿宋铅印本，不知今市上尚有之否？晦闻卒后，我撰一挽联送去，词曰：

如此江山，渐将日暮途穷，不堪追忆索常侍。
及今归去，等是风流云散，差幸免作顾亭林。

附以小注云，近来先生常用一印云，如此江山，又在北京大学讲亭林诗，感念古昔，常对诸生慨然言之。

七　孟心史

与晦闻情形类似的，有孟心史①。孟君名森，为北大史学系教授多年，兼任研究所工作，著书甚多，但是我所最为记得最喜欢读的书，还是民国五六年顷所出的《心史丛刊》，共有三集，搜集零碎材料，贯串成为一篇，对于史事既多所发明，亦殊有趣味。其记清代历代科场案，多有感慨语，如云："凡汲引人材，从古无以刀锯斧钺随其后者。至清代乃兴科场大案，草菅人命，无非重加其罔民之力，束缚而驰骤之。"又云："汉人陷溺于科举，至深且酷，不惜借满人屠戮同胞，以泄其多数侥幸未遂之人年年被摈之愤，此所谓天下英雄入我彀中者也。"孟君耆年宿学，而其意见明达，前后不变，往往出后辈贤达之上，可谓难得矣。二十六年华北沦陷，孟君仍留北平，至冬卧病入协和医院，十一月中我曾去访问他一次，给我看日记中有好些感愤的诗，

---

① 孟森（1868—1938），字莼孙，号心史，别署纯生，江苏武进人，著名历史学家，对明清史研究影响深远。孟森出身廪生，早年留学日本东京法政大学研习法律，归国后，被广西边防大臣郑孝胥延聘为幕僚。1905 年在上海参与筹组预备立宪公会，1908 年初担任《预备立宪公会报》主编，同年接替徐珂任《东方杂志》主编职。1909 年当选为江苏谘议局议员。1912 年任民元国会议员。1914 年国会被袁世凯解散，退出政界专心学术。1929 年就聘南京中央大学历史系，主讲清史。1931 年被聘为北京大学历史系教授，专研明清史。至七七事变为止，一直讲授满洲开国史。1938 年 1 月 14 日逝世。著有《清史讲义》《明史讲义》《心史丛刊》等。

至次年一月十四日，乃归道山，年七十二。三月十三日开追悼会于城南法源寺，到者可二十人，大抵皆北大同人，别无仪式，只默默行礼而已。我曾撰了一副挽联，词曰：

野记偏多言外意，新诗应有井中函。

因字数太少不好写，又找不到人代写，亦不果用。北大迁至长沙，职教员凡能走者均随行，其因老病或有家累者暂留北方，校方承认为留平教授，凡有四人，为孟森、马裕藻、冯祖荀和我，今孟马冯三君皆已长逝，只剩了我一个人，算是硕果仅存了。

八　冯汉叔

说到了"留平教授"，于讲述孟心史之后，理应说马幼渔[①]与冯汉叔[②]的故事了。但是幼渔虽说是极熟的朋友之一，交往也很频繁，可是记不起什么可记的事情来，讲到旧闻佚事，特别从玄同听来的也实在不少，不过都是琐屑家庭的事，不好做感旧的资料，汉叔是理科数学系的教员，虽是隔一层了，可是他的故事说起来都很有趣味，

[①] 马幼渔（1878—1945），名裕藻，字幼渔，音韵学家、文字学家。马氏兄弟之一，排行老二，马衡之兄。1903—1910年在日本早稻田大学、东京帝国大学读书，在日本期间，曾师从章太炎学习文字音韵学。1911年任浙江教育司视学，1913—1937年任北京大学教授、国文系主任。1913年与许寿裳、鲁迅、钱稻孙、陈睿共同具名朱希祖起草的"注音字母方案"。1919年11月朱希祖、马幼渔、胡适、周作人、刘复、钱玄同六人上书教育部，提出"请颁布新式标点符号议案"，议案于次年2月通过并实施。

[②] 冯祖荀（1880—1940），字汉叔，数学教育家，中国现代数学教育的早期代表人物之一。1911年以后多次担任北京大学数学系主任。1880年生于浙江杭县（今杭州），1902年考入京师大学堂师范馆，1904年赴日本留学，先后在日本京都第一高等学校及京都帝国大学学习。1913—1937年历任北京大学数学系教授、系主任，北京高等师范学校数学系教授、系主任，东北大学数学系教授、系主任。1938—1940年在北平（今北京）的"北京大学"数学系任教。1940年病逝于北平。

而且也知道得不少，所以只好把幼渔的一边搁下，将他的佚事来多记一点儿也罢。

冯汉叔留学于日本东京前帝国大学理科，专攻数学，成绩甚好，毕业后归国任浙江两级师范学堂教员，其时尚在前清光绪宣统之交，校长是沈衡山（钧儒），许多有名的人都在那里教书，如鲁迅许寿裳张邦华等都是。随后他转到北大，恐怕还在蔡子民校长之前，所以他可以说是真正的"老北大"了。在民国初年的冯汉叔大概是很时髦的，据说他坐的乃是自用车，除了装饰斩新之外车灯也是特别，普通的车只点一盏，有的还用植物油，乌黢黢的很有点凄惨相，有的是左右两盏灯，都点上了电石，便很觉得阔气了。他的车上却有四盏，便是在靠手的旁边又添上两盏灯，一齐点上了就光明灿烂，对面来的人连眼睛都要睁不开来了。脚底下又装着响铃，车上的人用脚踏着，一路发出琤玖的响声，车子向前飞跑，引得路上行人皆驻足而视。据说那时北京这样的车子没有第二辆，所以假如路上遇见四盏灯的洋车，便可知道这是冯汉叔，他正往"八大胡同"去打茶围去了。爱说笑话的人便给这样的车取了一个别名，叫做"器字车"，四个口像四盏灯，两盏灯的叫"哭字车"，一盏的就叫"吠字车"。算起来坐器字车的还算比较便宜，因为中间虽然是个"犬"字，但比较吠哭二字面要好的多了。

汉叔喜欢喝酒，与林公铎有点相像，但不听见他曾与人相闹的事情。他又是搞精密的科学的，酒醉了有时候有点糊涂了，可是一遇到上课讲学问，却是依然头脑清楚，不会发生什么错误。古人说，吕端小事糊涂，大事不糊涂，可见世上的确有这样的事情。鲁迅曾经讲过汉叔在民初的一件故事，有一天在路上与汉叔相遇，彼此举帽一点首后将要走过去的时候，汉叔忽叫停车，似乎有话要说。乃至下车之后，他并不开口，却从皮夹里掏出二十元钞票来，交给鲁迅，说"这是还那一天输给你的欠账的"。鲁迅因为并无其事，便说"那一天我并没有同你打牌，也并不输钱给我呀"。他这才说道："哦，哦，这不是你么？"乃作别而去。此外有一次，是我亲自看见的，在"六三"的前几天，北大同人于第二院开会商议挽留蔡校长的事，说话的人当然没有一个是反对者，其中有一人不记得是什么人了，说的比较不直截一点，他没有听得清楚，立即愤然起立道："谁呀，说不赞成的？"旁人连忙解劝道："没有人说不赞成的，这是你听差了。"他于是也说，"哦，哦。"随又坐下了。关于他好酒的事，我也有过一次的经验。不记得是谁请客了，饭馆是前门外的煤市街的有名的地方，就是酒不大好，这时汉叔也在座，便提议到近地的什么店去要，是和他有交易的一家酒店，只说冯某人所要某种黄酒，这就行了。及至要了来之后，主人就要立刻分斟，汉叔阻住他叫先拿试尝，尝过之后觉得口味不对，便叫送酒的伙计来对他说，一面用手指着自己的鼻子道："我，我自己在这里，叫老板给我送那个来。"这样换来之后，那酒一定是不错的了，不过我们外行人也不能辨别，只是那么胡乱的喝一通就是了。

北平沦陷之后，民国二十七年（一九三八）春天，日本宪兵队想要北大第二院做它的本部，直接通知第二院，要他们三天之内搬家。留守那里的事务员弄得没有办法，便来找那"留平教授"，马幼渔是不出来的，于是找到我和冯汉叔。但是我们又有什么办法呢？走到第二院去一看，碰见汉叔已在那里，我们略一商量，觉得要想挡驾只有去找汤尔和，说明理学院因为仪器的关系不能轻易移动，至于能否有效，那只有临时再看了。便在那里，由我起草写了一封公函，同汉叔送往汤尔和的家里。当天晚上得到汤尔和的电话，说挡驾总算成功了，可是只可惜牺牲了第一院给予宪兵队，但那是文科只积存些讲义类的东西，散佚了也不十分可惜。这是我最后一次见到冯汉叔，看他的样子已是很憔悴，已经到了他的暮年了。

九　刘叔雅

刘叔雅名文典[①]，友人常称之为刘格阑玛，叔雅则自称狸豆乌，盖狸刘读或可通，

[①] 刘文典（1889—1958），原名文聪，字叔雅，笔名刘天民。祖籍安徽怀宁，出生于安徽合肥，现代文史名家、校勘学大家、庄子研究专家。历任北京大学教授、省立安徽大学校长、清华大学国文系主任。1938年至昆明，先后在西南联大、云南大学任教。终生从事古籍校勘及古代文学研究和教学。所讲授课程，从先秦到两汉，从唐宋元明清到近现代，从希腊、印度、德国到日本。专长校勘学、版本目录学、唐代文化史。著有《淮南鸿烈集解》《庄子补正》《三余札记》等。

叔与菽通，尗字又为豆之象形古文，雅则即是乌鸦的本字。叔雅人甚有趣，面目黧黑，盖昔日曾嗜鸦片，又性喜肉食，及后北大迁移昆明，人称之谓"二云居士"，盖言云腿与云土皆名物，适投其所好也。好吸纸烟，常口衔一支，虽在说话亦粘着唇边，不识其何以能如此，唯进教室以前始弃之。性滑稽，善谈笑，唯语不择言，自以籍属合肥，对于段祺瑞尤致攻击，往往丑诋及于父母，令人不能记述。北伐成功后曾在芜湖，不知何故触怒蒋介石，被拘数日，时人以此重之。① 刘叔雅最不喜中医，尝极论之，备极诙谐谿刻之能事，其词云：

"你们攻击中国的庸医，实是大错而特错。在现今的中国，中医是万不可无的。你看有多多少少的遗老遗少和别种的非人生在中国，此辈一日不死，是中国一日之祸害。但是谋杀是违反人道的，而且也谋不胜谋。幸喜他们都是相信国粹的，所以他们的一线死机，全在这班大夫们手里。你们怎好去攻击他们呢？"

这是我亲自听到，所以写在一篇说"卖药"的文章里，收在《谈虎集》卷上，写的时日是"十年八月"，可见他讲这话的时候是很早的了。他又批评那时的国会议员道：

"想起这些人来，也着实觉得可怜，不想来怎么的骂他们。这总之还要怪我们自己，假如我们有力量买收了他们，却还要那么胡闹，那么这实在应该重办，捉了来打屁股。可是我们现在既然没有钱给他们，那么这也就只好由得他们自己去卖身去罢了。"

他的说话刻薄由此可见一斑，可是叔雅的长处并不在此，他实是一个国学大家，他的《淮南鸿烈解》的著书出版已经好久，不知道随后有什么新著，但就是那一部书

---

① 这是一个著名典故：1928年11月，安徽大学学生与隔壁安徽第一女子中学师生发生冲突，引发学潮。时任南京国民政府主席的蒋介石到安庆巡视，召见两校负责人。安徽大学校长刘文典到会后坚称此事有黑幕，不愿严惩学生。这惹恼了蒋介石，斥刘文典为"新学阀"，刘文典则回骂蒋介石是"新军阀"，遂被扣押。胡适在《人权与约法》中提及此事："又如安徽大学的一个学长，因为语言上顶撞了蒋主席，遂被拘禁了多少天。"鲁迅在《知难行难》中说："安徽大学校长刘文典教授，因为不称'主席'而关了好多天，好容易才交保出外。"后越传越广，以讹传讹，演绎为刘文典对蒋介石怒拳相向。

也足够显示他的学力而有余了。

十　朱逷先

朱逷先名希祖[①]，《北京大学日刊》曾经误将他的姓氏刊为米遇光，所以有一个时候友人们便叫他作"米遇光"。但是他的普遍的绰号乃是"朱胡子"，这是上下皆知的。尤其是在旧书业的人们中间，提起"朱胡子"来，几乎无人不知，而且有点敬远的神气，因为朱君多收藏古书，对于此道很是精明，听见人说珍本旧抄，便揎袖攘臂，连说"吾要"，连书业专门的人也有时弄不过他。所以朋友们有时也叫他作"吾要"，这是浙江的方音，里边也含有幽默的意思。不过北大同人包括旧时同学在内普通多称他为"而翁"，这其实即是朱胡子的文言译，因为《说文解字》上说，"而，颊毛也"，当面不好叫他作朱胡子，但是称"而翁"，便无妨碍，这可以说是文言的好处。因为他向来就留了一大部胡子，这从什么时候起的呢？记得在民报社听太炎先生讲《说文》的时候，总还是学生模样，不曾留须，恐怕是在民国初年以后吧。在元年（一九一二）的夏天，他介绍我到浙江教育司当课长，我因家事不及去，后来又改任省视学，这我也只当了一个月，就因患疟疾回家来了。那时见面的印象有点麻胡记不清了，但总之似乎还没有那古巴英雄似的大胡子，及民六（一九一七）在北京相见，却完全改观了。这却令人记起英国爱德华理亚（Edward

---

[①] 朱希祖（1879—1944），字逷先，又作迪先、逷先，著名史学家，浙江海盐长木桥（今富亭乡）上水村人。清道光状元朱昌颐族孙。历任北京大学、北京师范大学、清华大学、辅仁大学、中山大学及中央大学（1949年后更名南京大学）等校教授，倡导开设"中国史学原理"及"中国史学理论"等课程，并讲授《中国史学概论》，是中国史学史研究先驱之一。1932年任中山大学教授兼文史研究所所长，先后撰写《南明之国本与政权》《南明广州殉国诸王考》《中国最初经营台湾考》《屈大均传》《明广东东林党传》等数十篇论文，成为研究南明史权威。1944年7月因肺气肿病发，逝于重庆。

Lear)①所作的《荒唐书》里的第一首诗来：

> 那里有个老人带着一部胡子，
> 他说，这正是我所怕的，
> 有两只猫头鹰和一只母鸡，
> 四只叫天子和一只知更雀，
> 都在我的胡子里做了窠了！

这样的过了将近二十年，大家都已看惯了，但大约在民国二十三四年的时候，在北京却不见了朱胡子，大概是因了他女婿的关系移转到广州的中山大学去了。以后的一年暑假里，似乎是在民国二十五年（一九三六），这时正值北大招考阅卷的日子，大家聚在校长室里，忽然开门进来了一个小伙子，没有人认得他，等到他开口说话，这才知道是朱逷先，原来他的胡子剃得光光的，所以是似乎换了一个人了。大家这才哄然大笑。这时的逷先在我这里恰好留有一个照相，这照片原是在中央公园所照，便是许季茀，沈兼士，朱逷先，沈士远，钱玄同，马幼渔和我，一共是七个人，这里边的朱逷先就是光下巴的。逷先是老北大，又是太炎同门中的老大哥，可是在北大的同人中间似乎缺少联络，有好些事情都没有他加入，可是他对于我却是特别关照，民国元年是他介绍我到浙江教育司的，随后又在北京问我愿不愿来北大教英文（见于鲁迅日记），他的好意我是十分感谢的，虽然最后民六（一九一七）的一次是不是他的发起，日记上没有记载，说不清楚了。

---

① 爱德华·利尔（Edward Lear，1812—1888），19世纪英国著名打油诗人、漫画家、风景画家，一生周游于欧洲各国，以其作品《荒诞书》（*A Book of Nonsense*）而闻名。

十一　胡适之

今天听说胡适之①于二月二十四日在台湾去世了，这样便成为我的感旧录的材料，因为这感旧录中是照例不收生存的人的，他的一生的言行，到今日盖棺论定，自然会有结论出来，我这里只想就个人间的交涉记述一二，作为谈话的资料而已。我与他有过卖稿的交涉一总共是三回，都是翻译。头两回是《现代小说译丛》和《日本现代小说集》，时在一九二一年左右，是我在《新青年》和《小说月报》登载过的译文，鲁迅其时也特地翻译了几篇，凑成每册十万字，收在商务印书馆的世界丛书里，稿费每千字五元，当时要算是最高的价格了。在一年前曾经托蔡校长写信，介绍给书店的《黄蔷薇》，也还只是二元一千字，虽说是文言不行时，但早晚时价不同也可以想见。第三回是一册《希腊拟曲》，这是我在那时的唯一希腊译品，一总只有四万字，把稿子卖给文化基金董事会的编译委员会，得到了十元一千字的报酬，实在是我所得的最高的价了。我在序文的末了说道：

"这几篇译文虽只是戋戋小册，实在也是我的很严重的工作。我平常也曾翻译些文章过，但是没有像这回费力费时光，在这中间我时时发生恐慌，深有'黄胖搡年糕，出力不讨好'之惧，如没有适之先生的激励，十之七八是中途搁了笔了。现今总算译完了，这是很可喜的，在我个人使这三十年来的岔路不完全白走，固然自己觉得

---

① 胡适（1891—1962），字适之，安徽绩溪人。曾任北京大学校长、驻美大使、台湾"中央研究院"院长等职。胡适因提倡文学改良而成为新文化运动的领袖之一，是第一位提倡白话文、新诗的学者，致力于推翻两千多年的文言文传统，引入了新语言、新思维、新思想。胡适与陈独秀虽然政见不合，但与其同为五四运动核心人物，对中国近代史产生了深远的影响。胡适阅读丰富，兴趣广泛，在文学、哲学、史学、考据学、教育学、伦理学、红学等诸多领域都有深入的研究。著有《白话文学史》（上卷）、《胡适文存》、《尝试集》、《中国哲学史大纲》（上卷）、《中国章回小说考证》等作品。

喜欢，而原作更是值得介绍，虽然只是太少。谛阿克列多斯①有一句话道，一点点的礼物捎着大大的人情。乡曲俗语云，千里送鹅毛，物轻人意重。姑且引来作为解嘲。"关于这册译稿还有这么一个插话，交稿之前我预先同适之说明，这中间有些违碍词句，要求保留，即如第六篇拟曲《昵谈》里有"角先生"这一个字，是翻译原文"抱朴"这字的意义，虽然唐译《苾刍尼律》中有树胶生支的名称，但似乎不及"角先生"三字的通俗。适之笑着答应了，所以它就这样的印刷着，可是注文里在那"角"字右边加上了一直线，成了人名符号，这似乎有点儿可笑——其实这角字或者是说明角所制的吧。最后的一回，不是和他直接交涉，乃是由编译会的秘书关琪桐代理的，在一九三七至三八年这一年里，我翻译了一部亚波罗陀洛斯的《希腊神话》，到一九三八年编译会搬到香港去，这事就告结束，我那《神话》的译稿也带了去不知下落了。

一九三八年的下半年，因为编译会的工作已经结束，我就在燕京大学托郭绍虞君找了一点功课，每周四小时，学校里因为旧人的关系特加照顾，给我一个"客座教授"（Visiting Professor）的尊号，算是专任，月给一百元报酬，比一般的讲师表示优待。其时适之远在英国，远远的寄了一封信来，乃是一首白话诗，其词云：

> 藏晖先生②昨夜作一梦，
> 梦见苦雨庵中吃茶的老僧，
> 忽然放下茶钟出门去，
> 飘然一杖天南行。
> 天南万里岂不大辛苦？

---

① 谛阿克列多斯是古希腊诗人，作有《牧歌》。
② "藏晖先生"，是胡适之先生的别号。

> 只为智者识得重与轻。——
> 梦醒我自披衣开窗坐,
> 谁人知我此时一点相思情。
>
> 一九三八·八·四。伦敦。

我接到了这封信后,也做了一首白话诗回答他。因为听说他就要往美国去,所以寄到华盛顿的中国使馆转交胡安定先生①,这乃是他的临时的别号。诗有十六行,其词云:

> 老僧假装好吃苦茶,
> 实在的情形还是苦雨,
> 近来屋漏地上又浸水,
> 结果只好改号苦住。
> 晚间拼好蒲团想睡觉,
> 忽然接到一封远方的信,
> 海天万里八行诗,
> 多谢藏晖居士的问讯。
> 我谢谢你很厚的情意,
> 可惜我行脚却不能做到,
> 并不是出了家特地忙,
> 因为庵里住的好些老小。
> 我还只能关门敲木鱼念经,

---

① 这里有伏笔,"胡安定先生"是当时胡适之先生的代号。抗战时期,概因日寇凶猛,邮路难通,而以代号躲避"关键词"的审查。

> 出门托钵募化些米面，——
> 老僧始终是个老僧，
> 希望将来见得居士的面。

廿七年九月廿一日，知堂作苦住庵吟，略仿藏晖体，却寄居士美洲。十月八日旧中秋，阴雨如晦中录存。

侥幸这两首诗的抄本都还存在，而且同时找到了另一首诗，乃是适之的手笔，署年月日廿八，十二，十三，藏晖。诗四句分四行写，今改写作两行，其词云：

> 两张照片诗三首，今日开封一惘然。
> 无人认得胡安定，扔在空箱过一年。

诗里所说的事全然不清楚了，只是那寄给胡安定的信搁在那里，经过很多的时候方才收到，这是我所接到的他的最后的一信。及一九四八年冬，北京解放，适之仓皇飞往南京，未几转往上海，那时我也在上海，便托王古鲁君代为致意，劝其留住国内，虽未能见听，但在我却是一片诚意，聊以报其昔日寄诗之情，今王古鲁也早已长逝，更无人知道此事了。

末了还得加上一节，《希腊拟曲》的稿费四百元，于我却有了极大的好处，即是这用了买得一块坟地，在西郊的板井村，只有二亩的地面，因为原来有三间瓦屋在后面，所以花了三百六十元买来，但是后来因为没有人住，所以倒塌了，新种的柏树过了三十多年，已经成林了。那里葬着我们的次女若子，侄儿丰二，最后还有先母鲁老太太，也安息在那里，那地方至今还好好的存在，便是我的力气总算不是白花了，这是我所觉得深可庆幸的事情。

…………

十五　蔡子民

蔡子民名元培①，本字鹤卿，在清末因为讲革命，改号子民，后来一直沿用下去了。他是绍兴城内笔飞衙的人，从小时候就听人说他是一个非常的古怪的人，是前清的一个翰林，可是同时又是乱党。家里有一本他的朱卷，文章很是奇特，篇幅很短，当然看了也是不懂，但总之是不守八股的规矩，后来听说他的讲经是遵守所谓公羊家法的，这是他的古怪行径的起头。他的主张说是共产公妻，这话确是骇人听闻，但是事实却正是相反，因为他的为人也正是与钱玄同相像，是最端正拘谨不过的人。他发起进德会，主张不嫖，不赌，不娶妾，进一步不作官吏，不吸烟，不饮酒，最高等则不作议员，不食肉，很有清教徒的风气。他是从佛老出来经过科学影响的无政府共产，又因读了俞理初的书，主张男女平等，反对守节，那么这种谣言之来也不是全无根据的了。可是事实呢，他到老不殖财，没有艳闻，可谓知识阶级里少有人物，我们引用老辈批评他的话，做一个例子。这是我的受业师，在三味书屋教我读《中庸》的寿洙邻先生，他以九十岁的高龄，于去年逝世了，寿师母分给我几本他的遗书，其中有一册是《蔡子民言行录》下，书面上有寿先生的题字云：

---

① 蔡元培（1868—1940），字鹤卿，号子民，近代民主革命家、教育家、政治家。生于浙江绍兴府山阴县，十七岁考取秀才，十八岁设馆教书。青年时期，连续中举人、取进士、点翰林、授编修。1898 年，弃官从教，任绍兴中西学堂监督、嵊县剡山书院院长、南洋公学经济特班总教习；1902 年创办中国教育会并任会长，1904 年组建光复会，1905 年参加同盟会，1907 年赴德国莱比锡大学研读哲学、心理学、美术史等。1911 年武昌起义后回国，1912 年 1 月就任南京临时政府教育总长，因不满袁世凯的专制而辞职，再赴法国学习和考察。1916 年回国，任北京大学校长，并确立了"思想自由，兼容并包"的办学思想，广纳人才，聘请陈独秀、胡适之等人为北大教授，一时人才荟萃，成为新文化运动的摇篮。1928 年辞去各行政职务，专任中央研究院院长。著有《中国伦理学史》《子民自述》《石头记索隐》等。

"子民学问道德之纯粹高深，和平中正，而世多訾謷①，诚如庄子所谓纯纯常常，乃比于狂者矣。"又云：

"子民道德学问集古今中外之大成，而实践之，加以不择壤流，不耻下问之大度，可谓伟大矣。"这些赞语或者不免有过高之处，但是他引庄子的说话是纯纯常常②，这是很的确的。蔡子民庸言庸行③的主张最好发表在留法华工学校的讲义四十篇里，只是一般人不大注意罢了。他在这里偶然说及古今中外，这也是很得要领的话。三四年前我曾写过一篇讲蔡子民的短文，里边说道：

> 蔡子民的主要成就，是在他的改革北大。他实际担任校长没有几年，做校长的时期也不曾有什么行动，但他的影响却是很大的。他的主张是"古今中外"一句话，这是很有效力，也很得时宜的。因为那时候是民国五六年，袁世凯刚死不久，洪宪帝制虽已取消，北洋政府里还充满着乌烟瘴气。那时是黎元洪当总统，段祺瑞做内阁总理，虽有好的教育方针，也无法设施。北京大学其时国文科只有经史子集，外国文只有英文，教员只有旧的几个人，这就是所谓"古"和"中"而已，如加上"今"和"外"这两部分去，便成功了。他于旧人旧科目之外，加了戏曲和小说，章太炎的弟子黄季刚，洪宪的刘申叔，尊王的辜鸿铭之外，加添了陈独秀胡适之刘半农一班人，英文之外也添了法文德文和俄文了。古今中外，都是要的，不管好歹让它自由竞争，这似乎也不很妥当，但是在那个环境里，非如此说法，"今"与"外"这两种便无法存身，当作策略来说，也是必要的。但在蔡子民本人，这到底是一种策略呢，还是由衷之言，也还是不知道（大半是属于后者

---

① zǐ áo，攻讦诋毁。
② 《庄子·山木》："道流而不明居，得行而不名处；纯纯常常，乃比于狂。""纯纯常常"意思是"心地纯一，行为平常"。
③ "庸言庸行"出自《周易·乾》："庸言之信，庸行之谨。"

吧）。不过在事实上是奏了效，所以就事论事，这古今中外的主张在当时说是合时宜的了。

但是，他的成功也不是一帆风顺的。学校里边先有人表示不满，新的一边还没有表示排斥旧的意思，旧的方面却首先表示出来了。最初是造谣言，因为北大最初开讲元曲，便说在教室里唱起戏文来了，又因提倡白话文的缘故，说用《金瓶梅》当教科书了。其次是旧教员在教室中谩骂，别的人还隐藏一点，黄季刚最大胆，往往昌言不讳。他骂一般新的教员附和蔡子民，说他们"曲学阿世①"，所以后来滑稽的人便给蔡子民起了一个绰号叫做"世"，如去校长室一趟，自称去"阿世"去。知道这个名称，而且常常使用的，有马幼渔钱玄同刘半农诸人，鲁迅也是其中之一，往往见诸书简中，成为一个典故。报纸上也有反响，上海研究系的《时事新报》开始攻击，北京安福系的《公言报》更加猛攻，由林琴南来出头，写公开信给蔡子民，说学校里提倡非孝，要求斥逐陈胡诸人。蔡答信说，《新青年》并未非孝，即使有此主张也是私人的意见，只要在大学里不来宣传，也无法干涉。林氏老羞成怒，大有借当时实力派徐树铮的势力来加压迫之势，在这时期五四风潮勃发，政府忙于应付大事，学校的新旧冲突总算幸而免了。

我与蔡子民平常不大通问，但是在一九三四年春间，却接到他的一封信，打开看时乃是和我茶字韵的打油诗三首，其中一首特别有风趣，现在抄录在这里，题目是——《新年，用知堂老人自寿韵》，诗云：

新年儿女便当家，不让沙弥袈了裟。（原注：吾乡小孩子留发一圈而剃其中边者，

---

① "曲学阿世"，典出《史记·儒林列传》："务正学以言，无曲学以阿世。"

谓之沙弥。《癸巳存稿》三，《精其神》一条引经了筵阵了亡等语[1]，谓此自一种文理。)

鬼脸遮颜徒吓狗，龙灯画足似添蛇。

六么轮掷思赢豆，数语蝉联号绩麻。(吾乡小孩子选炒蚕豆六枚，于一面去壳少许谓之黄，其完好一面谓之黑，二人以上轮掷之，黄多者赢，亦仍以豆为筹马。以成语首字与其他末字相同者联句，如甲说"大学之道"，乙接说"道不远人"，丙接说"人之初"等，谓之绩麻。)

乐事追怀非苦语，容吾一样吃甜茶。(吾乡有"吃甜茶，讲苦话"之语。)

署名则仍是蔡元培，并不用什么别号。此于游戏之中自有谨厚之气，我前谈《春在堂杂文》时也说及此点，都是一种特色。他此时已年近古稀，而记叙新年儿戏情形，细加注解，犹有童心，我的年纪要差二十岁光景，却还没有记得那样清楚，读之但有怅惘，即在极小的地方前辈亦自不可及也。

此外还有一个人，这人便是陈仲甫，他是北京大学的文科学长，也是在改革时期的重要脚色。但是仲甫的行为不大检点，有时涉足于花柳场中，这在旧派的教员是常有的，人家认为当然的事。可是在新派便不同了，报上时常揭发，载陈老二抓伤妓女等事，这在高调进德会的蔡子民，实在是很伤脑筋的事。我们与仲甫的交涉，与其说是功课上，倒还不如文字上为多，便是都与《新青年》有关系的，所以从前发表的一篇《实庵的尺牍》，共总十六通，都是如此。如第十二是一九二〇年所写的，末尾有一行道：

"鲁迅兄做的小说，我实在五体投地的佩服。"在那时候，他还只看得《孔乙己》和《药》这两篇，就这样说了，所以他的眼力是很不错的。九月来信又说：

---

[1] "经了筵"与"阵了亡"为明清人特殊的"离合词"的用语，即在"经筵""阵亡"这两个词中，插入"了"，以此，蔡元培先生在诗中用"袈了裟"的"离合词"也是可以的。清俞正燮《癸巳存稿》里的"精其神"便是这种用法。又，俞正燮《癸巳存稿》并引明代杨士聪的《玉堂荟记》做证据："崇祯丙子经筵一条，内珰言只是赐宴，即与经了筵一样。又尝见二兵争斗，缘相谑以阵了亡再说。"

"豫才兄做的小说实在有集拢来重印的价值,请你问他倘若以为然,可就《新潮》《新青年》剪下自加订正,寄来付印。"等到《呐喊》在一九二二年的年底编成,第二年出版,这已经在他说话的三年之后了。

导读
那个时代个性特异的教授们

周作人先生是"五四新文化"运动的旗手之一,也是最早在散文写作上取得卓越成就的现代白话文散文大家。他长期在北京大学等高等学府任职,完整地经历了早期中国高等学府教育之特异现状,取得了令人惊讶的成绩。那时高等教育还在草创中,各专业的建设都是新开张,文科、理科、工科各门学科也方兴未艾。雏形才形成的北京大学,在年富力强的蔡元培校长的苦心经营下,由一所抱残守缺的旧时大学堂,被改造为新型的现代大学。以周作人先生在本文回忆中说的"古今中外"四字概括,可谓简明扼要。

周作人先生作为文科教授,接触的同僚自然以文科教授为多,这篇回忆录里记载了形形色色、个性特异的北大文科名教授。他也顺手写入了北京大学早期数学教育的开拓者冯祖荀(汉叔)教授的事迹。冯汉叔教授在日本东京前帝国大学数学系留学,归国后热心于数学教育,对早期中国的数学教育推广做出了很大的贡献。周作人先生并不熟悉数学,但他以生动有趣的语言,把冯汉叔教授描画得栩栩如生。例如,写冯汉叔教授挂着四盏灯的"豪华私家人力车",写冯汉叔教授路遇周作人的兄长鲁迅先生,下车后一言不发掏出钱包拿出二十元要还"赌债"(结果发现记错了),以及冯汉叔教授爱酒但酒品很高,他去酒馆喝酒十分内行而且很有面子等,这些细节都是冯汉叔真性情的独特体现。在这里我们可以看到,有个性、有趣味才是更好的教授。

本文一开始就写到文化史中最知名也最古怪的名教授辜鸿铭先生。这位出生于南洋的福建人后裔，因缘巧合得到一位英国人的赞助，到英国接受现代教育。辜鸿铭先生先后毕业于苏格兰爱丁堡大学、德国莱比锡大学、法国巴黎大学等高等学府，是清末少有的精通多国语言、学贯中西的博学大家。而他从欧洲回到南洋后，又因机缘而来到中国。到中国后，他一边学习中国传统经典，一边继续以中西双重文化的模式思考东西方文化的得失，逐渐成为一名性格独特、见解超常，被外人视为行为乖张的文化名人。辜鸿铭教授以英文出版的两部名作《中国人的精神》《中国的牛津运动》，为他在西方获得了巨大的名声。很多西方学者来到中国，都希望能见到他，跟他交流。英国文学名家毛姆来中国游览时，就曾经前去四川拜访辜鸿铭先生，并留下了一篇生动有趣的散文记录。因种种"怪异行状"以及他的卓越名声，有关辜鸿铭的传闻越来越多，越来越广，也越来越虚幻。而他泰然处之，并不掩饰自己的个性，总是拖着一根长长的辫子，在北京大学的校园里走来走去。在那个剪辫子早已经被人们习惯的时代，他这一招"反其道而行之"大法，确实为他带来极大的口头及媒体传播力。而真正博通中西的学识，又为他的名声继续加码。据说，他演讲能力超强，每次演讲都是人山人海，一票难求，而且演讲费用更是令人震惊。

北京大学当时是"古今中外"，兼收并蓄。但是一开始，仍然是传统的"古"派占多数。当西洋派的胡适之先生以少年天纵之才回到中国（当时他还不到三十岁），被聘为北京大学教授后，不断地吸引新人，这才为北京大学带来了"今"与"外"的新鲜气息。

"古"派中，明史、清史泰斗孟森教授，中国中古文学研究大家刘师培，文字学家和古文学家黄侃，庄子研究专家刘文典等，都是个性独特的名教授。但文中也写到了不怎么会经营以致人生很不得意的林公铎教授，还有被鲁迅先生写入了小说《高老夫子》里，摇身一变成了高尔础教授，一时就"留名千古"的许之衡教授。更令人震惊和捧腹的是那位在林公铎教授那小节里突然蹦出来的北大毕业生甘大文先生，他善于无畏地送礼和无底线钻营，对于自己的文章无比自恋。甘大文先生做事情十分豪迈，他的强硬送礼手法是到送礼对象门口扔下礼物转身就走，让被送礼者无可奈何。这个细节简直活灵活现，令人喷饭。甘先生此公太生动，至今仍然有无数的追随者在高校里活跃着，但很低级，更为无趣。甘先生毕竟曾上过胡适之先生的课，算是入门弟子，能做万字长文，有自恋的资本。

说到胡适之先生，周作人先生在这篇回想录里所写到的内容，是非常珍贵的文学史料，对后人研究胡适之先生，以及当时的北大情形，都是很重要的。周作人先生除了对胡适之先生的品行做了细致的描写，还饶有深意地做了一些特别伏笔，把自己嵌入其中，不无苦心。他摘录了胡适之先生1938年8月不远万里给他写的信，那八句诗充满了暗示和期待。周作人先生也回复了一首诗，托人带给已经从英国去美国为抗战奔走努力的胡适之先生——然而，这封信因为是寄给了"胡安定先生"，而被搁置在了空箱里，两年之后才被胡适之先生发现，他俩因此错过了继续保持通信的机缘。这两封信里藏着很多信息，是研究周作人先生当时"投敌"心态的好材料。日寇全面侵华，不久就占领了北平，平津各大高校师生愤然南迁，跋涉千山万水前往云贵川等大后方继续办学，以积蓄力量，继存精英。这些北京、天津等南迁的大学，组成了后来闻名于世的西南联合大学（简称"西南联大"）。同时，北京大学等高等学府，还有一些老教授因种种原因留下来了，兼着管理大学各类财产（几乎不可能完成）的任务。他们不走有不走的苦衷，或老弱病残，或拖家带口，不一而足。老弱者，为马裕藻先生、孟森先生、冯祖荀先生，还有自己说是一大家子"拖家带口"的周作人先生——兼着他的夫人是日本人，可能有可以圆通内外的机会。这里有很多的隐情，都被说得青山隐隐水迢迢的，懂得就懂了，真是令人感慨万千。

胡适之先生的故事太丰富，也有太多人写关于他的文章，这里不多赘言。

而为北京大学定下了新型大学理念的蔡元培校长，是回想录里的重中之重，周作人先生也专门举了一个例子，即蔡元培先生写了一首诗，和了周作人先生的韵，赠送给他。

回想录，回想他人，回想友朋，其中定然也有"自己"。如果没有"我"的存在，这种回想录，会缺乏一些滋味。而如何添加滋味，周作人先生这篇文章显示出了他斟酌材料的独特之处。细加揣摩，或更有心得。

思考

散文写作中回忆亲朋好友，是一个恒久题材。但要写好，却不容易。如不善于剪裁，可能记流水账，尤其是《知堂回想录》这类作品，涉及人物众多，事情也颇为烦琐。因此，择其要者，重点突出，塑造人物典型性格，就非常重要了。纲举目张，才是好文章。

延伸阅读

《知堂回想录》。

编末后记

这编选入的四篇散文也都是很长的。长文读起来不容易，但读进去了，会发现里面大有乾坤。

严锋兄的《好声》，以自己追求声音的人生经历，以及自己的成长经验为依托，写一个追求极致声音体验的超级大佬叶立。如果不是读了此文，我对这一行几乎一无所知，对这些音乐发烧友、器材发烧友的发烧程度也一无所知。

我认识的作家中，格非大概算是一个音响器材发烧友。

格非对音乐有追求，对器材很痴迷。他在上海的时候就迷恋音响，刚分到丽娃大楼一居室，立即添置了一对丹麦的音箱。我们去玩儿，就陪他听各种古典音乐。我一点儿也听不懂。但另外两个同学却表现出非常懂的样子，摇头晃脑的，节奏感越来越强。最后他俩被格非引为知音。

有一年，格非弄了一个随身听，是直接放CD的那种。他让我听，说这个好，比音箱的音质还好。我听了，确实好，但说不出所以然来。

对我这样一根朽木，格非大概实在无可奈何了。

格非后来去了清华大学做教授，继续迷恋音响器材。我俩偶尔见面聊天，他谈到真正的发烧友，不仅要有别墅、地下室，还要专门给自己的音响器材建一个发电站（小型发电机？），供电的电压不足时备用。至于音响的专用接线，一根十几万，两根几十万，我听得瞠目结舌。格非悠悠地说，这些都是入门级。真正高级的超导线，几百万一根的都有，上不封顶。

有一年，为了追踪一对英国音箱，格非去了香港。最终在这对音箱漫游世界时，他将其"一举擒获"。

格非点了一支烟，吸了一口说："不是很贵，也就十几万。"

我们点点头，格非继续说："一只。"

我们继续点头，知道那音箱还不是新的，而是旧的，全世界只有六套。这套好不容易流出来了，得到"谍报"，他第一时间直赴香港，拿下！

读了严锋兄这篇文章，我才知道，像格非这种发烧友，还真是不少。

严锋兄自己就是一个发烧友，看他在东京秋叶原买几千元的耳机，就知道了。温度烧得再高一点，就是叶立先生这种真正的大牛了。叶立先生是专业出身，自己动手，追求极致，这是一位真正的"奇人"。

读这种文章，就是要让你们知道，世上还真是有奇人的。

张辛欣笔下的"零消费主义者"凯瑟琳也是一个奇人，异国奇人。这篇文章好像是在邮件联系中，我建议她写的。我说，"不一定都要紧扣着'华尔街'写，可以写美国其他的人物，奇特的人物"。因凯瑟琳是张辛欣先生斯蒂夫的同学，交往很久，了解太深，于是写得深入浅出，非常生动。要不是她写了凯瑟琳这个人物，我们很难知道美国还有这种特殊的人在生存着。更厉害的是，凯瑟琳还有一个跟自己一样"零消费主义"的弟弟里默。作为文学教授的快八十岁的老父亲，有这么一对"宝贝"儿女，让我看了老泪纵横。

斯蒂夫先生两年前突然去世了，我跟张辛欣这几年也没有了联系，不知道她现在怎么样了，在美国还好吗？

王璞的《孙桂琴》，写的是她在东北大兴安岭的偏僻小镇时的同学、玩伴。那里，曾有过最真挚、最质朴的情感。每读一次，我都深为感慨。

至于周作人，已经是众所周知的现代文学大家，他的散文是现代文学中最丰富、也最优质的存在之一，无论是先贤、古籍、地理天气、花鸟鱼虫，一入他的笔端，都娓娓道来，饶有兴味。但有些文章，却非有阅历者不能得其三味。后来的周作人先生，因为人生从巅峰到谷底的巨大落差，而至于文字从丰润到瘦硬，没有一定生活经历和经验的小读者，不一定能读出味道来。那些散文，实际上不一定能引发现在小读者和普通读者的兴味。所以，我选来选去，最终还是选了这篇《北大感旧录》，通过他的文章，再感知前辈先贤，倒也是一种丰富的文化浸润。

  虽然这编才四篇散文，但写人，写亲友，足够丰富了。

  世界是很丰富的，人也是各种各样的。唯其如此，方为有趣。

2020 年 6 月 11 日于多伦多

2020 年 12 月 14 日再改

后记

冬去春来夏至的心灵简史

从头到尾，一个字一个词、一句话一个段落重新编写这部书稿，竟然经历了冬天雪白的多伦多，春天花盛的多伦多，夏天艳阳的多伦多，秋天红叶的多伦多。实在不能不感慨，而后记之。

这书再出版，内容增删、修改繁多，而且重新调整了篇目，内容充实了很多，更加贴切读者的需求。读到这些怀念故乡与思萦亲朋的文章，我不禁触景生情，有一些淡淡的忧伤。

秋天写这篇后记时，说到刚出门走了一圈，公园里树木葱茏，枝叶婆娑的大树下坐满了人，步道上不断有人跑过。被禁闭了一个春天，到了夏天，四周开始恢复生机勃勃的景象。然而，没想到秋天来了，漫山遍野的红叶，人们却仍不能出门欣赏。因为疫情再次禁锢住了人们的脚步。现在修改这篇后记时，欧美再度爆发疫情，而且可能是变异病毒，各地纷纷发布了新的禁令。又一次圣诞节，在这样的大雪纷飞中度过，但心情完全不同。

我从未想到，一次偶然的旅行，竟因为不可抗拒事件而在多伦多待这么久。

2020年1月20日我从上海飞多伦多，与太太和女儿一起过春节，往返双程，买好了2月10日飞上海的返程机票。

飞机上大半都是飞往多伦多的中国人，有些如我一样，是来旅游和看子女的；有些可能已经入籍，目的地就是多伦多；有些可能转机到其他城市。商务人士居多，每年飞来飞去很频繁，不像我难得长途旅行一趟。这趟航线，在空中要飞过东海、山东半岛、日本海、西伯利亚、白令海及北美，然后从北极直飞多伦多，全程十四个小时，一万三千多公里。现代航空技术，真是让普通人也享有"鹰击长空"的快意。

透过飞机舷窗可以看到太平洋的浩瀚无垠，可以看到北极的冰雪覆盖，也可以看到北美五大湖一望无际的蔓延。我不是满世界到处跑的旅行家，去过欧美一些国家，跑过一些城市，但真正的观光旅行经验不算多。不是飞机飞过五大湖上空，你很难想象北美五大湖之大。中国的各大湖泊，除青海湖尚未去过，传统的五大湖泊，太湖、鄱阳湖、洞庭湖、洪泽湖、巢湖，我都去过。但是，北美五大湖泊之大，远超这五大湖，大得令人难以想象。据说，五大湖因为面积大，水量丰富，对北美的气候有很大的影响。

没出国门之前，我几乎以为太湖是世界上最大的湖泊了。

从我生活的上海开车过去，两个小时就能到达太湖西山和东山，这两座"山"，是历史悠久、文化深厚的地方。西山大桥开通后，结束了只能渡船的历史，可以驱车直入缥缈峰世界。在西山大岛的尽头，眺望远方，水接天，天连水，蒙蒙惘惘，横无际涯，简直如大海一般没有尽头。虽然我知道，在天际线另一头是浙江湖州地界，并不是想象中那么遥远。但是，肉眼不可见，神思缥缈不可接。

里海是地球上最大的内陆湖泊，面积三十八万多平方公里，比北美五大湖总面积还要大百分之五十八。不过里海是咸水湖，水质不能直接饮用。

乘飞机飞过北美五大湖，才知道湖泊竟能这么大，而且五大湖连在一起，是极其的浩瀚。其中面积最大的苏必利尔湖是世界最大淡水湖，面积是太湖的三十多倍。北美五大湖除安大略湖外，苏必利尔湖、休伦湖、密歇根湖和伊利湖这四大湖泊都在全球十大淡水湖泊之列，再加上加拿大境内的大熊湖和大奴湖，那么世界十大淡水湖中，有六大湖都位于北美。而安大略湖虽然在十大淡水湖之外，却也是面积浩瀚的超大湖泊，面积也接近八倍太湖的面积。可见，北美五大湖泊的面积之大，水量之大，物产之丰富，都是难以想象的。如乘船在世界最大的尼亚加拉大瀑布下贴近地感受，就能切身体会到五大湖的无穷大的蓄水量。另外，还可以去蒙特利尔，在五大湖出海水道的圣劳伦斯河岸边，感受那汹涌澎湃的不息巨流。

在北美零下二十多度的严寒中，我亲眼看到：安大略湖竟然是不封冻的。这真是十分奇妙。安大略湖在五大湖中海拔最低，其他四大湖的海拔都在安大略湖之上，浩瀚湖水先汇聚到安大略湖上游的休伦湖，然后沿着因地质断层导致的巨大落差的尼亚加拉大瀑布倾泻而下，冲进尼亚加拉河，十几公里之后流到安大略湖。安大略湖往东过金斯顿之后出现无数大小的岛屿，号称千岛之湖，之后就变成了水流湍急的圣劳伦斯河，沿途经过蒙特利尔、魁北克，直奔北大西洋的爱德华王子岛出海而去。

这五大湖蕴蓄的水量真是难以想象的庞大。

我每次走到湖边眺望安大略湖，总觉得人生中有各种奇特机缘，不能预知，只能顺之。

十几年前我曾收到旅居多伦多的作家余曦投稿的长篇小说，后来编发在《收获长篇专号》上，就叫作《安大略湖畔》。那时不知道安大略湖长什么样，根本就没有概念。现在却因羁旅，有机会在这里目睹五大湖之盛状，这也是少年时代很难想到的事情。

一个人的成长，一个人的机缘，都有妙不可及的地方，成年人完全不必太紧张，也不必全盘掌控孩子的成长，非要在他需要自由自在时，用各种课外补习班填满他的世界，让他的世界丧失了自我探索的可能性。

孩子是自己长出来的，不是父母或教师教出来的。他们的未来，要由他们自己来探索。阅读好作品，是一种特殊的精神探索，丰富自我心灵的漫游方式。

这是我的体会，也是我的观点。

2020年6月18日初稿于多伦多
2020年10月20日修改于多伦多
2020年12月26日再改于多伦多